L'ACADEMIE
MORALE
OU
PONEROPOLIS
CONVERTIE,

EN LAQVELE PAR BEAVS ET
diuers argumens sont efficacement disputées
plusieurs beles & agreables quæstions
léqueles courent souuent le tapis
dans la familiere conuersation des hommes.

Par Frere IAQVES PERRET, Religieux profez du
Conuent de Clermont en Auuergne dans
l'étroit Obseruance de l'Ordre sacré
de FF. Prêcheurs.

A NANTES,
Par SEBASTIEN de HEVQVEVILLE
Imprimeur & Libraire.

M. DC. XXXIII.

Auec Approbations & Priuilege du Roy.

A HAVT ET PVISSANT
SEIGNEVR MESSIRE
Charles de la Porte ſieur de
la Melleraye, Gouuerneur
de la Vile & Chaſteau de
Nantes, Lieutenant pour le
Roy en Bretaigne, & faiſant
l'office de grand Maître de
l'Artillerie de France.

MONSEIGNEVR

Le plus ſenſible dé-
plaiſir qui ſçauroit
iamais aiguilloner vn' ame bien fai-
te c'ét de voir le vice ſans bláme, &
la vertu ſans loZ, ſans congratula-
tions & triomphes, puiſqu' ele ſeu-
le lé merite & que tout l'encens qui
fume ailleurs que ſur ſes Autels pri-

Sola eſt vir-
tus cui gloria
iure debetur
& ſecurè im-

ã ij

uilegiés fait des idolátries auſsi dignes de chatiment comme leurs autheurs ſont iniuſtes en leur procedu-
re : car lorſque cete noble Dame
paſſe par ſes ordinaires ſentiers par-
ſemés de lauriers & de palmes pour
grimper au haut de ſe fortereſſes
placées ſur le coupeau dé difficiles
montaignes d'vn Sina le parloir de
Dieu , d'vn mont de Loth l'azyle
de l'innocence , ou d'vn Thabor l'i-
maige du Paradis , ele ne manque
pas de tiré dé beles ames dé congra-
tulations & applaudiſſemens tributs ordinaires déquels on ne peut
fruſtré ſa grandeur , puiſque toutes
lé beautés ne ſont teles qu'autant
qu'eles participent plus de ſe cœleſtes influences. Voyãt dõc la douce lumiere de vos rares vertus éclatan-
tes ſur le noble tableau de vótr'ame
comme les aſtres ſur leur firmament,
ſans qu'eles fuſſent accompaignées
d'autres benedictions & loüanges

que de celes léqueles leur brillant
éclat ſuggeroit aux ſpectateurs tous
extaſiés à l'aſpect d'vn ſi extraordinaire triomphe, & qu'eles étoient
montées au deuant du thróne dé
Roys, & y auoient à la faueur de
leurs brillans rayons attiré dé prix
& dé recompenſes, plútót qu'il ſe
fút preſenté quelque Religieus Miniſtre de leurs autels pour courir au
pinceau & pourtrair' auec vn Ap-
pelles l'imaige d'vn ſecond Alexandre, exprimé lé communs reſſentimens de vos rares perfections & lé
laiſſer en depót aux ſiecles futurs
comm' vn dé rares threſors léquels
on ſçauroit luy donné: I'ay reſſenti
ſi puiſſamment cete tiedeur que tout
d'vn coup frappé de vótr' éclat &
attiré par l'efficace de vos merites,
i'ay entrepris d'en crayonné quelques
peintures ſur ce tableau pour luy
faire fendre la preſſe des applaudiſſemens & honneurs, léquels par

Bruſo. l. 5.
c. 23.

ā iÿ

vne iuste conduite du clairuoyant
se sont mis à la suite de vos merites,
pour vous composer vne coronne
embelie d'autant de pierreries comme vous possedés de beles qualités.
Mais qu'ay ie fait Monseigneur
lorsque i'ay enuisagé la rare beauté
de celes qui vous caressent de leurs
diuines faueurs auec tant de ialou-
sie, sinon que de begayer auec vn
Hier. 1. c. Hieremie A. A. A. ie n'en puis
plus, ie ne puis parlé que dans
le silence, & de me seruir de l'industrie de cet ancien Peintre Ti-
Pli. lib. 35. mante, lequel representant lé fune-
c. 10. railles de Iphigenie dans lé lamentations & soúpirs ne fit autre chose
que de couurir la face de son pere
d'vn voile, pource qu'il ne sçauoit
point de trait en son Art capable de
peindre sur le visaige de ce Prince
lé poignans regréts d'vne mort si
sensible, toutefois non confus de ma
sterilité puis qu'ele prouient de l'af-

ſtuence de vos merites & beles qualités déqueles auec le cielie ſouhaite
l'accroiſſement, I'oſe bien m'auancé
de vous offrir ce petit ouuraige, ie ne
veus pas vous dire que ce ſoit l'aneau
de Pyrrhe dans lequel Apollon & lè
ſept Muſes étoient naïfuement bien
exprimés : car ſi lé Muſes ont neceſſairement part en ce Labeur ie ne
puis me vanté d'vn Apollon, iuſques
à tant que vous ayés daigné d'en
agreé le títre. C'èt vne petit' Academie de diuerſes inſtruƈtions fort
vtiles à la bonne police dés hommes,
laquel' a auſſi ſaigement choiſi le
Haure de ſa proteƈtion ſous les ailes
de vótre grandeur en qualité d'vn
dé ſaiges Politicques du reſte des
hommes, comme lé vertus déqueles
ele diſcourt ont ſaintement reſoulu
d'étalé leurs diuins fruits, & épàn-
dre leurs cœleſtes parfums ſous les
étendarts de celuy qui lé poſſede toutes en tel degré de perfeƈtion qu'il

ã iiɉ

Alex ab: A-
lex. I. 2. c.
19.

ét plus facile d'en admiré lé beaus
effets que d'en enoncé lé merueilles:
Que la fortune donc continue de
móntrer en vótre perſonne qu'ele
n'ét pas toúiours malauiſée, par
l'accroiſſement de vos honneurs &
dignités léqueles ne deúroient iamais recónoître d'autres Poſſeſſeurs
que vous & vos ſemblables: mais
que dis-je? il n'ét pas en ſon pouuoir
de vous fruſtré de ſe riches dépoüilles
puiſque vos rares vertus releuées au
deſſus de ſon empire les attirent en
dépit de ſa ialous' inconſtance, pour
ſeruir à l'ornement de leur triomphe: Que lé Roys ſubſtituts de l'in-
dependent continuent à vous decoré
de nouueaus titres, & honnoré de
nouueles faueurs, puiſqu' étans appliquées ſur vn ſi noble ſuiét eles ſeront toúiours le prix de la vertu &
la marque de leur iuſtice: Que le
ciel vous comble de benedictions
puiſque vous lé ſçaués ſi bien attirer

aux beaus preparatifs & rares or-
nemens de vôtr' ame, qu'il vous be-
niſſe bien tôt d'vn' heureuſe lignée
heritiere de vos perfectiõs auſſi bien
que de vos dignités, & qu'il faſſe
copieuſement diſtilé la celeſte roſée
de ſé benedictions ſur la bel' Oliue
laquele vous produira cé beaus fruits
vôtre cher' epouſe compaigne de vos
merites. Et pour moy ie demãde aux
mémes aſtres qu'ils m'augmentent
de iour en iour le pouuoir de vous té-
moigné par effét le deſir que i'ay de
viure & mourir.

Filij tui ſicut
nouellæ oli-
uarum in cir-
cuitu menſæ
tuæ ecce ſic
benedicetur
homo qui ti-
met Dominũ.
Pſal. 127.

MONSEIGNEVR,

Vôtre tres-humble & tres-affectionné
Religieux en I. C.

F. I. PERRET Religieux de l'Ordre dé Predicateurs.

ANAGRAMMES.

1. CHARLES DE LA PORTE,

La porte de l'Arche.

VEus tu voguer hardiment
   Sur l'ocean de ce monde
Malgré le remuement
Des oraiges & de l'onde
Suis Noé le Patriarche
Iette toy en seureté
Dans son lieu de pieté
Voicy la porte de l'Arche,
Ou si tu veus te sauué
Dedans l'arche d'alliance
Resous toy à y entré
Par ce portail d'innocence.

---

2. CHARLES DE LA PORTE,

L'Astre de la Cour.

VEus tu sans aucun danger
   Heureusement voyager

Ne marche pas à tatons
Mais empruntant le secour
Du bel Astre de la Cour
Guide toy par sé rayons.

3. CHARLES DE LA PORTE,

La perle de Charité.

*S*I *les importuns assaux*
  D'un' opiniátre tempéte
Ayans brisè té vaisseaux
Te font disputè ta téte
Enhardis un peu ta main
Ton salut èt tout certain
La Perle de Charité
Te mettra en seureté,

AMY LECTEVR.

VOICY les effets de té defirs & de mon affection, laquelé dãs la reminifcéce du dire d'vn Philofophe l'oracle de fon temps, que lé Republicques fomeilleroient en paix à l'abry de tous oraiges lors qu'eles feroient animées par la faige conduite dé Philofophes comm' vn ciel par fon intelligence, m'a dans cete contemplation mis la plume dans la main pour couper auec fon tranchant ce neuf gordien & t'expliqué le miftere de cete Philofophie aux diuerfes occurrences de ce Colege moral. Car celuy qui m'a appellé à vne profeffion particuliere-

ment erigée pour le ſalut des
ames, m'a auſſi donné vn cœur
pour reſſentir les abuz léquels
comme des ancienes coleuures
ſe ſont encore gliſſés dãs le Paradis terreſtre de ce bas mõde,
vne bouche pour m'en plain-
dre, des yeux pour lé pleurer,
& vne plume pour y apporté
du remede.

Remarque toûiours ſur le
front de cet' ouuraige cõmme
cet ancien titre de FF. Pré-
cheurs ſubſiſte encor contre lé
vagues impetueuſés de certains
jaloux & malaiſes léquels incapables de ſouffrir la lumiere
d'autruy que dans ſon eclypſe,
ne pouuans attenté ſur l'excelence de la fonction Apoſtoli-
que de laquel' il tire ſon étre &
ſon honneur, s'en ſont pris à lé-
criteau comme dé Iuifs & par
l'inuention d'vn nouueau mot

de *Iacobin* fondé parce que nous auons quelques maifons eri-gées à l'honneur de S. Iacques, ont táché d'effacé la premier' Imaige le luftre de laquele leur láche & honteufe jaloufie ne pouuoit en aucune façon to-lerér.

Apprenés auffi que le S. Ef-prit lequel l'a folemnelement dicté & confirmé par vn fécond oracle ét vn Dieu trop faige pour s'étre trompé, trop verita ble pour auoir erré, trop im-muable pour s'en dédire, & trop puiffant pour permettre que Satan & fé complices eclypfent fé rayons, aboliffent fé ftatutz, & triomphent de l'infallibilité de fé procedures.

Si ie prenois comme beau-coup d'autres à táche de préché les honneurs, priuileges, & en-comes de mon Ordre mon la-

beur seroit sans repos, ma peine sans reláche, & mes ouuraiges sans fin : mais non, ie laisse
cela pour ceux qui n'en ont que
ce qu'ils s'en attribuent, outre
que ce n'ét pas mon intention
de panægirisé lé particuliers
beaucoup moins ceux qui me
touchent, ains de loüé la vertu
en tous lieus & personnes pour
chasser & exterminé le vice à
la serenade de son éclatante
beauté.

Vne chose diray-je en passant que si lé morts reuenoient
prendre possession de leurs ouuraiges, ils seroient bien étonnés de voir qu'ils ont chãgé de
nom & leurs écrits d'autheur,
sans receuoir de cé corneilles
deguisées par emprunt vn honnéte grammercy de leur charité.

I'ay donc pour ton plus grãd

contentement fait l'induction
d'vne Poneropole dans lé diuers détours de laquele ie fais
comparoître cés hydres & per-
nicieuſes maximes, pour te faire
voir dans le champ de bataille
comme leurs fauteurs n'ont des
armes que pour ſe faire combattre, de la vigueur que pour
ſe perdre, & de la force que
pour ſe détruire, & c'ét ce qui
me fait marqué leur logis à l'enſeigne de la temerité, puiſque
l'objét méme de leur paſſion ét
l'amphytheatre de leur ſuplice.

Toutefois de peur qu'ils ne
fiſſent à leur ordinaire vanité
de leur ineptie, ie leur ay voulu
montrer à nos pretendus qui ſe
trouuent toûiours aux mauuais
marchés comme n'ayans rien à
perdre, que les armes ne me
manquent pas s'ils étoient des
objérs aſſes puiſſans pour ſoûte-
nir vne

nir vne partie de leur efforts, ie
lé voy tiré le bout de leur ai-
guillõ tout emouſſé du deſſous
de leurs ruines, ce qui m'émou-
uroit plútot à lé combattre par
compaſſion que par inuectiues,
ſi leur enuenimé deſeſpoir leur
permettoit de nous faire cónoítre vn repantir.

Mais puiſque leur faúte et
ſans penitence, leur inſolence
ſans bornes, & leus raige ſans
moderation, ie ne manqueray
pas d'accraſé cete puante ver-
mine à chaique fois qu'ele ſil-
lonera mes ſentiers, & de picqué iuſques dans la prunele de
l'œil cé petits renardeaus puiſque leur mauuais goút ne ſçauroit agreé la douceur de mon
miel.

Il te faút remarqué qu'il y a
icy trois diuerſes ſortes de quereles, lé premieres maximes ne

ē

paroiſſent que dans lé ténebres
à l'exemple de celuy qui les a
ſuggerées , lé ſecondes ſont
d'autãt plus communes qu'eles
ont moins de venin, & certanes
autres ſont plus cõteſtées pour
plaiſir & par vne loüable curio-
ſité que par neceſſité de ſalut
laquel' en demande la deciſion.

C'ét pourquoy ie t'ay couuert la table de diuers metz aſ-
faiſonnés à diuers ingrediẽ de-
lectables dans leur diuerſité, à
cele fin que tu en choiſiſſe ſelon ton gout & ton inclination,
voire méme curieus de briefue-
té i'ay misà la marge lé plus fæconds ornemens de mon diſcours pour te mõtrer que l'obiét de ton cõtentement ét apres
Dieu celuy de mé deſſeins.

Ie neveu pas icy t'alé para-
phraſé que voicy le linge de
Parrhaſe, lé raiſins de Zeuxis,

le ſoldat de Theon, le Ialyſe de
Protogene, toutes cé vanteries
& grandes promeſſes font quelque fois bien de la bombance
pour faire paroître vn petit ſou-
ris ſur vn theatre. Ie te dis donc
que c'ét vn petit liure intitulé
l'Academie Morale, prens la
peine de le voir vn peu de prés
& tu en ſçauras dauantage.

Si la fortune luy ferme la porte dé grands ele l'exemptera dé
grãdes cenſures & puiſſans foudres léquels tõbent d'ordinaire
ſur lé ſublimités, que ſi le ciel
rend ſé fruíts agreables & vtiles
dans la mediocrité ce me ſera
vn'hõnéte ſatisfaction, puiſque
ie ne cherche pas à alé catechi-
ſé Moyſe ſur le ſina, pourueu
que ie puiſſe apporté quelque
profit à ceux qui ſont dans la
valée.

L'ortographe laquel'auoit

ẽ ij

déja paſſé par la meilleure plume de ſon temps Meſſire Nico-
las Cœffeteau Euéque de Mar-
ſeille, vnne des lumieres de nótre Ordre ſacré ét tré facile &
tré delectabl' au Lecteur de
quele condition ou ſuffiſance
qu'il ſoit, dans le retranchemét
de tant de lettres ſuperfluës à la
pronõciation, léqueles on ſup-
plée par des accents, mais ie ſuis
bié fáché dé fautes qui s'y ſont
gliſſées au 1. & 2. Chapitre, &
encore plus de la permutation
de certains mots en la 7. & 8.
paige laquele fait vne ſympho-
nie de dernieres ſyllabes que ie
voudrois bien dans Ronſard,
mais ie te ſupplie de ne point
mepriſé le miel de l'abeille pour
ſon aiguillon.

Si cé remuans qui ne regardét
vn liure qu'auec des yeux de
baſilic, pour infecter & conuer-

tif en venin lé chofes lé plus in-
genues, qui blâment tout ce
qu'ils n'entédent pas comme fi
leur efprit étoit le modele des
autres & qui n'y trouuétqu'à có-
trecœur dé perfections à loüer,
portoiét ailleurs lé traits de leur
jaloufie ils me feroient vn traitement tel qu'on peut efperé
d'eux, car ce n'ét pas auoir peu
d'obligation à vn mechât homme que de n'en point receuoir
de déplaifir.

 Si le defir de loüâge m'auroit
fait projeté ce deffein la crainte
des iniures feroit capable de le
me faire retenir, mais la fince-
rité de mes intétions me le fait
auancer auec hardieffe parmy
les opprobres dé medifans fans
me foucier de leurs calumnies,
quoy qu'il me feroit affés fácheus de me voir cenfuré par
d'autres que par ceux qui peu-

uent mieus faire.

Ie te pourrois bien promettre
de pourſuiure ma pointe ſur
beaucoup de curieuſes & agreables queſtions léqueles i'ay déja
conceües dans mon idée, mais
ce grand Dieu qui maîtriſ'ega-
lement ma plume & mé veux
m'en permet le ſeul deſir pour
ſe reſerué la diſpoſition des efféts, léquels ie conſacreray toúiours à ſa puiſſáce & à ton profit & contentemét, attens mieus
& Adieu.

Clama me ceſſes quaſi tuba exalta vo-
cem tuam & annuntia populo meo ſcelera
eorum & domui Iacob peccata eorum, me
etenim de die in diem quærunt & ſcire
vias meas volunt quaſi gens quæ iuſtiti-
am fecerit & iudicium Dei ſui non de-
relinquerit. Rogant me iudicia iuſtitiæ,
appropinquare Deo volunt.

Iſa. 48. c.

APPROBATION.

NOus soubsignés Docteurs en Theologie de la Faculté de Paris, certifions auoir veu & leu vn liure intitulé l'*Academie morale*, ou *Poneropolis conuertie*, composé par Frere Iacques Perret Religieus de l'etroite obseruance de l'Ordre des Freres Prescheurs du Conuent de Clermont en Auuergne, dans lequel n'auons rien trouué qui soit contraire à la Doctrine de l'Eglise Catholique Apostolique & Romaine, ains l'auons jugé digne d'estre mis en lumiere, & donné au public. Fait à Nantes ce vingt-neufuiéme iour de Ianuier mil six cens trante & trois.

Signé,   Frere R. LEGENDRE.

L. LANGLOIS.

APPROBATION.

Nous soubs signé *Frere Hyacinthe Charpentier Docteur en Theologie de la Faculté de Paris, Vicaire & Commissaire de Reuerendissime Pere General de l'Ordre des Freres Prescheurs sur les Conuents de l'etroite obseruance de la Congregation Gallicane & Prieur du Conuent dudit Ordre de la ville de Nantes, ayant veu & leu vn liure iutttulé* l'Académie morale, *ou* Poneropolis conuertie, *composé par Frere Iacques Perret Religieus profes du Conuent de Clermont en Auuergne de l'etroite obseruance dudit Ordre, remply de plusieurs beaux traits digne de son esprit, & d'vne Doctrine conforme à la Foy Catholique Apostolique & Romaine, qui peut donner beaucoup d'instruction & consolation aux fideles, luy auons permis de le faire mettre en lumiere pour le communiquer au public, tesmoin nostre signe & le Sceau de nostre Office. A Nantes ce vingt-cinquiesme Mars* 1633.

Signé, F. Hyacinthe Charpentier.

BRIEFVE TABLE
DES
CHAPITRES
ET RAISONS CONTE-
nues en ce Volume.

CHAP. I.

BRIEFVE

Paul. Plaisante spiritualité de Martin Luther.

CHAP. II.

Toutes choses roulent sous la souueraine prouidence d'vne Diuinité tré stable tres-infinie, & tres-parfaite.

Induction d'vn Escriteau affiché à vne colomne dans cete Poneropole, &c.

Remarquable parole d'vn Empereur. L'antienne vogue de cete fabuleuse fortune. Son remuement. Beaus exemples & histoires à ce propos tirées tant de l'histoire sacrée que prophane. Instances pour prouué la vanité de cete feinte Deesse. Diuerses reueries des anciens au suiet de la creation du monde. L'origine dé Manichéens. Leurs blasphemes à ce suiet. Le fleau de leur erreur tiré de la Theologie & dé saintes Escritures. Antiquités à ce propos.

Premiere raison tirée d'vn beau discours de l'Orateur Romain. La seconde tirée de la Theologie. La troisiéme fondée sur l'Exode. Bel'interpretation de ce passaige.

TABLE.

CHAP. III.

CHAP. IV.

BRIEFVE

Le Colege dé Stoiciens. Actions remarquables
de cé perſonnaiges. Leur opinion à ce ſuiét.
Le Colege dé Peripateticiens. Leur opinion.
cele dé Theologiens declarée dans vn arrét
prononcé par Dieu méme dans le ciel. Le
nom de ce ſiecle. Diuers paſſaiges, Le funeſte banquét de Domitian. Les oracles de la
verité méme. Le plaiſant ieu de nos pretendus touchant le decalogue. Diuers paſſaiges de l'Eſcriture ſainte.

CHAP. V.

IL faut faire beaucoup d'etat du iugement
d'autruy & ſe defier du ſien propre.
Beles paroles d'Alexandre le Grand. Notables exemples. La neceſſité de priſé le iugement d'autruy. Lé qualités des hereticques,
le deſeſpoir d'Arrius, Caluin, Luther, &c.
L'excelence dé Conciles Catholicques tirée de
l'excelence du Chef & des aſſiſtans. Beles
paroles de S. Bernard. La plaiſante farce
dé conciliabules de nos pretendus. Lé rots
du gros Luther.

CHAP. VI.

Parlant dans lé termes de la nature il n'ét

CHAP. VII.

IL n'ét pas bon que lé femmes faffent fpeciale profeffion dé lettres.

BRIEFVE

Induction. Le Colege dé femmes. Diuerses classes. Bele description de l'ædifice. Lé plaisantes histoires d'vne dé Regentes. Bele reponse d'vne de ses écholieres. Certaines anciennes femmes sçauantes.

Premiere preuue tirée de la Loy naturelle. Seconde de la loy de Police. Troisiéme de la Loy Diuine. Beau passaige de S. Paul & d'Isaye.

Lé Rodomontades d'vn Ministre de ce temps. réponse à toutes sé periphrases. Conclusion.

CHAP. VIII.

LEquel ét le plus noble dé deux exercices ou celuy des Armes ou celuy dé Lettres. Induction d'vn guerrier & d'vn homme de robe longue léquels s'emeurent fort sur cete conteste. Recommendation de l'importance de ce procés. Grand' affluence dé passaiges de l'Escriture sainte par léquels ét témoignée la Noblesse de l'art militaire, beau panægyre d'iceluy. Le Reuers de la medaille. La Noblesse déSciences, Reponse aux authoritès cy-dessus alleguées. Bele preuue

TABLE.

comme la guerre et vn mal neceſſaire. Le
malheurs de la guerre comparés auec le
bon heur dè Sciences. La dependance de
l'art militaire à la ſcience comm' à ſa Directrice. Bel' action d'vn ancien Empereur. L'excelence du Docte par deſſus l'i-
gnorant, Beaus vers d'Horace à ce propos.
Harangue à la Nobleſſe de France.

PREMIERE
CONCLVSION
PRÆSVPPOSEE.

C'ét vne chose tres-necessaire &
tres-conforme à l'homme, que de
viure soubs la conduite des Loix.

V N iour me ressan-
tant agité de mou-
uemens sombres &
melācholiques qui
couuroient mon
ame de nuages & ne luy per-
mettoient d'exercer ses fonctions ordinaires. Ie vis que le
Soleil enuisageoit fauorable-
ment la surface de la Terre, &
découuroit par ses raions do-
rés aux yeux curieux des mortels toutes les merueilleuses ra-

Spiritus tri-
stis exsiccat
ossa pro. 17.

Qui diligunt
te sicut sol in
ortu suo splē-
det sic ruti-
lent. Iud. 5.
cap.

A

retés déqueles la natur' auoit si mignardement embely son theatre, & se mettant plus outre sur ses pompes desireus de montrer aux élemens & corps composés d'iceux qu'ils releuent de sa grandeur & qu'apres le tres-hault la premiere sçeance luy est deuë sur l'imperieux pouuoir des choses créees, paroissoit reuétu du plus beau manteau de lumiere lequel il peut trouué dans les douces serenades & agreables temperies de l'air, chassant au loing les malignes vapeurs léqueles enuieuses de son lustre

Sicut nebula dissoluet ur quæ fugata est aradiis solis. chap. 20.

taschoient de s'opposer à son triomphe, & esmouuoir des seditions dans les legers vaisseaus des airs vagabondz. Et pour accomplir de tous poincts la delectable beauté de ceste seraine iournée. Vn doux zephir

s'éleua mignardement, lequel
comm'vn ouurier bien auisé iugeant qu'il y auoit de la super-
fluité aux faueurs solaires, tem-
peroit ce qui luy sembloit ex-
cessif en ses chaleurs, & caressoit le voyageur de ses rafrai-
chissantes saluades commodes
au de là de tous les éuantailhs
que l'art sçauroit iamais fabric-
quer. A l'aspect de c'ét éclatant flambeau inuité par ses fauorables semonces. Ie me resoulus de prendre l'air, & parmy les charmātes amenités dé-
prairies esmaillées d'vne bien
ouuragee broderie de fleurs
léqueles coronnoient leur par-
terr' à l'enuy par l'agreable diuersité de leurs feuillages. Ie fis
dessein d'accepter ces beaux of-
que la nature me faisoit pour
donner relach' à mes esprits
assoupis par vne longu' & en-

*Dulce lumen
& delectabile
est oculis vi-
dere solem.
Eccs. 11.
Cap.*

*Tristitiam
longe repelle
a te multos*

A ij

enim occidit
tristitia &
non est vti-
litas in ea.
Ecc. 39.
Cap.

Væ soli
quia cum ce-
ciderit non
habet suble-
uātem se-fu-
nicul⁹ triplex
difficile rum-
pitur.
26. Eccs.4.
Cap.

nuieuse solitude. Ie sors donc
auec le bon adueu de mes Su-
perieurs & ayant fait rencontre
de deux hōnétes personnages:
Léquels me conuioient honorablement à leur donner la decision de plusieurs petites poin-
tilhes d'esprit opposées, neantmoins aux pieus , élans d'vne
ame vrayemét Religieuse dans
la cæleste sion, lequéles four-
nissent bien souuent dans la familiere conuersation des hommes aux esprits, les plus curieux
en recherches , & fæconds en
beles inuentions vn ample sujet de leurs sublimes pansées.
I'apprehendois d'abord de dō-
ner l'antidote au venin que ie
ne pouuois discerner dans les
innocentes tendresses de mon
aage. Toutefois ie me sentis
vaincu par leurs courtoises sup-
plications d'en discourir se-

lon ma suffisance à la premier'
occasion & retraite. A pein' eus-
ie donné l'essor a ces paroles
que la fortune secondant leurs
desseins nous fit apperçeuoir a
trauers des obscurités d'vn é-
poix & horrible bocage. Parmy
les marests & rochers vne vaste
Cité cachée dans les sombres
horreurs des Valons, sans cul-
ture ny môtre des riches mois-
sons, léqueles auoient si graci-
eusement égayé, nos yeux au
cours delicieux de céte seraine
iournée.   Toutefois presses de
la lassitude & du prochain voisinage de la nuict laquele nous
menaçoit de bien tost renou-
ueler son Empire, nous fumes
contraincts de franchir ces præcipices & adresser nos pas deuers ceste déplorable Niniue.
Or nous fumes bien étonnés
de voir que céte cité ressem-

bloit plutot à vn repaire des
bétes qu'à vne habitation d'hō-
mes, nules parures, nuls beaux
ædifices, nule bele ſtructure
(outre quelqu'vne de laquele
nous parlerons plus bas) Bref
nous n'apperçeuions rien la
dedans ſinon vne treſ-extra-
ordinaire cōfuſion de toutes
choſes, & tous épouuentés de
ce nouueau monde de barbares
nous vimes à l'entrée de ce tartare vn ſeul hōme à guiſe d'vn
Caron, duquel ie m'approchay
le ſaluanr auec toute la cour-
toiſie & benignité à mōy poſſible. Mais comme ſi i'euſſe fait
l'accolade à vn chien, il ſe diſ-
poſoit a me quereler imputant
mes ceremonies a mocquerie
d'autāt qu'il n'auoit iamais veu
praticqué ces honnétetés lors
neantmoins que la ſerenité de
mon front, & la grauité de mon

Relicta eſt
in vrbe ſoli-
tudo calami-
tas opprimet
portas.
Il 24. Cap.

maintien ſerieux eurent vn peu calmé cèt orage , & que les rides de ſon front eurent vn peu cedé la place à la ciuilité aſſés extraordinaire compaigne de ſa ruſticque nature. Ie luy demanday le nom de la cité & s'il ny auoit pas moyen de parler a quelqu'vn des Magiſtrats, il me gronda que pour la Cité on la nommoit Poneropolis. Mais que pour des Magiſtrats il n'entendoit pas mon langage : Alors attribuant ſa repartie à l'ignorance de la ſignification du mot ie m'explicquay en luy demandant qui preſidoit dans cête vile : Surquoy m'ayant reſpondu tout bruſquement qu'il ne ſçauoit ce que c'étoit que de Prince , Seigneur ou Magiſtrat. Ie m'enqueſtay tout remply d'étonnement ſouz quel Loix ils viuoient.

Vbi non eſt gubernator populus corruet.
Pro. 11. Cap.

Mais alors tout émeu de ces
nouueaux discours il appela vne
trouppe de Citoyens, l'vn d'icy
l'autre de là (D'autant qu'il ny
auoit point d'vnion parmy eux)
pour me venir écouter, lesquels
d'abord interrogés me repon-
dirét que de Loix ils n'en auoient iamais ouy parler ; qu'il ny
auoit ny Maitre, ny Seruiteur,
ny Roy, ny Suject, ny Police,
ny ordre, & que toute l'vnion
qu'ils auoiét parmy eux étoient
certaines maximes auqueles ils
s'accordoient tres-bien. La premiere déqueles étoit cele-là,
sçauoir ét de ne souffrir ny
Loy, ny Ordonnance, secoüer
le ioug de tout' obeïssance, &
abolir le nom de Prince, Seigneur & Magistrat auec les
exercices par trop desauanta-
geux au franc arbitre des hommes, lequel leur ét ce qu'ést le

ſceptr’ aux Roys, la triple croix
aux Papes, la pourpr’ aux Cardinaux, la croſſ’ aux Euéques:
C’ét à dire, la marque de leur
dignité releuée par deſſus celle
des animaux, l’enſeigne de leur
pouuoir ſur iceux, & les armoiries de leur nobleſſe. Alors mes
cópaignons de chemin me prierent de commancer par la l’ac-
compliſſement de mes promeſſes & ſatis faction à leurs deſirs
d’autant que dans les Republi-
ques méme treſ - bien ordon-
nés, on entendoit reſonner fort
hautement ceſte maxime dans
les humides Echos des cauernes
animés par le peſant reſpir de
certains libertins. C’ét pourquoy m’ayans éleué ſur vn ter-
tre, ils me prierent d’haranguer
ſur ce ſubiect; ce que ie fis à peu
pres en ces termes, appliquant
ma lägue ſur le commun ſans la

*Tumulique
ex aggere fa-
tur. Virg. 5.
Ænei.*

*Sapiëtia fo-
ris prædicat*

ris plateis da-
tuocem suam
in forib’ por-
tarūmurbis
profert verba
sica sua dicēs
pro. 17. Cap.

disperser aux particuliers, d’autant qu’il ny auoit pas grand’
asseurance en ces Apostres.

Apres auoir bien sondé la sto-
lidité de cét’ impie maxime,
i’auois vne fois creu de ne la
pouuoir plus rigoureusement
punir que par vn mépris digne
de sa brutalité. Mais l’appuy
qu’vne malheureuse liste de libertins tache de luy donné par
ses impostures me fait auisé
que i’ay vne plum’ à la main
pour picqué leurs langues vi-
perines iusques aux agonies
deuës a leur temerité, & vne
presse pour accrasé ce serpent
venimeux sans me détourné
de mon chemin à la porte de
céte mauuaise cité Poneropolis laquele i’ay entrepris de conuertir en bonne cité Agatho-
polis ; pour faire voir à ceux qui
ont encore quelque étinceles

deReligion, qu'il ny a débordement où vn' ame laquel' a
vne fois par fes crimes attiré l'E-
clipfe des graces diuines fur foy
roulāt à laueugle comm'vn autre Pharaon dans les époiffes
tenebres de fon obftiné defefpoir ne fe laiffe peu à peu emporter, impietés qu'elle n'em-
braffe, & facrileges qu'ele n'e-
xerte. Cét pourquoy ie tédray
dans cét obfcurité vn flābeau
à trois raions a ces miferables
abufés par le moyen duquel s'ils
font encore capables de quelque lumiere, ils pourront fe retiré de ce malheur & ouurir les
yeux qu'ils ferment à la verité
au præcipice qui ne leur peut
māqué s'ils ne changent de vie.
Voicy le premier.
Non feulement la Loy ne pre-
judicie point au liberal arbitre
de l'homme, ains au contraire

Indurauit Dominus cor pharaonis Regis Ægipti exodi. 14.

Lex Domi-natur in ho-mine quanto tempore ui-

uit. Apoſt. ad
Ro. 7.

ele luy ét treſ-neceſſaire pour
mettre d'accord les deux parties
ſuperieur' & inferieure. Car n'e-
tant pas homme ny capable de
l'Æternele fœlicité entant qu'il
ét animal : Mais en qualité de
raiſonnable ſelon laquel' il partage également ſon droict de
bourgoiſie dans le Paradis auec
les Anges il s'enſuit que où la
Loy eſt iuſte ou iniuſte, ſi el' ét
iniuſte ótons luy iuſtement c'ét
honorable tiltre de Loy auec le
grand S. Auguſtin dans ſa mi-
ſticque police.

Lib. 21. de
ci. Cap. 21.
pag. 7.

*Vbi verò iuſtitia
non eſt nec ius eſſe poteſt quod enim
iure fit profecto iuſte, fit quod autem
fit iniuſte nec iurè fieri poteſt non
enim iura dicenda ſunt vel putanda
iniqua hominum conſtituta cum illud
etiam ipſi ius eſſe dicant quod de iuſtitiæ fonte manauerit.* La où il ny
a point de Iuſtice la Loy perd
ſon Empire, car les actions con-

formes à la Loy portent aussi le
charactere de la iustice, & celes
qui la chocquent, entreprênent
côsequemment contre l'equité
car il ne faut pas qualifier les iniustes cômandemens des hommes du Sainct & honorable titre de Loy, puis qu'eux mémes
ne peuuent nier que la Loy ne
doiue prouenir & tirer son origine de la iustice comm'vn cri-
stalin ruisseau de sa source. Si
él' ét iuste ele est conforme à
la raison & par consequent tres-
proportionnée à l'homme, lequel sur le titre de raisonnable
porte l'image mém' & le sceau
de la diuinité graué sur son front
emprainct en son ame, & attaché a toutes ses puissances. Si-
gnatum est super nos lumen vultus
tui Domine.

Lex quidem sancta & mãdatum sanctum & iustum & bonum. Ad Ro. Cap. 9.

Psal. 4.

Or l'ame laquel' ét icy en-
close dans la forte prison de son

corps hors de fon centre & éxi-
lée de fa noble patrie, defir'
extrememét comm'vne fubtile
flamme de fe porte dans fa naturele Region & fe lancer en
hault à la contemplation des
chofes céleftes, & pource qu'el-
l' ét affoiblie par le mauuais
traitement que receut le premier des hommes au conflict
qu'il éut auecle dragõ infernal
& le peché plus horribl' encore
que fon Autheur, par lequel fon
heritage cét a dire le flambeau
naturel de fon entendement à
efté grandement obfcurcy, ele
ne peut pas facilement à trauers toutes les mondaines em-
bufcades & femonces de fon
corps ennemy domeftique de
fon bien, a fuiure les fenfualités
de la chair trouué le droict fentier par lequel el' fe puiffe fain-
ctement efforer iufques à la cõ-

templation du bon-heur ſouuerain qu'ele pourchaſſe. Et pour
ce el' a beſoin d'vne Loy la-
quelle la guide en ce pieux voyage, & comm'vne fidelle côm-
paigne & vn pieux flambeau la
conduiſe parmy les obſcurités
& luy montr' au doigt les præcipices qu'ele doit ſagement é-
uité, de peur qu'en ſe reculant
de céte Hieruſalem glorieuſe
el' ne ſe fouruoye a l'inſtar du
pauure voyageur de l'Euangile
parmy les ſentiers obliques, &
par ainſi ne trouue auec des infernaux aſſaſſins les bornes de
ſes ſainctes pretentions peruer-
ties par la trompeuſe de loyau-
té de ces brigands léquels ne ſe
repaiſſent que de ſang de ruines
& de maſſacres. *Niſi quod lex
tua meditatio mea eſt tunc forte
perüſſem in humilitate meà.* Mon
Dieu (s'écri' vn ſage Prince) ſi

*ua animam
& terrena
cogitatio de
primit ſen-
ſum multa
cogitantem.*
Sap. cap. 9.
*Mandatum
lucerna eſt
& lex lux.*
Pro. 6. cap.

Luc. 10. cap

*Inſidiemur
ſanguini ab-
ſcôdamus tê-
diculas con-
tra inſontem
fruſtra deglu
tiamus eum
ſicut infern°
viuentem.*
Pro. 1. cap.
Pſal. 108.

ie n'aurois consideré la Iustice
de vos Loix, ie ne me serois iamais échappé des barques ennemies des cruels pyrates qui voguent continuellement sur la
mer orageuse de ce monde. En
consequence dequoy nous de-
uons toujours auoir vn œil deuers les Astres pour y marquer
notre logis & d'vn acçent pitoyable dresser nos soupirs &
nos vœux vers le souuerain Pro-
tecteur & defanseur de nos ames
& luy porter ces paroles auec le
méme. O Souuerain legisla-
teur traces moy le sentier de

vos commandemés par les douces influences de vos celestes
benedictions, car ils sont l'vnic-
qu'obiect de ma volonté, le but
aimable de mes desirs, & vn ca-
nal dans lequel ruisselent sain-
ctement tous mes souhaits, &
par ainsi voltiger au de là des
nuës

nuës comme des legeres Aigles
& nous rendr'entreles bras de
ce Dieu benin pour careſſé ſa
miſericorde, adoucir ſa iuſtice,
& faire hōmag' à ſa toute-puiſſance. Il faut que celuy qui no⁹
a ouuert la porte de céte premiere raiſon la ferm'& muniſſe
de ſon ſçeau. *Nihil eſt quod ad-*
huc de republica putem dictum &
quo poſſim longius progredi niſi ſit
confirmatum non modò falſum eſſe
illud, ſine in iuria non poſſe, ſed hoc
veriſſimum ſine ſumma iuſtitia rem-
publicam regi non poſſe, Ie n'ay
(dit ce grand Docteur.) rien
emporté par tous mes diſcours
& il n'y a pas moyen que ie pour-
ſuiue plus auant ma pointe, ſi
vne fois cela n'ét arrété que nō
ſeulement : Il ét vray, qu'vne
Republicque ſans gouuernail
ne peut qu'ele ne s'enſeueliſſe
bien tòt ſouz ſes ruïnes, mais de

Aug. lib. 3.
de ciu. cap.
21.

plus qu'il ét impoſſible qu'e'e
ſubſiſte ſinon par le nerf d'vne
vraye & exacte iuſtice.

Voicy le ſecond rayon.

Il ny a iamais eu nation ſi de-
ſolée laquele n'ait combattu
ſouz les étendarts de quelque
Loy auec quelqu' vnion & intelligence mutuelle, & les plus
floriſſans empires de la terre
n'ont iamais trouué corne d'A-
malthée laquele leur diſtilat tāt
de bons ſuccés comme l'inuio-
labl' obſeruance de leurs Loys.
Que ſi nous voulons remüer les
anciens lauriers de céte Rome
conquerante de mondes, nous
trouuerons qu'ils n'ont eu autre
tig' & racine, que cele d'vne
vraye police, mais telement vi-
goureuſe qu'ils l'ont fondée ſur
le maſſacre de leurs plus genereux Citoyens, ſceellée par le
ſang de leurs capitaines, établie

Cum enim
gēte quæ le-
gem nen ha
bent natura-
liter ea quæ
legis ſunt fa-
ciunt, eius
modi legem
non habentes
ipſi ſibi ſunt
lex. Ap. ad
R. 2. cap.

par la mort de leurs plus vaillans
guerriers, & enfin ennoblie par
le propre sang des legislateurs
mémes.

Nous n'aurions iamais faict si
nous voulions tirer a u iour des
preuues de céte verité de l'histoire sacrée, car i'entends de ja
vn ieune Prince legitime bour-
geon du Diademe frappant les
aureilles des assistans à sa funeste tragedie par ces paroles plus
puissantes que l'aymant. *Gustans*
gustaui in summitate virgæ paulu-   1. R. e. 14.
lum mellis & ecce ego morior:Helas!
miel qui communicques la douceur
de ta natur' aux autres,Faut il que
pour auoir voulu experimenter tes
sueurs, tu m'abreues d'vne tel' a-
rtume que cele du trépas, lequel
non gueres loing de moy commance
de-ja à tyranniser mon ame. Vraye-
ment tu n'es plus miel mais fiel, puis
que ton goust m'est vn poison auquel

ie ne trouue point de remede. Gu-
ftans guftaui , a peine t'ay-ie gou-
fté:Et ecce &c. mais neantmoins,
il faut que i'en meure. Ie laiſſe
les frequentes hiſtoires de la
Saincte Bible a çe propos, d'autant que perſonne ne doubte
qu'en vn code ſi ſainct il n'y ait
de tous merueilleux effets des
Lois ſi neceſſaires aux hommes
que Dieu méme s'eſt porté du
haut de ſon Trone ſur le mont
de Sina, pour les leur venir an-
noncer. Mais voyons vn peu
dans les tenebres du paganiſme
ce qui a maintenu les états, accreu les proſperités & détourné
les deſ-Aſtres ſinon vn'inuio-
lable obſeruance des loix æter-
niſées par la multitude des victimes léqueles on a immolées
à leurs Autels, témoin m'en eſt
celuy lequel apres auoir genereuſement choiſi ſon aduerſaire

dans la mélée, hauſſant la main
pour donner ſa vie en proye à
la fureur de ſes armes, au ſon de
la retraicte n'oſa terminé ce
mouuement commancé & ad-
iouſté cette victoir', au reſte
des triomphes au prejudice de
la Loy.

Demandons en encore des
nouueles à Manlius torquatus
lequel eſtant Capitaine : aprés
auoir ſçeu que ſon fils heritier
du courage de ſes ancétres ayãt
cogneu que les ennemis eſtoi-
ent aux enuirõs s'en étoit promptement alé fondre deſſus pour
immoler ſeurs viés a ſes armes,
& par vn' action martiale les
auoit taillés en pieces, & fait du
champ de bataille, vn theatre
de ſes victoires, le fit au retour
de cét' honnorabl' expedition
impitoyablement victimér aux
Autels d'vne iuſtice, de vray vn

Pli lib. I. c. 14.

peu trop rigoureuſe pour auoir
faict cét eſſay ſans ſon congé &
par ainſi contreuenu aux Loix.
Ceux qui pour ne vouloir exé-
pté leur méme progeniture du
ſupplice que leurs ſtatuts or-
donnoient à leurs defauts, vaincus de l'autre coté par les tendres affections de la nature , en
ont voulu porté la moitié & ſe
faire creuer vn œil pour ſatisfai-
re à la Loy, & donner quelque
choſe au ſang par la conſeruation d'vne de ces ſentineles de
la republicque du petit monde,
nous fourniroient vne puiſſante
colõ', a l'appuy de notre pro-
poſition. Bref les hiſtoires entieres nous ſont preſqu'autant
d'amphiteatres ſur léquels nous
liſons innombrables tragedies
pour l'établiſſement de leurs
ordonnances. Peut étre que
quelque Sophiſte diſtinguera

ces verités en difant que de vray
Mars veut eftre feruy acéte mode, ou bien il menaſſe des fuites
honteufes, fanglants, maſſacres,
& déplorables confufions. Mais
que les Dieux domefticques &
familiers n'acceptent point ces
facrifices, d'autant qu'il n'y a pas
d'apparence de captiué la liberté des particuliers & vie pri-
uée d'vn chacun a l'obferuance
des Statuts & reglemens lèquels
ne deuroiét iamais ratréſſir leur
empire dans les ménagemens
particuliers. Ie réponds premierement que la vie de l'homme n'eft qu'vne milice perpe-
tuele, & que fi pour conquerir
de la terre, il faut fubir cét équi-
table ioug , beaucoup mieux
pour emporté cét' habitation
des Anges, céte Hierufalem cœ-
lefte, ce manoir delicieux, &
Royaum' accomply en toute

Militia eft
vita hominis
fuper terra.
Iob. 7. Cap.

Regnum cœ-
lorum vim
patitur &
violenti ra-
piunt illud.
Mat.11.cap.

Os habent
& non lo-
quentur ocu-
los habent&
non videbunt
R. Pſal. 113.

ſorte de fœlicité puis qu'il éc
ſeulemēt a ceux quiſe font force le guerdon de leurs labeurs.
le port de leurs orages, le haure
de leur tranquillité, & la palme
de leurs proüeſſes.

Ie ne veux pas quitter les Idoles ſans ſentimēt phantòmes de
la gentilité, & vrayes organes
du menſonge, ſans tiré de leur
prophane Palais & müet, les
preuues d'vne verité laquele
l'impudence de leurs moteurs,
ne ſçauroit deſauoüer, ains ie
veux montré ſans ſortir de leurs
impies fanes & temples en trois
nations diuerſes obmettant les
autres, qu'eles ont recherché
curieuſement les defauz particuliers de leurs citoyens, pour
graué ſur le funeſte tombeau
d'vne mort ſolemneſe l'expiation de leurs crimes.

Ches les Romains (pour me

taire de la sentence des Vesta-
les) estoit porté par Arrêt, que
s'il arriuoit qu'vne prostituée
touchast l'Autel de Iunon, on
la luy immolast les cheueux abbatus. Ie vous laiss' a panser que
si céte Loy estoit aujourd'huy
gardée, les souliers seroient à
bon marché car nous trouue-
rions trop souuent du cuir de
vache aux cornes de nos sacrés
Autels.

Parmy les Atheniens on en-
uoyoit irremissiblement les A-
theistes experimenter en l'autre vie la iuste fureur du Dieu
qu'ils n'auoient pas voulu recó-
gnoitr' en ceste cy.

Pour les Sésuels & Veneriens
il leur étoit defandu de haranguer en public. Si en ce temps
de grace on obseruoit céte iuste
rigueur on seroit quelquefois
bien en peine de trouué des

*Pellex a-
ram iunonis
tangens illi
crinibus de-
missis ceda-
tur.*

orateurs pour plaidé la caufe des coupables.

Et les Ægiptiens qui fembloient auoir repudié le culte de toutes diuinités pour n'adorer que leurs extrauagâces auoient neantmoings vn foin fort exact, que toutes les années chacun vint declarer de quel art ou moyen il viuoit fouz peine de la vie. O que s'il y auoit afteure de tels cêfeurs, que ce nous feroit vn grand bon heur de voir le monde dépeché de tant de belitres & faineants, gens qui ne fçauroient fair' vn faut fans leué toutes leurs rentes & bien fouuent dauantage ; qui n'ont iamais plus mauuais d'iné que ches eux, qui n'apprehendent rien tant que leur païs, & qui donneroient volontiers à meilleur droit qu'efaü leur heritage pour vn' écuelée de lentilles ;

Les vns qui voltigent de carre-
four en autre comme des mou-
cherons de tauerne, pour attra-
per vn poil de chaque brebis
qui passe & bien souuent percé
iusques à la peau. D'autres qui
crouleront dãs les Eglises comme des charriots mal graissés si
assidus & deuotieux a ce lieu sacré qu'ils les en faut bien souuent chasser a coups de baston,
d'où ils se portent alegrement a
leur azile ordinaire du cabaret
& de-là saouls comme dogues
se peaussent à trauers d'vn paué
le ventr' au Soleil pour voir si
cét Astre liberal ne leur engen-
drera point quelque mine d'or
ou d'argent dans le corps pour
la continuation de leurs bacha-
nales. O qu'il y a de ces galands
vn tel nombre que s'il les faudroit punir selõ ce decret, bien
souuent on seroit contrainct de

faire grac' a l'vn pour pendre
son camarade. Voila sans cherché plus loing trois florissantes
nations léqueles dans l'aueuglement méme du paganisme
ont recherché les fleches mor-
teles en main les deffaults particuliers auec vne tele seuerité,
que devray si parmi le faux culte
de plusieurs fabuleuses deïtés,
ils auroient erigé des Autels à
la Loy soubs l'anneau d'vne diuinité adorable ; Ie crois bien
que les Autels de la vangance
des rebellions, auroit assés re-
gorgé de sang sur les siens pour
la rendré la plus puissante, celebre, & redoutable de toutes les
diuinités.

Qui a maintenu les Persans
sinon les Mages, les Ægiptiens
que les Prophetes, les Hebreux
sinon les Scribes, les Latins sinon les Iuges, les Indiens que

les Gymnosophistes, les Assy-
riens sinon les Chaldeens, les
Grecs que les Philosophes, &
les Lacedemoniens sinon ce
grand Politicque Lycurgus &
vn ordre venerable de graues
legislateurs, lesquels les ont en-
richis par leur industrie, defen-
dus par leurs bons conseils, &
maintenus par leurs beles Loix.
Et ie crois que ches les Romais
Numa Pompilius merite beaucoup mieux le titre de fonda-
teur qu'aucuns de ses deuanciers d'autant que si Romulus a
jetté les fondemens des mural-
les pour seruir d'azyl' ordinair°
aux brigãts fugitifs, Numa d'vn
repaire de voleurs en a fait vne
noble republique, & au lieu des
murailles de pierre a vny & assemblé ses citoyens par le doux
lien de ses beles Loix, en sorte
qu'il se pouuoit a bon droict

donné l'Eloge d'Auguſte. *Lateritiam accepi marmoream relinquo.*

T remperay-ie ma plume dans les ſang pour tracer les funeſtes malheurs de la rebellion & deſobeïſſance. Si les Anges, helas ! ont metamorphoſé leur lueur éclatant' en noires tenebres, leur gloir' en horreurs, leur ioy' en ſupplices, leur beauté en turpitude, & leurs cœleſtes paruis' ſouure du tout puiſſant & receptacle de toutés merüeilles en vn Eternel cachot de malheurs, puant, infect, horrible, fourmillant en ſupplices, friſſonnant de courroux, & chargé de maledictions, c'ét par vn acte de deſobeïſſance. Si nous gemiſſons dans les detreſſes d'vne vie ſi malheureuſe, que nous n'y auõs pas le plus beau iour que celuy qui nous ferme les yeux a ſes

miseres.C'ét la peine d'vne desobeïssáce tele,qu'il a falu qu'vn
Dieu soit venu promulgué ses
diuines Loix,aux enfans de celuy qui les auoit si folemét mesprisées:Bref, disós que l'obseruance des Loix & sa contraire
sont les deux balances de c'ét
vniuers déqueles la premiere
cõme la moins chargée se souleuant deuèrs le Ciel pour luy
fair' offre de son depòt rabaisse
l'autr' appesantie d'iniustes tributs,iusques au centre de la terre. Ce sont si ie l'ose dire deux
Astres le premier déquels porte
sur le frõt la douce serenade d'vn
iour Æternel & l'autre n'a de
l'Empire que dans les tenebres,
dans léqueles il ne découure
que des apparéces & des phantõmes pour faire muraille, &
obstacle à la verité.

Le troisiéme rayon de mon

flambeau montre comme ces
impies ont trouué vn bon &
general expedient pour lâcher
la brid' a toute sorte d'immondices, & s'enseuelir impunemét
dans le gouffr' infame de toutes abominations en aneantis-
sant la Loy, pource que comme
sonne fort bien le cleron de
l'Euāgile. S'il ny a point de Loy
il n'y a aussi point de transgres-
sion, ostés le commandement
il n'y a point de des-obeïssance
tirés les statuts il n'y a point de
rebellion.

Martin Luther vn des opi-
niàtres defanseurs de ceste spiritualité épicuriene & vn des
courageux zelateurs des Autels
de l'impieté, à laquel' il se con-
sacre totalemēt, qui ait iamais
paru dans Sodome & le reste
des Temples de cette déesse
Lutheriene, cognoissant bien
l'interest

Si enim non est lex nec præuaricatio Ap. ad R. cap. 4.

l'intereft qu'il auoit en cette caufe grondoit fort fouuent ces termes d'Atheifte, & c'étoit fa deuife laquel' il écriuoit apres fouppé auec le doit fur la table humectée des reliquats de fa diffolutió bachique. *Non fit Biblia non erunt vitia.* Ouy (difoit ce fcrupuleux cafuifte 'le verre au poing & le rot à la bouche) fi ie veux que malubricité n'ait autres bornes que celes de ma vie. Si ie ne mets en conte de vie que le temps auquel ie fuis yure : Si ie veux voire mefm' au vendredy fainct enuoyer pó-dre la poule grace dans mon corps & l'affaifoner d'vne demy douzaine de mefures fans me-fure de vin a chaiqu' affaut vous me contés que cela ét defandu & contre les commandemens de Dieu. Hé tirés moy ces im-portunes defanfes & il ny aura.

Sacerdos & propheta ne-fcierunt præ ebrietate, ab-forpti funt auino, erra-uerunt in e-bretate &c. If 28.

*Noli e*e *in conuiuis po-tatorum & in comeffa-tionibus eo-num qui car-nes ad vefcé-dü conferunt Pro. 15. Cap.*

C

plus de rebellions. *Non fit Biblia non erunt vitia.* La Bible me le defand & moy ie me le permets en dépit du Pape, & de ses Cardinaux. Voila les cantiques & oraisons de ce deuot Apostat qui a dé-ja plus aualé de pots de souphre dans les ardantes fournaises de l'Enfer qu'il n'a iamais englouty de verres de vin en ce monde, & deuorera dans cett' Æternele prison non des poulets, ains les rapides monceaux des flammes vengeresses de son impieté sans autres bornes que de cele qui n'en a point : Mais nón pas tant qu'il n'en laiss' encor' assés a ceux léquels aprés sétre randus heritiers de ses crimes en ce monde nommément dans sa confrairie des pretendus & cele de son coadiuteur Iean Caluin l'accompaigneront dans ce lieu de tortures, de ma-

Inobedientia nulla est lethaliter criminalis nisi quæ contemptu superbia non euitat. D Ber. lib. de præ. & disp.

ledictions & grincement dé dents durant le cours circulaire de l'Æternité.

SECONDE
CONCLVSION
PRÆSVPPOSEE.

Il est tout éuidant & certain qu'il y a vne souueraine prouidence soubz le vouloir & saige conduite de laquele roulent toutes choses.

'Efficace de ce discours s'étoit peu à peu subtilement glisée dãs les ames barbares de céte trouppe mal polie laquele au son d'vn discours lequel ele n'auoit plus ouy, don-

noit de tele forte fes puiffances
en proye a vn étonnement tout
extraordinaire ne pl⁹ ne moins
que fi vn puiffant foudre venoit
tout d'vn coup au milieu de fon
eftrade frifé le veftement de
celuy auquel il n'apporte qu'vn
fubit rauiffemét & infenfibilité
de toutes fes parties , que de
vray commu'vne vile bien affie-
gée ils commançoient de-ja a
projeté le deffein de l'accord. Ils
me fuiuoient ainfi portans auec
eux vne curiofité de m'ouyr encor' vn coup. Lors que ie vis au
milieu d'vne grande ruë vn po-
teau haut éleué auec vn' enfei-
gne bigarrée de diuerfes couleurs, & figurée par la reprefentation de beaucoup de tragicques hiftoires a laquele ces
paroles étoient attachées en
lettre d'or , *Fortunæ foli Reginæ
deæque Mortalium.* Ce fût pour

lors que mes membres fatigués
auoient beau me demandé le
droict naturel du repos, puifque
ie voyois qu'on s'en prenoiten
fac' a fon autheur. Ie commen-
cay a me taxé de peu de courage
& a rapelé mes efprits abbatus
par les importunes attaques
d'vne laffitude laquele ne fou-
piroit que le fommeil. Et puis
tout d'vn coup roidiffant mon
pied i'entrepris vn fecond combat pour terraffé ce furieux mô-
ftre lequel fe prefantoit a mes
yeux, & en prefance de mô premier auditoire & d'vne nouuele trouppe de ieunes fandãs qui
portoient de gros liures dans
léquels cette maxim' eftoit fort
authorifée, i'enuifagay d'vne face feuere cet impi' ecriteau ani-
mant ma contenance par ces
termes.

Vtinam nefcirem literas (difoit

Sueto in Ner. autrefois ce micantrope dans ces saines années). O lors que ie vois les volumes entiers noircis de l'impieté de cet Atheisme & fourmillans en blasphemes horribles au de-là de tout ce qui se peut. *O vtinam nescirem literas*, pleût à Dieu qu'vn' heureus' ignorance de ces infernales exalaisons me peut soulager des iustes ressantimés qui aiguilhonnent mon ame ; Quand ie considere que la queuë de cet horrible comete d'Atheisme, rejeton du tartare, entretenu & fomanté dans l'ancien chaos de l'idolatrie paroit en nos iours auec d'autât plus perilleuses menaces qu'il semble que *vires accreuit eundò.* Qu'il a laché ses influances sur l'aride terroir d'vn nombre d'insensés esclaues de leurs passiós seulement capable de pareilles semances. Enquoy

Ie remarque que les imperti-
nentes maximes de ces libertins
font de vieux auortons de la
fol'antiquité vaincus & defigu-
rés par les victorieuses & langues & plumes d'vne tirade de
fiecles d'or,& partant ces incō-
gruités roulées dās la téte creu-
fe de tant de folátres & defefperés font telemēt decreditées
par leur impertinence que leurs
fauteurs meriteroient beaucoup mieux d'étre traités au
baton qu'à la plume comme ie
m'en vay preuué.

Cett' éuantée la fortune, affife
fur le globe de fa volubilité a
tant roulé dans les vuides efpaces de la phantaifie des Poëtes
que nous voyons a tout bout de
chāp des ennuieufes defcripti-
ons & titres imaginaires donnés
a cete friponne, laquele n'a ny
étre, ny diuinité que pour fe

mocqué de ſé ſacrificateurs, el'
en prend vn auiourdhuy du
cul de la charruë l'éleue, le
mignotte, l'attendrit, le carreſ-
ſe : Bref le comble des plus beles faueurs déqueles el'ait iamais dépoüillé les plus puiſſans
Monàrques de la terre, & ſoudain par vne lacheté, digne de
ſon inconſtance, tourne la rôüe
met le malheureux baladin pl⁹
proche de la terre qu'éle n'a-
uoit fait des Aſtres, le charge de
malheurs, l'accable d'affronts,
le comble d'opprobres, & en fin
met celuy-là qu'el'auoit rendu
l'objet de toutes ambitions poſ-
ſibles en tel état qu'il ét vn ſpe-
tacle de compaſſion de nul deſiré & deteſté de tous cét en
ces coups la que ſe plait c'ét'
éuantée. Nous voyons dés Em-
pereurs tirés de l'aiguillon aux
ſceptres & au bout de cela payé

fi cher l'interét des plaifirs que
la fortune leur auoit autrefois
prétes qu'ils étoient contraints
de clorre malheureufement la
periode de leur iours dans les
tranchées d'vn' ignomini' into-
lerable, cõme fi iamais ils n'auroient experimenté les fubli-
mités que pour reffantir les effets des grandes cheutes.

Nous voyons dans l'hiftoire
romaine vn Beliffaire foubs Iu-
ftinian, telement chery du bon-
heur, & carreffé du bon fuccés
de fes batailles qu'il fait flechir
le genoüil aux peuples les plus
fiers & barbares, leur impofe des
Lois & remplit les Royaumes
entiers de la terreur de fon glorieux non, ayant plus de manque d'armées à tailler en pieces
de peuples a fubiuger, & des
terres a conquerir que non pas
de forc', & de bon-heur a exe-

Paul. Diac.
lib. 3. hif. R.
in vita iuftis

cuter ſes genereux deſſeins.
Mais enfin au téps que les choſes étoïent plus riantes & ioy-
euſes, la fortune qui les épioit
ne manquà pas de leur apporté
de teles triſteſſes & amertumes,
que le voilà reduit dans vn moment par vn ſubit éclair de ton-
nerre iuſques aux extremités de
la beſaſſe , demandant d'vne
voix piteus' & lamantable ſur
les grands chemins vn pauure
denier aux paſſans pour ſubue-
nir à ſa miſere.

Idem lib. I.
& Vale.

Vn Valerian tient aujourd'huy
ſur le bout de ſon Sceptre tout
l'vniuers cóm'vn coſroë en poſ-
ſedoit vn abbregé par artifice, &
ie le vois tout d'vn coup telemét
rabaiſſé ſoubs le thron' imperial
qu'il ét cótraint de ſeruir le reſte
de ſes iours de ſcabeau pour mó-
ter a cheual, a celui auquel il eut
beaucoup mieux aimé ſeruir

d'échele pour monter au gibet.

Considerons vn Mardochée, oresen qualité de criminel dans les auangousts du supplice qu'il deuoit bien tòt souffrir & tout d'vn coup fétoye des honneurs royaux, pour contempler au reuers de la medaille, vn aman maintenant eleué sur la pouppe des grandeurs, fauorisé du zephir de tous les auantaiges souhaitables, & tout en vn instant laissant fuir a voiles déployés les prosperités qu'il auoit acquises auec tant de coups de rame rehaussé sur vn gibet pour bátir son tombeau dans les sublimités léqueles il auoit si ardemment pourchassées.

Esther cap. 7

Tolluntur in altum vt lapsu grauiore ruant.

Bref cette Brouillonne, en a ioüé de si beles que les siecles entiers apprehendans

Quod de carceve catenis que interdum quis egrediatur ad regnũ & natus in regno inopia consumatur. Eccl. 4.cap.

son imaginaire puissance luy ont deferé des honneurs diuins a l'odeur de l'encens & continuel massacre de victimes. Pour bastir Rome, il falût attendre les augures, les vantours furent

Flo.lib.1.c.1.

les arbitres & électeurs d'vn chef. Pour entreprendre des combats & épouser les exercices de Bellone, il faloit sçauoir de quel côté venoient les oyseaux, les faire manger & au cas qu'ils fissent des dégoustés les

Val. lib.1. de Aug. & flo. lib. 1. c. 2.

enuoyé boire dans la mer a plõgetéte (comme fit cet ancien Capitaine) attacher a l'euenement de ces ridicules impertinences, la resolution des plus importans affaires de la republicque, & s'en alé gaigné les bonnes graces de cette vaine deité par souplesses & sacrifices. Mais ét il possible qu'il y ait eu vne nation si brutale, & dépour-

ueuë de iugement qu'vn chacun adoroit tout le lõg du iour
& reueroit comm'vne diuinité
supreme. La premiere chos'animée qu'il rēcontroit a son leué
quand bien c'auroit été un áne,
auquel encor' eussent ils deferé
quelque chose de particulier
par droit de parenté. Ie ne veux
pas icy rapporter pour histoire
ce qu'on dit de celuy lequel
ayant par vn malheureux rencontre, son chat pour Dieu de
la iournée. Lors qu'il fût l'heure du díné le Dieu vigilant
comm'il étoit, a propos ne mã-
quà pas de se pouruoir des premieres sans ceremonie, & se seruir du priuileg' & droiĉt deu à
sa deïté, auec vn tel partage
qu'il ne laissa rien au compa-
gnon qu'vn déplaisant plaisir
d'auoir veu ioüé le traiĉt sans
oser faire le hola a celuy que le

hazard luy ʼauoit donné pour
fouuerain Maiſtre , mais notrʼ
idiot bien ennuié de cét empire
sʼen aloit tout plantif diſant à
ſé voiſins quʼil ne ſçauoit pas ſi
ſon Dieu étoit vn Æſculape
pour luy enioindrʼ vne ſi rude
diéte, mais quʼille pouuoit bien
aſſeuré que sʼil le faiſoit ieuné
ce iour là par abſtinéce de viandes il ne ieuneroit pas le lendemain apres ſa deïté de coups de
báton, où ils ſeroiét bien chers.
Ie puis bien dire iaçoit que cecy
nʼait point dʼAutheur aſſeuré
que la premierʼ ineptiʼ étant ſu-
poſee, ele ne máque pas dʼétre
ſuiuie de pareils effets non
pas en petit nombre. Enfin tout
lʼocean de lʼorageuſe gentilité
a reſſanty ſi generalement lʼin-
fection de cette puante vapeur
que ce ſeroit porté la chandelʼ
au Soleil comme cét ancien fa-

quin indigne du non de philoſophe de vouloir recherché de
plus ennuyeuſes preuues de ce
qui n'ét que trop appuyé dans
la malheureus' experience que
les ſiecles paſſés & preſans nous
font toucher au doigt, car pour
la gentilité, el' en a été toute la
que d'attribuer a cette chimere
comm' a vne Deeſſe, la proſperité où le mauuais état de ſes affaires, reuerie laquele le ſatyrique n'a peu exempté de ſon aiguillon en ces termes.

Nullum numen abeſt ſi ſit pruden-
tia : ſed te
Nos facimus fortuna deam cœlo-
que locamus.

Mais examinons vn peu ces
infenſés & demandons leur ce
qu'ils entendent par le mot de
fortune : ils ne ſont pas a mon
auis ſi orgicques & furieux qu'
ils ne côfeſſent qu'vne diuinité

Iuue. lib. 6.
Sat. 1.

ét neceſſairement vn étre parfait hors du Parangon des autres , & étandu dans lés eſpaces
infinis d'vne nobleſſe , ſageſſe,
puiſſance & autres perfections
inimaginables a tout autre qui
nét pas Dieu. Or ie leur demande quel étr' a la fortune , ſi c'ét
vne ſubſtance, ils m'auoüeront
que non , el' ét donc moindre
qu'vn cheual, voire mémequ'vn
fétu, mais encore quel accident
ét ce ? où ét il , quel regime,
quele prouidence peut il auoir,
pour le maniment de céte noble maſſe de l'vniuers. Ils ſeront
cõtraints de nous dire que leur
diuinité ét vne ſimple denomi-
nation que reçoit lact' hors de
ſon eſſance d'étre contingent
ou caſüel & ces falots nous feront fair' & multiplier a tout
bout de champ leurs Dieus &
Deeſſes poſterieursa nos actiós
multipliés

multipliés en nombre presqu'infiny, auec vn'entiere dependâce d'eles. Et neantmoins lorsqu'il faut parlé de la souuerain' Architecture de ce bas mond' ils ont recours a vn abíme de confusion, masse tenebreuse laquel' en vn mot n'ét autre chose sinon

Rudis indigestaque moles quam dixere Chaos.

Et la dedans feront-ils choqué leur Dieus encore tous mal faits l'vn contre l'autr' au hasard s'entrepolir en cette fort' a qui mieux mieux comm'vne pierre polit, l'autre & mettre par méme moyen sur bout l'admirable machine de ce monde. O beles diuinités puisqu'eles ont la volubilité pour constance, pour force la foiblesse méme, pour pouuoir l'impuissance, la mendicité pour l'independance, le

Atque chao densos diuum numerabat amores Virg. Geor.

D

centre de l'abiection pour fouuerain coupeau de toute nobleſſe & tous les autres diuins
attributs telement a rebours
qu'il n'ét pas poſſible de trouuer en eux autre bien que celuy de l'étre lequel n'excede pas
au pis alé celuy d'vne couleur
quele quele ſoit incapable de
ſubſiſté d'ele méme , encore
cette-cy ét el' indepandante de
l'operatiõ de nótr' eſprit. Cette
réuerie n'a iamais éte capable
de recuillir autre fruit qu'vn
mépris digne de ſon ineptie.
Democrite n'ét pas plus ſaige
quand il dit que les a tomes ſont
les vniques ouuriers & materi-
aux tout enſemble d'vn ſi exe-
lant Ædifice , car il faut bien
dire que ſi l'homme doüé de ſi
nobles & beles puiſſances ne
peut pas ſeulement produir' &
donné l'étr' a vne fleur, il faut

neceſſairement que cela ſoit reſerué a vn étre totalement releué pardeſſus le ſien , lequel
puiſſe porté des imperieuſes
œillades dans le neant pour en
tiré ce qui n'ét pas: Bref ie crois
que ces vieux conteurs de for-
netes ont iuré de nous faire paſſé des fables d'Æſop' en rang
de verités.

Mais (pour obmettre l'Atheiſ-
me d'Epicur' & de ſes adherans)
ſi nous voulons entré dans la
nacele de grace nous lirõs dans
le debris de l'hæreſie des Manicheens de bien plus malitieus
blaſphemes contre la diuinité
en ce ſujét.

Ces impies ſont' venus d'vn
certain Manes qui veut autant
dire comme fou, pour montré
que bien ſouuent les nons s'accordent aux perſonnes. Vn braue Romain ſubtiliſant ſur le ti-

Cathal. bk

D ij

tre des Ænobarbes de la race
de Neron s'écria par vne vray'
Horoscope du mauuais narurel
de ce monstre. *Ne miremini eum
æneam barbam habere cui sit os fer-
reum & cor plumbeum*, ne vous é-
tonnés pas (dit il) si celuy a vne
barbe d'ærain lequel porte vn
cœur de plomb & vne bouche
de fer , quant a moy i'en dis le
méme touchant le títre des Manicheens qu'on interprete chi-
ens enragés. *Ne miremini tam hor-
rëdis eos sæuire latratibus quibus sit
& re & nomine ductor rabidissimus
canis*, ne vous étónés pas si ceux
la abboyent par de si furieux vr-
lemens qui sont sous la conduitte d'un enragé de non & de
fait puisque, *Regis ad exemplum
totus componitur orbis*. Tel valet
tel maitre tel écholier tel re-
gent. Cet infam'estoit Persan
de nation lequel vint a vne tel'

extremité de folie qu'il prote-
ſtoit étre le S. Eſprit enuoyé de
Dieu le Pere ; & ſouz ce voile
bien qu'il ne fût qu'vn impi' &
ignorant coquin, il influa la cõ-
tagion mortele de ſa peſtilente
doctrine , enſorcelant de paroles ceux qui prétoient l'oreill' a
ſé blaſphemes & enfin cõm'vne
mauuaiſe cauſe ne mãque gueres de defanſeurs il fit planch'
aux complices de ſon impieté
par le trompeux peruertiſſe-
ment de certains cajoleurs, qui
auoient du bec duquel ils ſça-
uoient aſſés bien exprimé le
miel dangereux de leurs ſophy-
ſticques paroles pour trompé
ceux qui en auoient enuie, mais
au bout du comte tirés a l'áne
d'Æſope ſa peau de lion il paroit tel qu'il ét, c'éta dire vn áne
par tous lé cas & nombres. Mais
helas ! faut-il que la vertu ne ſoit

au monde que pour faire litier
à l'impieté qu'ele gemiſſe ſouz
les inſolentes temerités & vio-
lantes oppreſſions du vice, ſans
pouuoir au ſons plaintifs & ge-
miſſātes douleurs de ſon eſclauage mettre les armes au poing
a ſé nourriſſōs pour coupé chemin aux exordes du funeſte rauage de ce barbare tyran. Cé
cauteleux renards entrérent ſi

ſubtilement dans la vigne ſaincte de l'Egliſe militante qu'ils
cuiderent pourir & infecter vn
des beaux ſeps qu'el' ait iamais
produit. Mais ce grand Docteur.
ayant oüy diſcourir faute l'oracle de leur ſecte , luy qui ne ſe
rapaiſſoit pas du vent a guiſe
d'vn Cameleon, ains de la ſaine
nourritur e de preignantes rai-
ſons& pāſées ſublimes ne trou-
uaen cé charlatan, ſinon qu'vne
jolie téte, de vray, mais cōm'il la

confidera de plus pres il cóneut
aqu'ele n'auoit point de decer-
ueau : C'ét pourquoy il n'a pas
été leur capitaine, mais leur ennemy iuré, non leur appuy, ains
leur ruine, & a fi puiſſãmét heurté la barque flotãte de leurs malitieuſes nouueautés qu'à peine
verront-ils ſeulement iamais lé
debris de leur celebre naufrage.

Ces impoſteurs entr'autres
impertinences qu'ils táchoıent
d'authoriſé vinrent a vne tel'
impieté que de porté leur aueugle fureur iuſques dans le thróne du tout-puiſſant pour luy retranché ſon empire, luy faire ſa
part, borné ſon infinité, & luy
rauir vne partie de ſé poſſeſſiós.
Sçauoir ét la creation de ce va-
ſt'vniuers & de tout ſon riche
meuble pour la donner a ſon
ennemy iuré le Diable qu'ils
apeloient en leur iargon *Dieu*

Dñe exer-
cituum Deus
Iſraël qui ſe-
des ſuper che-
rubin ꝛues
Deus ſolus
omniũ regno-
rum terre tu
feciſti cœlum

& terram.
Is. 37. exp.
Beatus cu-
ius Deus Ia-
cob adiutor
ei² spes eius
in Domino
Deo ipsius
qui fecit cæ-
lum & terrã
mare & om-
nia quæ in eis
sunt. Psal.
145.
In principio
creauit Deus
cælum &
terram gen. 1
Tui sunt cæ-
li & tua est
terra. Ps. 88.
Dominus sa-
pientia fun-
dauit terram
stabiliuit cæ-
los prudentia
Pro. 3.
Contamina-
uerunt terrã
meam in mor-
ticinis idolo-
rum. Ier. 16.
Laudent eum
cæli & terra

des Tenebres, Dieu des choses sub-
lunaires, voulans cès impies blâ-
mé Dieu de ses procedures en
ce qu'il auoit chassé ce superbe
dé vastes Elysiens de son Royaume dans les abímes, cachots
deus à sa temerité le, prendre, &
non seulement le remetre dans
ses premieres fœlicités ains encore luy donné ce qu'il auoit
insolemment souhaité c'ét a
dire le nom & qualité de Dieu,
d'autant (disoient-ils) que ce
mond' écumant en toute sorte
de malheurs ne pouuoit en nule
façon étre l'ouurage d'vne main
si iust' & sçauante qu'ét la sien-
ne, & ainsi sur ces foles aparan-
ces & fondemens ruineus aloient bátissans leur Babilone ne
s'apperceuans pas ces ignares
que tout ce qui ét au mond' ét
de soy trébon accõply de traits
& perfections léqueles ne mon-

rent pas de tiré leur princip' &
leur être d'vn Dieu de tenebres,
mais d'vn Dieu lumineux, fouuerain, & clairvoyant en perfectiõ totale, & que si le mõd' ét
le theatre de si sanglantes tragedies & la gomorrhe de tant
d'iniquités, les hommes seuls
en doiuent porté le blâme &
non le reste des creatures léqueles sont indiferentes au bon
ou mauuais, vsage étans toutes
sujetes au bon plaisir & liberal
arbitre de leur Prince, lequel à
vne plein' authorité sur eles de-
leguée du Tout-puissant, *Omnia*
subiecisti sub pedibus eius oues & bo-
ues vniuersa insuper & pecora cam-
pi apropos des Manicheés (Psal-
modioit diuinement bien le
Prophete Royal Dauid), neantmoins les libertins de ce temps
zelateurs de l'authorité du vic'
& de l'erreur metent si haut cete

mare & om-
nia reptitia
in eis. Psal.
68.

Psal. 8.

maxime *sub Rosa* à la mode d'A-
lemaigne c'ét à dir' aux gens du
complot ou autres pauures idiots qu'ils peuuent enlacé dans
leurs sophysmes parmy les om-
brages de vains discours qu'ils
s'imaginent de triompher en
une cause tout a fait desesperée
que si qu'elqu'vn entreprend de
leur faire voir dans la clairté des
raisons la realité de leur imper-
tiuence, ils luy diront pour tout
pay'ment lors qu'ils auront entrepris de contrefaire les Manicheens qu'vn Dieu n'ét pas vn
Roytelét pour rabaissé sa pro-
uidance sur des choses si basses

Dominus de caelo prospe-xit super filios hominum Psal. 13.

que sont celes de ce móde (cóme si l'aiglé suspédu' à la faueur
de sé plumaiges dans les hautes
regions de l'air au voisinage dé
sé barques humides maintenoit
moins ses yeux perçans dans

D. Th. 1. p. q 11. a 3. de

l'exercice de tuteurs & gardiés

de fé petits niches dans lé baſſes
aĺées de cet vniuers) & qu'il ét
bien ſçeant a vn grand Monarque d'auoir comm'vn Subſtitut
& Vicaire general pour traité lé
negoces qui ne ſont pas dignes
de monter au thróne Royal ne
regardans pas auec le docte Iean
de Turrecremata, en ſon liure
contre les cinquant' erreurs,
dé Manicheens que ce ſou-
uerain Maiſtre regit les choſes
ſublimes prouidemment , les
inferieures ſagement & lés baſſes auec vne main auſſi nobl' &
releuée comme s'il l'appliquoit
au plus noble de tous les étres
hors du ſien, car tout ce qui n'ét
pas Dieu, n'a qu'vn méme non
deuant le throne de ſa Majeſté
diuine, ſçauoir ét de creature.
Le pſalmiſt' y ioint le pieux accent de ſa bel' harmonie lors
qu'il s'écrie ſi haut que les vou-

prouidentia Dei,

tes du Ciel, les creux echos de la terre, & les fombres cauernes des Enfers puiffent l'entendre qu'il ny a rien qui puiffe fe difpanfé de la protection & fauuegarde de ce grand Seigneur qui a cõpaffé fi exactement toutes chofes à la droite ligne d'vne fapiance fans pareille que le Ciel fe glorifi' a bon droit d'etre fon fiege & fon louure Royal, & la terre de feruir d'efcabeau a fes pieds: Bref que tout ce qui ét ne fçauroit fe foûtraire des riches coffres de fon immenfité ny recognoîtr' autre poffeffeur que luy méme.

Omnia in fapientia fecifti, impleta eft terra poffeffione tua. Pf. 103.

Cælum fedes mea, terra autẽ erit fcabellumpedum meorum. If. 66. cap.

Mais fi la foibleffe de leurs raifons ét contrainte de fair' hommag' à la verité, ou pour le moins de confeffé que de ce coté-là ils ne trouuent point d'affes puiffãtes machines pour heurté fa conftance, ils change-

rontbien tót de baterie, & (commé l'hypocrifie dépouillée du
manteau duquel el' auoit long-
temps caché fes veneneufes l'a-
me tout' honteufe de l'euidan-
ce de fon venin ne recourt dans
ce naufrag' a autre mal qu'à celuy du defefpoir)ils diront dans
ces extremités qu'il ny a autre
Dieu que le Hafard (ne fçachãs
comme nous auons dé-ia montré ce qu'ils doiuent conftam-
ment entendre par c'ét incon-
ftante diuinité & tres afleürée
folie) que les exemples en font
foy. Vn Lucuis Quintuis che-   *Florus lib.*
tif bouuier chang' heureufe-   *I.c.II.*
ment fa charrete ruftiqu' en vn
chariot triomphal dans lequel
il étporté en qualité de dicta-
teur. Vn Seruius change fon ef-   *Idem. lib.*
clauag' en empire, fon rondeau   *I.c.6.*
en diadem' imperial & fes outils
mechanicquesen fceptre.   Vn

Dauid se voit presqu'en dépit de soy appelé de ses troupeaux pour venir receuoir l'Onction sacrée des mains de Samuel deputé Commissaire par la puissance du tré-haut pour l'asseoir dans le tróne Royal & luy conuertir sa holett' en Sceptre.

1. Reg. cap. 16.

Vn Ventidius triomphe glorieusement par deux fois dans lé plus tendres années de sa vie. Apres ce beau printemps il passe son été dans vne contemptible bassesse, mais tout d'vn coup son Automne dolent de l'inconstance de son deuancier luy produit de tels fruicts qu'il combat & triomphe genereusement de la plus magnanime & puissante nation qui eút onc-ques eu a fait' auec lé Romains.

Sab. 17. c. 8.

Que dira a cecy Vitellius lequel enlacé de tous cotés & importuné de crediteurs ne sçeut

auoir autr'argent pour ſe conduire dans l'Eſpaigne que celuy
de quelquesioyaux de ſa femme léquels il fut contraint de
vendre ; Ie n'en dis plus car ie
le vois tout d'vn coup porté dãs
le thrón' Impérial ſans autres
bornes de ſé poſſeſſions que celes de tout l'vniuers : hé ! ie re-
prens mon ancre lors que ie le
vois ignomineuſement trainé
dans le lieu de ſé paſſées proſperités hüé, deteſté & couuert
d'immõdices que le iuſte courroux dé petits enfansluy pouſſé
deſſus ayant vn couteau ſouz le
menton a cele-fin qu'il ne puiſſe baiſſé cete face autrefois re-
uerée, & alors l'obiet de tous
opprobres,ie ne le vois plus, car
il étdé-ia precipité dansſé clo-
acques & ſentines acheuant là
de vomir ſon ame malheureuſe
parmy l'infeâion puante des

Fulg.l. 7. c. II.

ordures, Mais ie veux encore
leur ayder a mettr' en auant lé
plus grands chefs d'œuure de
l'inconstance. Le Royaumes de
Naples me pri' à haute voix
d'obmettre cet acte de la tragedie, mais ma France m'y exhor-
te lé Palmes en main. Ferdinand
Roy de Naples meu de quelques côsideratiôs particulieres
met son sceptre dans le poing de
son fils Alphonse le plus ieune.
Cetui-cy ayant a peine regardé
que vouloit dire ce petit bour-
don frappé de la crainte dé valeureux Gaulois qui semoient
par tout la terreur de leur glorieux nô auec la suitte de leurs
proüesses le laisse tomber entre
lé mains de son fils Ferdinand.
La dessus le genereus Charles
Huictiéme le pria sans autre
compliment que celuy des Armes de le luy ceder, & apres cela
contant

contant d'auoir vaincu feport'
a dé nouueles expeditions. Nótre premier Ferdinand reprend
fon déz & preffé du deftin de ·
payé le tribut a nature le laiff'
a fon oncle Federic, & cetui-cy
pour finir le ieu en fût tout d'vn
coup déchargé de la méme façon & difpenfe que le petit Ferdinand par Louys heritier dé
victoires de Charles auffi bien
que de fa coronne. Qui a iamais
veu le plus beau ieu de paulme.

Lepidus nous en dira fon mot
s'il veut. Il ét le premier du triumuirat auquel il en fait dé fienes
& entr'autres profcrit balbinus.
Augufte s'y veut faire faire place
& le pouffe dehors, en atten-
dant Balbinus la paix fait' auec
Pompée deuient conful & l'autre reduit a vne tele mifere que
lé feruiteurs de Balbinus lequel
il auoit veu tant de fois, fuppli-

Sab. l. 7. c. 8

Ful. lib. 7.
c. v.

E

ant a ſé pieds ne luy vouloient
ſeulement pas permettre l'ac-
cés de celuy qu'il n'auroit autrefois preſque daigné de regar-
der.

Voila donc (pourſuiuent nos
ergoteurs) comme lé tragedies
dé malheureux ſont preſque
ſans autre nombre que celuy
des hommes, puiſqu'à pein' y en
a il vn qui ne reçoiue ſon ſou-
flet plus ou moins violant, lé
metamorphoſes teles qu'on diroit que ce ſont dé fables ſi leurs
crueles attaques ne faiſoient
bien auoüé leur realité pour
le moins aux miſerables, que
toutes les hiſtoires nous ſont
autant de preuues de cete verité, que la viciſſitude dé choſes
humaines ne préche rien autre,
que l'inſtable condition des
hommes le confirme: Bref, que
bien ſouuent rayonent des

Aſtres en eſprit & autres ex-
celans doüaires dans vne che-
tiue grotte laquele n'a pour ornement que les immondices,
pour rareté que la turpitude, &
pour magnificence que les horribles ſentiers des animaux ſa-
les & vilains;au lieu que des he-
betés & ſtupides qui n'ont rien
de viril que la coiffeure,rien de
recommandable que le non
d'homme , & rien d'eminent
qu'vne trégrand' & tres extraordinaire bétiſe trouuent leur
berceau honorablement em-
bely dans les Palais Royaux
patmy la pourpre , les careſſes,
applaudiſſemens , & magnifi-
cences, que cet aueugle dépar-
tement de faueurs ne peut re-
conoiſtr' autre diſtribueur que
l'inconſtance méme, & que par
ainſi.

Quo fata trahunt retra-

E ij

buntque ſequamur.

Ils ſont reſolus de ſe laiſſé doucement aler au torrent des mondaines amorces puisqu'autant leur en vaut.

Quid ſit futurum cras fuge quærere.

(diſoit cet epicurien Liricque philoſophant parmy les pots.)

Or il ne faut plus a ces extrauagans qu'vne petite baterie, a cele fin que la victoire, laquele nous ét infallible puisque le Ciel entreprend la querele cõme ſiene, ayant épuiſé toutes leurs mauuaiſe fuméesface ſoné la retraicte : & c'ét de leur mõtré que les idolatres méme qui ont eu tant ſoit peu de flambeau naturel dans la vogue de cete reuerie s'en ſont mocqués pour donné la foy & preté ſerment aux Autels ſacrés de la verité oppoſée.

Car de leur alegué dés autho-
rités tirées des écritures Sain-
ctes dé peres & docteurs, aftres
legitimement attachés au firmament de l'Eglife, c'ét vn'occupation de danaides puis qu'il
crient tout haut qu'ils ne croyent en Dieu que par compliment & au Diable que par amitié. L'authorité dé Socrates, Se-
necques, Platons, Ariftotes &
autres lumieres de la gentilité,
léquels ont men'vne vie plus
exemplaire que l'ordinaire des
autres leur feroit bien tót dire
que ce font dé fuperftitieux.
Voyons neantmoins s'ils vou-
drōt lire chés l'orateur Romain
la condamnation de leur impi- *1. Tufc.*
eté. Voicy le plaidé, & l'Arreft
definitif, *Animorum nulla in ter-*
ris origo inueniri poteft, nihil eft
enim in animis mixtum atque con-
cretum aut quod exterra natum at-

E iij

que fictum esse videatur. Nihil ne
aut humidum quidem aut flabile aut
igneum, his enim naturis nihil inest
quod vim mētis cogitationis habeat
quod & præterita teneat & futura
prouideat & complecti possit præ-
sentia, quæ sola diuina sunt nec in-
uenientur vnquam vnde ad hominem venire possint nisi a Deo. Singu-
laris est igitur quædam natura atque vis animi seiuncta ab his vsita-
tis notisque naturis. Ita quidquid
est illud quod sapit quod uiget cæleste & diuinum est ob eamque rem
æternum sit necesse est. Nec vero
Deus ipse qui intelligitur a nobis alio
modo intelligi potest nisi mens solu-
ta quædam & libera segregata ab
omni concretione mortali omnia sen-
tiens & mouens ipsaque prædita
motu sempiterno. I'ay quasi de la
pein' a croire que ce soit là le
discours d'vn payen. Ie ne puis
Hæc dicit me persuadé (dit ce grand es-

prit (que la noblesse des ames releue de rien de terrestre, car eles sont exemptes de toute cōposition & n'ont rien qui puisse tiré son origin' & son principe de la terre, car si lé creatures auoienr leur étre fortuitement tel, sans la main ouuriere d'vne souueraine prouidence, les quatr' elemens seroient les vnicques ouuriers de toutes lé choses creées. Or ét-il qu'ils ne peuuent en aucune façon bátir vn ouurage tel qu'vn ame d'autant que si el' auoit d'eux son étre, el' en puiseroit aussi lé proprietés, sçauoir ét de se pouuoir rendre present, ce qui n'ét plus par la fide le garde d'vne memoires d'attendre ce qui n'a encore point d'étr' a la faueur de la preuoyance, & d'embrasse ce qui coule par la phantaisi' & l'entendement, or ét-il que les éle

Dūs creans cælos, ipse Deus formās terram & faciens eam tremere ipse plastes eius non in vanū creauit eam vt habitaretur formauit eam, ego Dominus & nõ est alius. Is. 45. cap.

Vani autem sunt homines in quibus non subest sciēia Dei & de his quæ videntur bona non potuerunt intelligere eum qui est nec operibus attēdentes agnouerunt quis esset artifex sed aut ignem aut spiritum, aut citatum a erem, aut girum stell.

mens ne sçauroient dóné cecy
a l'ame d'autant qu'ils ne l'ont
ny ne le peuuent auoir, doncq;
il faut trouué quelqu' ouurier
maître ét superieur de ceux cy
lequel lé guid' eu leurs ouuraiges ét soit infiniment releué par
dessus la noblesse de cét admirable creature pour luy donné
son étr' & ses proprietés. Il faut
donc dire qu'il y a vne nature
totalement separée de ces étres
limités de laquele toutes les autres dependent cóme d'vn premié principe, lequel ne reco-
noiss'autre source, autre facteur
& autre seigneur que soy méme,
& tout ce qui veut, qui entend,
& conçoit ne peut depandre
d'autre cause que du bras infiny d'vn Dieu tré-vray tré-con-
stant tres immuable, & absolu-
ment aternel en sa durée; car
en effet quand nous conceuiós

un Dieu nous ne pouuons pen-
ser autre chofe qu'vne natur'
épurée & feparee de toute corruption mortele laquele neantmoins lé traite, regifs' & manie
felon lé refforts de fa toute puiffance, & foit auffi incapable de
pouuoir iamais experimentér
aucun' eclypfe de fes perfections, comm'el' a eté repu-
gnant' a iamais auoir aucu-
n' Auror' ou Orient de fon
étre. Voila la philofophie d'vn
gentil, & de grace ie leur demande qui ét ce qui a fait cete
fleur? S'ils me difent que c'ét la
terre ie leur fais la méme demande touchant le facteur de
la terre & ainfi en fuitte, iufques
a ce que nous en venions a vn
dernié duquel ie demande s'il a
été fait par vn autr' ou bien par
foy méme fi c'ét par vn autre
cherchons le, & faifont les mé-

D. T. I. p. 93. a. 1.

mes enquetes, s'il ne recónoit
autre principe superieur & maître duquel il depande, c'ét l'independant, c'ét l'infiny, c'ét le
Dieu que nous cherchons, que
nous auons trouué, & duquel
nous parfumons lé diuins Autels des adorations & sacrifices
deus à sa Majesté souueraine.
Et voila la raison pourquoy le
maître de la Theologie Sainct
Thomas d'Acquin asseure que
la cognoissance qu'on a d'vn
Dieu n'excede pas lé bornes de
la nature. La Metaphysic qu'en
discourt pertinément & par de-
monstrations que la logicque
nomme, *a Posteriori*, sans autre
rayon autre faueur & assistance
que de la nature. Reste donc a
conclure que toutes lé creatures préchent hautement qu'el-
les ont vn maître souueraine-
ment saige, infiniment parfaict

r. p. q. 2. a.
I. I. 2.

& tout-puiſſant, ſtable, immua-
bl'ét æternel.

I'ay encor' vn ſecond témoi-
gnag' a enleuer a l'antiquité
idolâtre comme a cele qui le
poſſed'iniuſtement & c'ét l'o-
pinion de ceux-là qui doiuent
auoir quelqu' Audience lors
qu'ils raiſonent puiſqu'ils apre-
noient ſi bien taire que le noui-
tiat entier de cinq années leur
étoit vn' echole d'vn perpetuel
ſilence, ce ſont les Pythagori-
ciens. Voicy leur opinion dans
Virgile au quatriéme liure de
ſes georgiques, touchant la de-
pandance dé creatures à vn
vnicque Souuerain & indepandant Createur.

Princ̨ipio cœlum & terras, cam-
poſque liquentes,
Lucentemque globum lunæ, tita-
niaque aſtra,
Spiritus intus alit : tot amque in

fusa per artus
Mens agitat molem & magnose
corpore miscet.

L'esprit diuin (enseignent ces
braues Philosophes) ét intime-
ment presant a toutes choses,
lé meut & agit auec eles par lé
ressorts de sa secrete prouidan-
ce non qu'il entr'en composi-
tion de quelque chose que ce
soit puisqu'étant vn acté tré pur
il ne peut sans vn manifeste preiudice de son infini' étandüe
constituer vn tout qui luy soit
superieur egal ou inferieur pour
innombrables raisons, mais *cælum & terram implet* ny le Ciel
ny la terre, ny les eaux, ny méme lé plus secretes pansées ne
peuuent se caché de son œil
clairuoyant ou prescrire dé bornes à sa toutepuissance puisque
comme dit vn Roy Prophete.
Où ét çe que ie m'esquineray de vó-

D. T. t. p.
44. a 8.

Ier. 23. c.

Qico a sa-

tre façe mon Dieu si ie panse me lancé dans lé vastes cercles & contours
du Ciel ie vous y trouueray, & il fau-
dra que ie parl' a vos Ministres les
Anges qui sont a acheué la iournée
de plusieurs ans, laquele vôtre Majesté leur a destinée pour donner vn
perpetuel branl' a cé rondes machines. Si comm' vn Iob ie choisis le lieu
de malheurs pour mon refuge & pã-
se de trouué dans vos galeres l'azyle de mon affranchissement vôtr' œil
voit aussi clair dans lé tenebres de
sé cachots comme dans lé brillans
voisinaiges du Soleil. Si ie me resous
a cherché dans l'infidelité dé flots,
la fidele sauuegarde de ma persone,
ie sçay bien la foy qu'ils vous ont
toujours gardée & méme ne sçaurois
i'y alé si vous ne m'y mené par la
main. Et tout ce que dessus *principio,* c'est à dir' *in tempore*, d'autant que (contre le genie méme
de la philosophie qui auoit mã-

cie tua figiam
si ascendero
in cœlum tu
illic es si des-
cédero In in-
fernum adeç
si sumpsero
pennas meas
diluculo &
habitauero in
extremis ma-
ris & enim
illuc manus
tua deducet
me & tenebit
me dextera
tua. psal. 138
Quis mihi
hoc tribuat
in in inferno
protegas me
& abscondas
me donec per-
transeat fu-
ror tuus &
cõstituas mi-
hi tempus in
qu o recorde-
ris mei. Iob
14.

que d'vn rayon de foy pour penetré beaucoup de misteres, léquels ne vienết à la cognoiſsã-
ce que par le moyen de cete
lumiere diuine) il n'y a quē ce
Soleil diuin a n'auoir íamais recóneu l'Orient & a dardé de
tout' æternité ſes adorables raions dans le plain midy de ſa
toute-puiſſance. C'ét la doctrine du ſainct Eſprit declaméé par
son fidele diſciple l'Ange Docteur.

1, p. q. 10.
a. 3.

Diſons donc auec les Anges
& toute la nombreuſe trouppe
dé creatures qu'il ny a ſi petit
mouuement dans le monde lequel n'agiſſe par dependãce du
ſouuerain moteur, lequel pour
le vaſtes eſpaces de ſon empire
étend ſes bras au loiń

*An neſcis longas regibus eſſe
manus.*

Diſoit cete Grec qu'adultere

follicitée de fon honneur par le lafcif arbitre de trois Deeffes.

Ie confeffe bien que les chofes humaines tournent inconftament dans le cercle d'vne volubilité, mais que cet' inconftance ne foit fubordoné a vne caufe fuperieure, laquele reprefente le premié perfonnage de l'hiftoire, & fait approbatiuement ou permiffiuement naître perir, florir, flétrir, prófperer ou aler en déroute, l'atiral de cete tragedie mondaine c'et ce qui ét auoüé par tout, hormis dans l'échole de Satan, car il ét tout certain qu'il ny a creature laquele tant felon fon étre que fa conferuation ne depende totalement de cete caufe premiere fans laquel' ele ne peut, ny fubfifté, ny agir en façon que ce foit *Auertifti faciem tuam a me & factus fum conturbatus.* Grand

D Th. 1 p. q. 2 2. a. 2.

Quomodò autem poffet aliquid permanere nifi tu voluiffes aut quod à te vocatum non effet côferuaretur. Sap. 11

Dieu s'écrie ce sainct Prophete
vous n'aues fait qu'vn petit
tournetéte, & ie me suis trouué

Psal. 19.
toutémeu, troublé, voire méme
proche de mon aneantissement
si l'œil de vótre prouidence ne
m'auroit maintenu en mon
étre.

Exod. 32.
&c.
Les Israëlités méme dans l'a-
ctuel aueuglement d'vn projét
idolatre reconeurent bien céte
verité lors que ne voyans plus
Moyse leur Capitaine familiere
amy du Tout-puissant ils atta-
querent toux éperdus son frere
Aró parcé termes. *Surge fac no-*
bis Deos qui nos præcedant Moysi
enim viro huic qui eduxit nos de ter-
ra Ægipti ignoramus quid acciderit.
Hé quoy (s'ecria ce peuple) Voilà nó-
tre Capitaine qui nous à fait voir
de si rares merueilles, quî a genereu-
sement rompu lés liens de nótr' es-
clauage , tiré l'opprobre de nótre
nation &

nation & conduict a trauers dès terres estrangeres & chastes sentiers de
l'Occean qui ne paroit plus, nous sça-
uons qu'il ét deuenu. Hé ! sus donc
vous qui étes son frere faites nous
promptemēt vn Dieu lequel se trouue dans nos combats, nous assiste
dans nos calamités, & porte sa main
vangeresse sur la téte des ennemis
qui enuiront nótre bon-heur &
heurteront nótre fortune. Et encore
de peur qu'vn ne suffise pas, fac nobis Deos, faites no⁹ en plusieurs s'il
ét possible car de nous en remettre
purement à la mercy du hazard &
par ainsi broussé temerairement
comme dé sangliers effarouchés a
l'encontre des escadrons aduersaires
si quelque diuinité ne nous conduit
par sa prouidence, nous sommes per-
dus, nos ennemis triompheront de nó
dépouilles. Ne songé pas dauantaige,
il nous en faut vn & nous sommes
bien asseurés qu'il y en a vn là où

Deduxit eo s
in via mira-
bili.
Sap. 10.

F

Altitudinem cœli latitu-
dinem terræ
& profundũ
abyssi quis
dimensus est.
Eccl. 1. c.

Quis men-
sus est pugil-
lo aquas &
cœlos palmo
ponderauit?
quis appẽdit
tribus digitis
molem terræ
& librauit
in pondere
montes & col
les in statera?
quis adiuuit
spiritum Do-
mini. Is. 40.
cap.

Ego primus
& ego nouis-
simus & ab-
sque me non
est Deus: quis
similis mei
vocet & an-
nuntiet. 43.

qu'il soit; D'autant que le continuel
mouuement dé Cieux, l'éclatante
lueur des Astres, la mutuele succes-
sion du iour à la nuit, lé bornes des
eaus, la bonn' inteligence dé saisons
l'admirable diuersité dé fleurs,
fruicts & herbaiges qui tapissent si
richement la surface de la terre, l'a-
greable diuersité des oyseau léquels
voguent dans l'air fretillans & appuyés sur la merueilleuse legereté de
leur plumaiges, le nombre presqu'infiny de poissons léquels se iouent &
ébatent doucement dans le sein iau-
nàtre de la fœconde Thetys, la prodi-
gieuse multitude d'animaux terrestres léquels se pourmenent orgueil-
lieusement dans les amples contours
& cercles spatieux de cete pesante
machine, leur diuers instincts, la
merueilleus' architectur' & proportion bien aiancée de toutes leurs organes. Bref, le chef d'œuure de la
diuinité, sçauoir ét l'ame raisonable

doüée de ſi beles puiſſances, & capable, méme ſans s'affranchir de la priſon de ſon corps, de penetré iuſques dans l'empyrée par ſon nobl' & ſubtil entendement, de conſerué dãs le fidele depôt de ſa memoire ce qui n'ét plus & cónoître lé choſes futures à la faueur d'vn bon iugement, que toutes ces merueilles montrent bien qu'eles ne peuuët reconoítr' autr' autheur, conſeruateur ou directeur qu'vn Dieu tré-bon, tré-ſaige, tré-puiſſant & tres indepandant de tout ce qu'on ſçauroit iamais s'imaginer.

TROISIEM'
ET DERNIERE
CONCLVSION
PRÆSVPPOSEE.

Il faut selon le bon plaisir de Dieu,
nous seruir de nos puissances &
orgânes au maniment des affai-
res humains & non pas le tenter
en ne se souciant de rien, puis que
nous ne sommes causes secondes
que pour agir auec le concours de
la premiere.

'Et vne chose bien
pitoyable , & vn
malheur bien fatal
que la vertu étant
logé' au miliéu de
deux extremités vicieuses ele lé
voye presqu' embrassé de tout

Medium vi-
tiorum vir-
tus tenét.
D. Ber.ser,
2 2.sup.cant.

le monde sans attiré que peu de
nourriſſons a l'odeur de ſé delicieux onguents, Lors que ce
ſecõd combat fut terminé nous
alámes à la recherche de quelqu'ombraige pour a labry des
exceſſiues chaleurs du Soleil
qui prodiguoit extraordinairement ſes ardeurs ſoulagé nos
córps attenués par le trauail aſ-
ſidu d'vn chemin ſcabreux &
difficile. Nature ne permit pas
que nos iuſtes pourſuites fuſſent fruſtrées de leurs effets
lors qu'ele nous fit offre d'vn
verdoyant & agreable tallis lequel inuitoit nòtre laſſitud' a
l'appas de ſé vertes couches &
gratieux feuillages fort mignardement vnis entr'eux pour de-
fendr'au curieux Phœbus l'entrée de leur hoſpice. Le doux
murmure d'vn petit ruiſſeau
clair & argentin comm'vn' Aie-

*Curremus
in odorem
vnguẽtorum
torum.
Cant. 1. c.*

F iij

thufe nous déroboit peu a peu
l'vfage de nos fens par vn' exta-
fe toute naturele en vfurpant le
petit fentier de fa courfe, àtra-
uers du fein verdoyant de cete
plantureufe prairie, l'admiration de ce beau lieu tiroit de
nous nonobftant la laffitude
certains difcours entrecoupés
lorfque fé delicieux appas fan-
doient la parole par le milieu
pour en laiffé la moitie dans les
organes doucement affoupies
& enuoyé l'autre toute languif-
fante reuiure dans le fein creux
des Echos prochains léquels
cachés dans lé détours dé ro-
ches caues la r'animoient par
leur agitation. Mais nous ne fumes pas long-temps à humé cé
delices que des-auffi tót vn de
la compaignie aucunement fa-
tisfait de cete derniere harangue foit qu'il voulút m'obliger

a vne troiſiéme , où bien qu'il
eút pris trop au pied leué lé raiſons d'icele ſe mit a murmurer
au premiér ſaut de ſon reueil
cé paroles. *Puiſque* (gazouilloit
il encore tout endormy) *nous*
auons vn Dieu ſi bon , ſi ſaig' & ſi
puiſſant, il faut ſans autr' eſſay met-
tre tous nos affaires ſouʒ ſa ſaige
conduite ne nous mélé de rien, croiſé
lé bras, à la diſpoſition d'iceux , &
nous en repoſé tout a fait ſur la pro-
uidence de cete cauſe premiere. Ce
fut pour lors que ſon compaignon s'écria de l'autre coté tá-
chant de le rappeler à ſoy par
cé paroles.

Incidis in ſcillã cupiens vitare cha-
ribdin: Vous étés réchappé du cocyte
(diſoit-il) *pour vousietté dans le*
Phlegetõ, vous venés d'abiurer vne
maxime laquel' étoit aſſes egalemẽt
partagé en impiet' & en ſotiſe , &
maintenant vous en épouſés vne

tout' oppofé à la premier' en fa qualité mais non pas en ce qui s'enfuit
d'autant qu'ele contient pour le
moins bien autant de fotife comme
la premiere & ne luy cede gueres en
impieté, au refte ie vous prie de ne
plus parlér en cete façon car fi vous
en difies autant en nos quartiers, ie
me craindrois que certains Peres de
l'habit méme de celuy qui ét dans la
compagnie , hommes de fçauoir &
authorité qu'on nomm' Inquifiteurs
de la Saincte Foy, ne vous fiffent donné cinq ou fix mois de loifir, dans vn
logis duquel vous n'auries pas la clef
pour vous difpofer a leur rendre côte
de vos difcours & de vôtre croyance
lors que bon leur femblerpit. Defiflés
ie vous prie de cé reueries & fi vous
aués fongé cela en dormant , repen-
fés y a yeux ouuerts & apprenés que
c'ét la plus impertinent' erreur, poffible de toutes celes que vous fçauries
iamais vous feindre , fuiui' en con-

sequence de mil' aussi ridicales que
prophanes impietés léqueles l'ancien'
affection que ie vous ay touiours fi-
delement gardée me fait souhaité
de voir detruir' & chassé comme dé
pernicieux nuages du iour serain de
votre sincere croyance.

Il y auoit long-temps que la
bien sçeance maitrisoit ma bouche, & defandoit courtoisemét
l'essor a mé paroles, messageres
dé conceptions léqueles auoient de-ja passé de l'entendemét
à la memoire pour attendre le
signal de leur sortie par lafin du
discours de cét honéte gentil-
homme, apres lequel ie me mis
a eclorr' vne partie de mé pansées sur ce suiet en cé termes.

Lors que ce souuerain ouurier
eùt crée les Elemens chacun en
son ordr' & auec sé proprietés,
& qu'il leur eút destiné leur cé-
tr' & siege naturel. Lors qu'il Genesis i.
cap.

Qui facit luminaria magna solus qui fecit cælos in intellectu. Psal.135

eût formé la noble machine dé Cieux, qu'il leur eût marqué leurs iournées, compassé leurs promenades, reiglé leurs mouuemens, diapré & diuersifié leur serain visaige de diuers Astres lumineus fauorisans la terre de leurs douces influances. Lors qu'il eút établyla terre & rafermie dans son centre, humectée des eaux pour la côsolider a cele fin, que l'art lui peût plus seurement confier ses ædifices, constituée nourrissiere generale de tous les animaux, & parée côm'vne noble Dame de raretés si excelantes qu'eles ne pouuoient étre puisées d'ailleurs que d'vn thresor infiny de richesses, Lors qu'il eût assemblé les eaus dans vn giron, & disposé leurs alées & venuës dans le vaste sein de leurs humides contrées, & qu'il eût en-

Qui nument multitudiné stellarum & omnibus eis nomina vocat. 146.

Initio tu Domine terram fundasti & opera manuum tuarū sunt cæli. 101.

Qui firmauit terram super aquas. 135.

Congregentur aquæ quæ sub cælo sunt in locum vnum. Gen. 1.

Reuersæ sicut aquæ in

uoyé le feu ché foy, & luy eût
par vne faueur fpeciale conce-
dé vn domicil' au voifinage des
Aftres pour le trouué plus proche lors qu'il feroit queftion
de luy commettre la vangance
des iniures faites à fa Maiefté.
Lors enfin qu'il eût remply lé
vuides efpaces leur donnant
pour Citadins les Airs auffi
brouillons dans leur fubtilité,
comme legers dans leur inconftance, il prefcriuit a toutes cé
creatures dé bornes arrétées
que iamais eles n'outrepaffe-
roient, & les obligea étroite-
ment chacun' à fon deuoir fans
qu'eles peuffent fe rendr' en
rien refractaires a fé ftables decrets ains ployaffent malgré
eles fouz l'æquité de fes irreuo-
cables commandemens & la
deffus portant touiours fon bras
infiny a de plus beaux & nobles

aluen. Iof. 4.
Defcendit
ignis de cælo
1. par. 7. &
4. R 1.
Egreffus i-
gnis a Do-
mino num.
16.
Dñs pluit fu-
per fodomam
& gomorrẽ ã
fulpher &
ignem. Gen.
19.
Ezec. 22.
38 37. Of. 8.
Am. 1. 2. 3.
R 18.

ouuraiges il remplit lé vases ha-
bitables de cet vniuers d'vne
nombreuse diuersité d'animaux
léquels étant beaucoup plus
nobles que ce qui auoit pre-
cede, tant a raison de leurs beles organes, mouuement propr'
& vie sensitiue que pour les admirables puissances de leur ame
mortele, receurent aussi de leur
createur par dessus les autres
(apres auoir été placés chacū
en son centre) vn instinct naturel pour la conseruation de leur

être, & outre ce vn absolu pouuoir à se seruir de leurs inferieurs en leur besoin. Mais en
fin ce trésaig' Architecte vou-
lant terminé son chef d'œuure,
apres auoir mis en équipage
toutes cé creatures comme les
auācourieres de leur petit Prince qui deuoit bien tôt paroître,
& les auoir enuoyées deuant

en bel ordre , a cele fin que le
Roy venant prendre poſſeſſion
du Palais & nobl' heritaige de
ce môde, lequel l'independant
luy élargiſſoit de ſon bon plaiſir
trouuât le logis prét & paré à la
Royale de toutes les magnifi-
cences ſortables à ſa qualité, la
tres-Auguſte triade tré parfai-
tément vn' auparauant la premier' aurore dé ſiecles ſe voulut encore dauantaige (ſi ſemble) vnir & aſſemblé pour de-
terminer vn affaire lequel leur
trépur entendement auoit deia proieté ce fut donc dans ce
tres-Auguſt' & infallible concile que le Per' æternel declara
ſon deſſein en cé termes em-
braſſant d'vn clein d'œil le Ciel
là terre , & tout cé nouueaux
étres que ſa Toute-puiſſance
venoit de tiré du neant. *Conſi-*
deré (dit-il) *ie vous prie* (Coé-

& in quibus
eſt anima vi-
uens vt ha=
beant ad veſ-
cendum. 161

ga es persones à la miene dans
l'vnité de nature) *cé nouueaux*
effects de mon bras, regardés vn peu
lé nobles vases que ma main souue-
rain' a si heureusement produits,
iettés les yeux sur leur appareil &
la nombreuse diuersité de leurs nou-
ueaux citoyens, voyés comme la pro-
portion de leur traits, la perfectiõ de
leur étre, & le bel ordre de leur mul-
titude ne font autre chose que decla-
mé la toute puissance de leur ouurier
ils me caressent de mil' remerciments
tandis que ie contemple leurs rares
perfections sans macule, mais a quoy
tout cela, s'il y a vn Ciel pour les es-
prits & vne terre pour lé corps soli-
des l'vn & l'autre ne nous seruent
de rien, puisque l'incomprehensibl'
etanduë de notre nature na autres
bornes que celes de l'infinité. Le So-
leil y reluit, les Astres y brillent
& toutes cé nobles pierreries déque-
les ie luy ay moucheté le dos font

leurs fonctions auec l'ordre, la façon
& police que vous voyés : Mais tout
cela ne nous ét rien, puisque ce ne
sont que dé petites bluetes de notre
brillante clairté. La mere nourrisse
laquel' ét la bas le scabeau de nos
pieds ét merueilleusement bien pour-
ueuë de tous aliments necessaires à
la conseruation de la vie mortele,
mais qu'auons nous a faire de cela.
Voila vn' admirable multitude d'a-
nimaux doüés d'excelantes puissances & instints lèquels animent chacun son logis & se delectent dans
leurs contrèes, mais tout cela n'èt
pas capable d'ètre la fin & la co-
rone de tant de beaux ouuraiges
puis qu'ils ne sçauroient conóítre
leur facteur. Ie vois bien que la plus
bele piece de l'ètuit y manque, faisons vn chef-d'œuure, donnons leur
vn Roy, tirons le a nótre pourtrait,
car tout le reste ne nous retire point,
grauons luy notr' image sar le front,

*Faciamus
hominem ad
imaginem &
similitudinē
nostram &
præsit pisci-
bus maris &
volatilibus
cæli & besti-*

is uniuersæ-
que terrę om-
nique reptili
quod moue-
tur in terra.
Gen. 1.

donnons luy la clef de tous cè thresors
& l'ouuraige sera parfait que toutes les autres creatures luy seruent
chacune selon sa portèe & que par
ainsi toutes ètans pour luy il nous
loüe benisse , & porte deuant nos
Maiestès les actions de grace de cè
pauures mûetes, a cele fin que pour
conclurre nous l'adoptions comme
notre fils legitime dans la possession
de notre gloire. Cé deux diuins
Conseillers aloient disans auec
cet oracle lé mémes paroles
toux préts dans l'vniformité de
leurs desseins d'executé ce iust'
arrét & conspirer ensembl' à la
perfection de ce dernier ouuraige , le Per' y apportà sa Toutepuissance, le Fils quoy que tres-
asseuré dé paines affronts & su-
plices qu'il deuoit receuoir au
suiet de cete creature ny con-
tribua pas moins sa saigesse , &
le S. Esprit ne manqua pas à dé-
couurir

couurir amplement le fein benin de fa charité & c'ét ainfi que
cete tref-immens' & tré-facrée
Trinité congrege toutes lé merueilles & raretés des autres creatures fur cet étre releué & par
vnanime confentement delar-
geffe fe refoùt de le tirér a fon
pourtrait, luy graue fon fceau,
luy donne fes armoiries & fa liurée pour montré qu'il ét fils
legitime du tres-haut heritier
de fa gloire & courtifant du
Louure celefte, veut que la partie inferieur' & animale foit totalement fujett' à la raifonabl'
& fuperieure, & enfin luy dône
certaines Loix conformes a ce
flambeau naturel, le laiffant
neãtmoins telement a foy qu'il
lé peut obferuer au non fauf a
conté. Car cete liberale grandeur pour l'accomplir de tous
points apres l'auoir étably maí-

Deus crea-
uit de terra
hominem &
fecundum i-
maginẽ fuam
fecit illum.
Eccf. 17.

Filius fub-
ieĉtus erat ei
qui fibi fubie-
cit omnia.
1. Co. 15.

Deus qui fe-
cifti omnia
verbo tuo &
fapeintia tua

G

cõſtituiſti hominem vt dominaretur creaturæ quæ a te faſta eſt cap 9.

Deus ab initiò conſtituit hominem & reliquit illum in manu conſilij ſui adiecit mandata & præcepta ſua ſi volueris mandata ſeruare conſeruabunt te & in perpetuum fidem placitam facere; appoſuit tibi aquam & ignẽ ad quod volueris porrige manum tuam ante hominem vita & mors bonum & malumquod placuerit ei dabitur illi. ecſ. 15.

tr’ vniuerſel de toutes lé creatures lequeles n’auoient iamais eu étre ny beauté que pour luy rendr’ vn perpetuel tribut & hommage luy laiſſa ſon franc & liberal arbitre, a vouloir ou non, fair’ ou deſiſté de tout ce que bon luy ſembleroit le muniſſantd’vn intellect pour recónoître ce qui luy ſeroit vtile, d’vne volonté pour voüé ſon affection & ſé ſouhaits a l’vn ou l’autre party ſelon ſon plaiſir, & dé moyens pour en pourchaſſé l’execution ſans que lé Loix qu’il luy donna prejudiciaſſent en rien a ce franc doüaire, & d’autant qu’il ne ſçauroit agir ſans ſon concours & aſſiſtance il s’obligea par promeſſ’ irreuocabl’ a le luy prété pour produir’ & executer indiferemméttoute ſorte d’actions, apres qu’il ſe ſeroit determiné de ſoy même a en faire de bonnes ou mauuaifes ; En confequence dequoy il veut que l'homme fe ferue de cé riches talēs pour le maniment, difpofition & police des affaires de ce bas monde, en tout ce qui fera proportionné a l'étanduë de fon pouuoir luy referuant outre ce concours & ayd' ordinaire pour les actions purement natureles, vne douce manne de graces extraordinaires pour celes qui paffent au de là dé bornes de la nature lors que par fes heroicques vertus & feruentes prieres il meritera de les attiré fur la terre fainte de fon ame.

Ie dis donc que c'ét vn' impertinence nompareille , que de vouloir croifé lé bras a tous fes affaires fouz pretexte de la prouidence diuine, & s'imaginé qu'à tout coup nótre Seigneur

Velle ineft nobis ex libero arbitrio.
D. Ber. lib. de gr. & lib. ar.

Ex. 16.

Apparuit
Angelus Do-
mini stans a
dextris alta-
ris incensi.
Vocauit eum
Dominus de
medio rubi &
ait, Moyses,
Moyses ex. 3
Angelus Do-
mini de cœlo
clamauit di-
cens Abra-
ham, Abra-
ham gen. 2 2
cap.
Vocem de-
derunt nubes.
Pfal. 76.

nous doit faire parlé du fanctuaire, d'vn buiſſon ou dé nuës
comm'il faiſoit ancienemétaux
Iuifs encore mal ſtilés alé commandemens rudes & impolis au
ſeruice d'vn ſi ſpirituel & ſouuerain maître, & qui n'étoient
encore pas arrouſés du ſang d'vn
homme Dieu pour germé dé
fruicts dignes d'vne bel' ame.
Et ie m'aſſeure que la plus pro-
fitable réponſe qu'on ſçauroit
donner aux fauteurs de cete ſotiſe c'ét de l'expoſer a voile dé-
couuert à la riſe' & mocquerie
dé ſaines tétes & la voir honteuſement enlacée dans ſé filets
pour ne luy laiſſé dans ce naufrage autre reliquat que la verge méme deuë a ſé ridicules extrauagances. Ie leur demande
donc a quele fin nous ont été
données lé nobles puiſſances
de nótr' ame, & admirables or-

ganes de nôtre corps, finon
pour nous en feruir aux conti-
nueles occafions du cours des
affaires de ce monde car Dieu
ne fait rien pour neant? Ils ver-
ront porté le flambeau ardant
dans leur logis, attendront a fe
laiffé plongé le couteau dans la
poitrine par la main cruele d'vn
affaffin, regarderont piller & enleué leurs biés de fortune fruits
de tant de perils & trauaux par
l'effort violent dé temeraires
voleurs, diffipé leurs commodi-
tés, ruiné leur famille : & a tout
cela, il fe faut bien gardé de détourné cé def Aftres, appaifé
ces oraiges, euité cé dangers, &
s'oppofer a cé furies d'autant
que ce Dieu benin qui voit tout
ne manquera pas de leur enuoyé des Anges reuétus du
manteau de notr' humanité
pour prédre les armes au poing

*Tollenfque
fe Angelus
Dei qui præ-
cedebat caftra*

G iij

Ifraël abiit post eos. ex. 14.

Sapientior fibi.piger videtur feptem viris loquentibus fententias. pro. 26. çap.

Paul. Diac.

Guido bitur.

chaffé leurs ennemis, lé mettr' endéroute, & regir leurs affaires domeftiques & autres tãdis que Meffieurs lé faineants croupiront dans leur infame pareffe.

C'ét ainfi qu' Eillius & Volufianus laifferent lachement brigandé l'Empire Romain aux barbares tandis qu'ils s'amufoient a picqué l'efcabeau paffans leurs ignominieufes années dãs vne fetardis' infuportable.

C'ét ainfi que ce poultron de Xercés vit fon puiffant exercite qui fembloit fecoüé la terre, impofé la Loy aux elemens & remplir les Aftres mémes (s'ils en auroient été capables) d'effroy a l'afpect d'vn tel hombre de combatans qu'ils couuroient lé Royaumes entiers, voiloient lé mers & déroboient aux hommes la veüe de la terre ce fut par ce beau pretexte de non-

chalance qu'il le vit taller en
pieces aux Thermopyles par
vne poignée d'Atheniens.

C'et comme cela que Marc-
Antoine laiſſoit ſapé la fortereſſe de ſa haut' & heureuſe fortune tandis qu'il vieliſſoit honteuſement entre lé bras d'vn'
Ægiptiene. *Volat l. 3. c. 3. anth.*

C'ét en cete façon que l'Idiot
& Puſillanime Claudius au moi-
dre vent de reuolte, ou ſedition
en ſon Empire duquel il étoit
comme l'Empereur de Theatr'
& en peinture panſoit des auſſi
tót a laiſſé tout a l'abandon. *Paulus diac.*
Mais qu'il eut le loiſir de quitté
ſon diademe pour s'alé caché
ſouz vn lit ou dans quelque
garderobe. Et pour celuy là c'e-
toit le plus Religieux obſerua-
teur de cet' impie ſuperſtition
qui ait peut étre iamais été, car
on auoit beau luy dire que ſa

G iiij

femm' étoit honteufemét pro-
ftituée a dé comediens, voire
mém' en public, qu'ele étoit le
proftibule de tous lé rufiens de
la vile, qu'ele rempliſſoit l'Empire d'injuſtices de meurtres &
oppreſſions pour l'aſſouuiſſe-
ment de ſon inſatiable concupiſcence, que l'Empire Romain
fletriſſoit d'opprobre , & qu'il
ne faloit qu'vn aſſaut des ennemis pour enuahir & ruiné tout
a fait celuy qui languiſſoit dans
vne generale paralyſie par ſa
nonchalance, il n'eſtoit pas à
ſon dire ſi outrecuidé que d'y
donner ordre , il faloit laiſſé
fair' à ſé Dieus (diſoit-il) &
que cela n'étoit rien , & en effect il n'en auroit pas fait vn pas,
ſi ce n'étoit quelque maſſacre
de ceux qui diſoient auoir ſongé qu'ils le poignardoient.

C'ét comme cela que Neron

meurtrier de celle méme qui
luy auoit donné la vie, apres Suetonius.
auoir contemplé tout gayemét
de la tour de Mæcenas, cete Rome magnifiqu' ardente d'vn'in-
cendi' effroyable oyant lé nouueles que Galba les Espaignes
& tout le reste de sé troupes s'é-
toient rebellées au lieu de les
attiré par promesses, flaté par
bon traitement, rétablir sa dignité ou pour le moins conte-
ster auec honneur sa vie & son
sceptre prit quant & soy du poison dans vne boüette d'argent,
pour alé comm' vn desesperé
poultron finir sé iours, non sur
vne tranché' a la defense de son
honneur , ains dans vn antre
comm' vn vray loup qu'il étoit.
Bref c'et ainsin que lé Daries, Iustinus Eu-
Othons, Sardanapales, & vne tropius, Sui-
liste d'autres láches Capitaines das. l.
sont descédus du thróne Royal

pour terminé le cours de leur
malheureuſe vie par vn infam'
& ignominieux trépas. Et non
ſeulement lé grands Princes,
mais lé mediocres, & populai-
res vn chaicun ſelon ſon eſtoc,
voyent par ce moyen leurs familles gemir dãs la diſette, rougir dans le deshonneur, & perir
mile fois le iour dans les oraiges, qu'ils ne ſçauét ou ne veulent pas euiter.

Enuoyons vn peu cete ma-
niere de faineants au braue Pi-
ſiſtrate qui ſe lé faiſoit amener
auec tant de ſoin, s'informoit
de leur vie, & les aydoit à pourſuiure quelque vacation pour
exempté la Republique dé
malheurs que luy cauſe l'oyſiueté.

Recommandons lés aux La-
cedemoniens qui faiſoient pa-
roitre leurs adoleſcens tous

Ælia. l 9. de
var. hiſt.

nuds au milieu de la place pour
voir s'ils auoient le corps cica-
tricé & entrecouppé d'honno-
rables bleſſures, ou bien mol & *Alex lib. 2*
delicat pour le decouper igno- *c. 25.*
minieuſement à coups de ver-
ge, & les conduire au tribunal
comme dé negligents & pareſ-
ſeux.

Que dirons nous dé mémes
qui menacerent publiquement
Nauclide fils de Polybiade de
l'exil ſans autre raiſon , que *Æli. de var.*
pource qu'il étoit trop gras de *hiſ. lib. 14.*
repos & oyſiueté, Diſans que
cete troigne leur faiſoit deſ-
honneur.

Lé Gymnoſophiſtes de l'In-
de les enterroient auec lé bétes
apres leur mort, comme ceux
qui n'auoient pas vécu en hommes, outre qu'ils ne permetoiết
pas aux enfans le boire ny le
mágé, que premierement ils ne

rendifsét témoignage de quelqu' action virile qu'ils euilent
fait voir au méme iour.

Bref les Ægiptiens, Atheniens, Florentins en Etrurie &
plufieurs autres nations à la
moindre pètite le gereté de cé
nóchalans en dépechoient bien
tót le monde fans autre forme
de procés. Difons donc fans
nous mettre plus en paine de
raporter icy lé procedures de
la faig' antiquité à ce fujet, que
l'homme porté fans droit cet
honorable titre s'il n'en fait paroítre les effects : fon entendement par lequel il s'ingere dans
lé cœurs des Anges demande
de luy vne foigneufe contemplation de la vertu pour la rendre directrice de fa vie, le Iugement l'oblig' a étre circomfpect
prudent, prompt aux occafions,
hardy sãs temerité, & genereux

Pluta. in fol.
Val. max
l. 2. c. 1.
Sab. lib. 6.
c. 1.

la memoire doit luy fournir lé
rares exemples de té deuanciers
pour l'inuiter a de semblables
proüesses. Bref tout ce qui ét
en luy de releué par dessus le
reste des animaux luy prèche
l'horreur de l'oysiueté. Voire
méme lé plus petites bestioles
de l'vniuers luy font pertinem-
ment bien cete leçon. Lé fourmis, les abeilles & plusieurs autres petites republicques du bas
étage de ce monde luy montrent bien que nous n'auons lé
puissances que pour leur fair'
enfanté dé beles actions, & que
la prouidence de ce grand Dieu
ne nous doit pas étr' vn motif
d'oysiueté, mais vn aiguillon a
nous feruir dé facultés léqueles
sa main liberale nous a élargies.
Tirons d'vn nombr' infiny
dé plus genereux sectateurs de
cete verité le grand Alexandre

*Quintus Cū-
tius, Iustinus.*

& demandons luy si en croisant
lé bras il a fait tremblé l'vniuers
terrassé ses ennemis, & subiu-
gué lé Royaumes entiers : ô de
de vray c'ét vn dé pedagogues
qu'il faloit a nos gens, car ayant
seulement trouué vn soldat qui
acommodoit sa fléche lors qu'il
faloit aler a l'assaut il le chassa
honteusement comm'vn indigne de viure dauantaige parmy
lé valeureux, & pour luy il ne
faisoit point de difficulté de
trauerser vn fleuue naturele-
ment froid par extremité à la
naige, pour alé paroitr' en téte
de son armée dequoy étant tõ-
bé malad' au desespoir de salut
il mõtra bien l'importance d'vn
esprit viril, lors que voyant vn
seul medecin Persan qui luy
promeroit la vie, agité de l'autre part de la defiãce de ce sujet
de son ennemy Darius il se ser-

uit entre cé deux couſtelats d'vn
ſtratageme digne de ſoy luy faiſant lire ſon ordonnance méme
pour coniecturé de ſa poſture la
ſincerité ou malice de ſon deſſein, mais voyant qu'il ne chan-
goit point de couleur, il prit la
potion ſans crainte & par la
conſeruation de ſa propre vie
conſerua au monde vn dé plus
grands Monarques qui ayent
iamais traité les armes. Vrayement s'il n'auroit ſongé de prés
à ſes affaires, ie crois qu'il auroit
eu bel attendre le ſecours de
ſon Iuppiter, duquel il ſediſoit
fils.

Et bien qu'il auroit été ſerui-
teur du vray Dieu, il faut ſçauoir que ce grãd Seigneur nous
a donné des le commancement
lé puiſſãces neceſſaires au cours
commun des affaires, & que ne
faiſant iamais par lé voyes ex-

traordinaires, ce qui çe peut bié
faire, par lé communes il ny apporte pas (outre le concours ordinaire) dé moyens particuliers
fi lé chofes n'excedent , & la
fphere de la nature, & la portée
de l'homme, mais toujours faut
il que la caufe fecond'agiffe &
cooper' a l'affiftanc' & fecours
de la premiere.

Voyons vn Iule Cæfar auec
quel' obftination il affrontoit
les efcoüades ennemies, auec
Sueto.
Paul. Diac. quele prudence, hardieffe, &
magnanimité il faifoit reffentir
à fes aduerfaires lé puiffants effects de fa bonne conduite : Ce
n'ét pas en dormant qu'on luy
a apporté lé clefs de l'vniuers,
Fulgof. bref les Hannibals , lé Mithri-
dates, lé Cyres, lé Pyrrhes, les
Auguftes, lé Traians, les Aure-
lians , lé Charles , lé François,
les Henrys, & (fi ie ne craignois
d'obfcurcir

d'obſcurcir toutes cé lumieres
a l'éclat du Soleil qui brilh' auiourd'huy ſur nótr' orizon : Ie
dirois en vn mot que iamais
Loüys le Iuſte, ſous le regne
duquel nous ſoûpirons graces à
Dieu vn air ſi doux qu'il peut
fair' enuie aux Royaumes lé
plus paiſibles & triomphans
n'auroit terraſſé ſes ennemis,
abbatu leurs forces, rabaiſſé
leur orgueilh, confondu les hereſies, exalté ſé triomphes, ano-
bli de plus en plus ſa noble
France, confirmé & accreu en
dépit de l'enfer & de toutes ſé
machines la vraye, Apoſtoli-
que & Romain' Egliſe, ſi en pa-
roiſſãt comm' vn Dauid à l'encontre de ſes ennemis en perſonne, auec vne conſtance, har-
dieſſe, zele, circomſpection, &
magnanimité nompareilhe il
n'auroit par ſes pieus efforts at-

H

tiré le ciel a prendre ſa cauſ' en
defanſe, bénir ſé iuſtes deſſeins
accroître ſé forces, & enerué ſes
ennemis.

En fin ie ne croy pas qu'il y
ait parmy les hommes vn naturel ſi aſinin que de regimbé dauantaige contre cete verité,
puiſque l'art & la nature , la
theorie , & la maitreſſe dé plus
opiniatres & aueuglés l'experience fait lire clairement à
chaique feuilhet de ſon regitre
l'abſurdité de cete reuerie.

Ie ſçay tré bien que Meſſieurs
lé Religionaires de ce temps
bien qu'ils faſſent mine de ſoû-
tenir cet' ineptie n'ont pas beſoin d'exhortatiõ pour s'empéché de ieúner & faire quelqu'
abſtinence : car cela ét trop ex-
preſſemét defandu en pluſieurs
actes de leurs ſynagogues. Voila pourquoy pour ce qui ét de

ces actions animales, auqueles il s'agit de leur cuir ils n'ont garde de s'y oublier; mais pour ce qui ét de leur salut Dieu le fera bien tout seul, s'il veut, car pour eux ils sont resoulus de monter en Paradis par la caue, & au cas que ce ne soit le chemin, le laissé fair' à Dieu qui ét plus saige queux, & en attandāt suiure leurs sacrileges, cherir leurs voluptés & continué leurs bacchanales, c'ét pourquoy n'ayant pas entrepris de traiter icy particulierement des actiōs surnatureles, Ie me contenteray de leur dire que si on va en Paradis par le chemin qu'ils tienent, Ie croy que c'ét le Paradis de Mahomet, le Paradis d'Epicure, de Brentius, ou de Luther, & pour moy ie leur en quite ma part.

Ce n'ét donc pas viur' en

homme ny seulement en bonne béte que de prendre.le téps
sans se metr' en paine d'autre
chose, & pour ce que l'oracle
de verité dit par sainct Mathieu

*. 6.

qu'il ne faut pas songer au lendemain, il bláme l'affection des-
ordonnée de cé choses cadu-
ques & perissables, mais non pas
le soin mediocre qu'on en doit
auoir puisque luy méme qui
commandoit à la nature prit
bien la paine de demandé de

Ioan. 4. c.

l'eau à la Samaritaine lorsqu'il
eut soif & d'exercé plusieurs
autres actions de preuoyance
necessaire pour la côseruation
de la fragilité qu'il s'etoit miraculeusement associée. Que si
quelque grimaud s'opiniátre
dauantaige contre cete verité
ie le prie pour conclusion qu'à
l'heure du díner il ne se mette
point en paine de cherché de-

quoy ny persõne poùr lui car ce
Dieu benin ne mãquera pas de
luy faire plouuoir la manne cõ-
m'aux enfans d'Ifraël, ou bien
luy enuoyera vn Ange ou vn
corbeau cõm' a Elie ou à fainct
Pol pour lé repaítre, & encore
fi cela luy arriue. Ie luy confeille
de ne pas prendre la paine d'ouurir la bouche pour receuoir fes
offres gratuits, d'autant que ce
bon Dieu y pouruoira bien par
alieurs. Ie m'affeure qu'il ne
fera pas long-temps a changé
d'ópinion & nommément Meffieurs lé Miniftres qui y ont dé-
ja étés echaudés par vn' ennuy-
.eus' & cruel' experienc' a leur
bon appetit.

Pluit illis manna ad manducandũ Corui quoquæ deferebant ei panes & carns mane. 3.R.77.c.

Ecce angelus Domini teligit etiam Eliam & dixit illi furge & . comode. 19

Ie foútiens neantmoins que
l'étandüe de nótre pouuoir é-
toit bornée, il faut lorfque nous
auons agy ce qui ét en nous at-
tiréra l'odeur de nos feruentes

Cumquæ leuaret Moyſes manus vincebat Ifraël ſin autem paululum remiſiſſet ſuperabat a-

malec. ex. c. 17.

Ecce ego mittam Angelum meum qui præcedat te. 13.

Dixit Iosue heu heu Domine Deus quid dicam uidens Israël em hostibus suis terga uertentem quid facies magno nomini tuo. Ios. 7. de Mathat. 1. Machab. 2. c. de Ged. 6. 7. & 18. Iud. Const. hif. Ro. L. &c.

prieres l'assistãce d'en haut pou renforcé notre foiblesse animé nos langueurs & conduire nôtr' impuissance. C'ét ainsin que lé Moyses, lé Iosués, lé Mathaties, lé Gedeons, lé Constantins, lé Charles, Henris, L o v i s & vn nombre d'autres prodiges de vertu ont remply leurs ennemis de frayeur, leurs terres de triõ-phes, & leurs sujets de tran-quillité.

L'ACADEMIE SOPHYSTIQVE.

Le vray moyen de viure heureux en ce monde c'ét de n'auoir point de confcience.

LA VRAY' ACADEMIE.

Il ny a point de beatitude, méme dans cete vie, fans vertu & pieté.

 E bref difcours auoit égaye nos efprits, & ce delicieux pauillon de Diane la chafferefle & de fé plus affidées nymphes auoit fuffifamment foulagé nôtre laffitude & fatisfaict à nos corps, lorfque nous prímes enuie de cónoître lé particula-

rités de cete Babilone dans laquele nous rentrámes pour có-
templer encor' vn coup lé malheurs de cete defolée. Nous
fouïllions d'vn coté & d'autre
dans fon fein prophane pour
táché d'y trouuer vn Daniel,
mais helas fon impuiffance luy
faifoit éconduire nos iuftes re-
quétes ; nous luy demandions
quelque fujet digne de con-
ioüiffances & applaudiffemens:
mais la miferable ne nous pouuoit offrir que des amertumes
naturels appas de la compaffion.
Dequoy iuftement picqués au
vif nous roulions ladedans d'vn
pas l'anguiffant, la téte baifsée
& les yeux abbatus du defir de
fermé leur port' a tant de mife-
res, iufques à ce que nous fimes
rencontre dans vn détroit de
ruë d'vn certain homme de la
plus ioli' & courtois' apparence

du monde; comm' il fut vn peu
prés de ceux qui ne le cherchoient pas il commança a s'arrété
tout court d'vn pied ferme &
d'vn maintien troublé iettant
les yeux fur nous auec dé petits
geftes par léquels il fembloit
témoigner de nous auoir cóneus autrefois, & tout d'vn coup
fautant de la s'en vint comme
tout tranfporté d'ayfe nous dó-
ner a chacun fon accolade, auec
des embraffemens lé plus étrois
que pouuoit vn amy. Cet effor
bloit luy auoir oppreffé le ref-
pit de façon qu'il ne parloit que
par exclamations & par geftes,
fon vifaige ne montroit qu'àle-
greffe, fa lägue n'étoit que pour
lé compliments interrompus
par lé frequentes extafes de fon
affection & tous fé membres
que pour confpirer aux careffes.
Il auoit (difoit il) cóneu familieremēt

les ancétres de cé meſſieurs, & en
auoit receu dé faueurs déqueles il
deſiroit ſe reuanché ſur eux puiſque
la fortune ne luy étoit ſi amie que de
luy faire voir ceux là, pour léquels il
ſoûpireroit autant que l'ame luy en
fourniroit lé puiſſances. Mais ét ce
vous méme (diſoit ce fidel' amy à cé
Gentilshommes tout tréſſailhant de
íqye) O que ie ſuis auiourd'huy heureus de raclé de ma renommée le
bláme d'ingratitude que i'encourois
manque d'occaſion a témoigné mé
reſſantimens. Vous n'aures point
autre logis que le mien, ie n'ay garde de le permettre, & vous feray s'il
plaît à Dieu auant nôtre départ
cónoître qui ie ſuis (il le fit auſſi.)
Mais ſe tournant pour la ſeconde
fois deuers moy, il ſçauoit trop bien
le merite de mon habit, l'excelance
de mon ordre, dans lequel auoient
flory de tous temps dé plus eminens
perſonnaiges de la terre, tant en

vertu qu'en doctrine, & outre que
graces à Dieu il auoit touiours fort
bien receu toute sorte de Religieus
il cherissoit encore ma profession par
dessus les autres, quand ce ne seroit
que pour la consideration du Maitre
du sacré Palais (disoit ce bon pe-
lerin) qui auoit touiours fort obligé
vne noble familhe d'Italie, à laquel'
il étoit tout a faict acquis, Il cónois-
soit fort bien lé deux Cardinaux de
mon Ordre, plusieurs Euéques & vn
grand nombre de celebres person-
naiges qu'il me nommoit dans tous
lé Royaumes. Bref ses elans, ses
exclamations & extases ne mô-
troient autre chose qu'vn homme transporté d'aise & hors de
soy, il ne manquoit pas parmy
cé complimens de tiré cé Messieurs par le manteau pour sondé qui auoit le meilheur, mais
n'y trouuant pas grand' difference il se resoluoit en soy mé-

me de lé prendre tous deux, de peur de fe trompé, & pour fçauoir de quel cóté étoit la bourfe (car cétoit cel' a qui il en vouloit) il faifoit femblent d'ébraffer & cherir cé Meffieurs, pour fétir en quel endroit étoit la tumeur qu'il defiroit paffionémment de guerir, le plus ieune captiué par céte bele montre fe laiffoit endormir au chant de céte ferene, & le prenoit pour quelque bonne piece, mais le plus aágé qui auoit a-pris a cónoítre cé renards plus auant que par la peau, commançoit déia bien à voir que c'étoit vn alteré, & par confequent ne táchoit qu'à s'en depétré, le compaignon cónoiffant cela étoit bien faché de voir qu'il perdoit fa paine, & que toutes fé rufes agonifoient dans ce combat. Ce fut pour lors que m'approchant

Innocens credit omni verbo, aftutus cófiderat greffus fuos. parab. 14.

de luy, ie commançay à luy dif-
courir de la beauté de la vertu,
de l'horreur, diformité, & dé
malheurs qui fuiuent le vice,
mais bié que le ieu ne luy pleút
guiere, il parloit de la pieté cóme s'il auroit paſſé lé quarant'
ans entiers dans la contemplation : Ie pourſuiuois fort &
principalement ſur lé philouz,
mais le compaignon bien que
ie luy diſſe ſi ſouuent ſon nom
s'empéchoit bien de répondre
que vous plait-il, & pource qui
ét de la honte , ie croy qu'vn
marbre blanc épois de demy
piéd ét plus capable de rougir
que ſon front: Mais enfin voyãt
que dé meshuy le gibier étoit
euanté & hors d'eſperance, il
fut aſſez impudent ou ſincere
pour s'acquité de ſa promeſſe,
& me faire cónoítr' au certain
qui il étoit, me diſant pour tou-

té raiſon que de vray il n'y auoit
pas meilheur moyen pour viur'
heureus & naigé contant dans
lé proſperités & richeſſes que
de n'auoir point de conſcience,
bânir toute vertu de ſon ame, y
logé lé vices contraires , & ſi
faire ce pouuoit detenir méme
le ſiege deuant pour luy arraché ce remords quel' gard' auec
tant d'opiniatreté aux plus impies , que tous cé ſcrupules ne
donnoient iamais à vn homm'
autre qualité dans ce monde
que cele d'vn coquin , & que
pour luy il étoit toutreſoulu de
chaſsé loin de ſoy , tant de vaines cõſiderations d'æquité pre-
tenduë, léqueles ne font que
troublér & inquieté l'eſprit d'vn
homme. Il y eut vn de nous qui
voulut luy remonſtré ſon abus,
mais l'autre qui n'auoit pas la
langu' engourdie pour authori-

sé sé méchancetés, sçeut bien
luy repartir & à moy aussi que
parmy nous on faisoit état d'a-
uoir certains Radamanthes, léquels on appeloit gens de Iustice, mais que c'étoit à l'echole
de quelques vns d'entr'eux ou
il auoit appris & apprenoit cet'
infalible maxime suiuie d'vn
autre, sçauoir ét qu'il ne se faloit fier ou croir' a personne, &
que par ainsin il étoit necessaire
de ne pretendr' aucun amy,
pource qu'il faloit indiferem-
ment tondre sur tous pour auoir
meilheure part : Là dessus vn
nombre de Bandoliers & vieux
larrons vinrent le trouuer , &
alors i'entendis d'vn côté dé
pauures orphelins demandans
par pleurs & sanglots restitutiõ
de leurs biens rauis & enleués
par la main violente de cé voleurs, de l'autre dé pauures vef-

Vidi sub So-
le in loco iu-
dicij impie-
tatem & in
loco iustitiæ
iniquitatem
parab. c. s.

qualis popu-
puleamærens
philomela
sub umbra.
Vir.4. Geor.
Causam vi-
duæ non iu-
dicauerunt,
causam pu-
pilli non di-
rexerunt &
causam pau-
perum non
iudicauerunt
Ier 5.c.
Sicut aspidis
surdæ & ob-
turantis au-
res suas.

Nouit iustus
causam pau-
perum impius
ignorat scien-
tiam.pro 29

ues toutes fonduës en larmes, léqueles contestoient auec le rossignol priué de sé petits leurs iustes quereles par le son d'vne triste voix, & faisoient retentir l'air de leurs pitoyables complaintes à la faueur dé prochains Echos, léquels touchés & dé cris & d'vne charitable misericorde tout à la fois, leur aidoient a frappé les aureilles sourdes de ces aspics incapables de compassion, reclamans misericorde de ce que les assassins de leurs maris triomphoient impunement, & tiroient méme vanité de leur homicide, bref mon ouye heurtée de cé sons lugubres, choquée de cé lamétations, & importunée de cé gemissemens, rendit la compassion telement maitresse de mon ame, que ie m'essayay par trois diuerses harangues contenuës en

nuës en cé troix chapitres fui-
uans de detruire lés impies maximes de ces iniques pour táché de les émouuoir a vn chan-
gemét de vie, la premiere dónc
fut de leur montré que la prof-
petité mémes humaine ne gi-
foit au vice qu'en apparence &
que fon element étoit la vertu
en cete maniere.

Beati omnes effe volumus (dit le Lib. 12. tr.
grand S. Auguftin épluchant c. 4ª
d'vne pieufe curiofité le der-
point auquel fe termine la ligne
dé fouhaits & appetits de
l'homme).

Il n'y a homme lequel natu-
relement ne porte fé defirs &
fouhaits à la recherche d'vn
dernier bien, auquel il pretend
de trouué le port de fé tempétes, l'azyle de fé malheurs, & la
coronne de fes ouuraiges.

C'ét vn arrét general que tout

I

étre s'ayme grandement ſoy
méme, puiſque c'ét cet amour
lequel ſe rend le tuteur & conſeruateur des Indiuidus pour
maintenir les eſpeces dans leur
regne. Et de vray, puiſque l'hô-
me port' vne volonté munie du
ſceau des affections pour l'appliquer aux obiets qui luy ſont
agreables hors le ſien il s'en reſerue le premier charactere, &
s'il lach' vn' étincele d'amour
hors de ſoy il en couue touiours la flamme n'étant en cela
pas ſi oublieus de ſoy comme
l'Aſtre du iour, lequel ayant de
la chaleur pour tous les autres
ne s'en reſerue point pour ſoy
méme. Et comme ſi toutes ſé
puiſſances produiſoiét chacune
ſon rayon pour aborder enſem-
bl' a ce centre ſi deſiré, il ny a
homme lequel au ſeul non de
beatitude ne reſſante ſon eſprit

chatouilhé par l'harmonie de
ce beau mót, fa volonté toué
amoureufe de fon luftre, & tout
le refte de fé facultés doucement échaufées à fa pourfuite
concourir & confpirer enfem-
bl' à la conquéte de céte fou-
haitée toifon. Mais helas ! combien de fois cherchent eles céte
lumier' a tatons fans s'apperce-
uoir qu'vn ancien defordre &
duel fatal a leurs entreprifes
leur a dōné pour marque d'vn'
ignomineufe feruitude vn ban-
deau noir ou plútót de fauffes
lunètes pour tachér a leur caché lé verités & les enlacé dans
l'erreur. Combien dif-ie y en a
il qui prenent les apparences
pour lé realités le cuiure pour
or & le fard trompeur pout la
naifue beauté. Vn chacun fait
femblant de prendre fa lanter-
ne comm'vn Diogene, & par-

courir terres & mers comm'vn
Bias pour se vanter & glorifié
dans la recherche de cele qu'ils
pourchaffent a rebours. Leur
entendement ét fruftré de la
direction dé rénes & du gouuernail, par la violance d'vn'
imagination aueugle laquele
n'a bien fouuent autre códuite
que la temerité, autres moyens
que l'extrauagance, & autre but
que les ombres dé corps qui
fuyent iuftement au deuant de
leurs inconfiderations præci-
pitées. Hé ! combien de naui-
res ét ce qui font naufrage dans
céte recherche manque d'vn
vray phare qui lé faffe prendre
gard' au diuers détours de leurs
fentiers. O qu'il y en a beaucoup plus qui fe laiffent deuorer aux fcilles & fe donnent en
proy' aux Syrtes & Charybdes
que non pas de ceux léquels

heureusement pousse's du vent
qui fournit autrefois a de'pauures idiots dequoy répondr'
aux grands Roys & Potentats
de la terre, & guidés du pilote
celeste paruienent heureusement à la vraye cónoiffance de
la beatitude laquel' ét le port
de cete dangereuse nauigation
à la faueur de' rames léqueles
on qualifie iuftement de l'honnorable titre de uertus.

Combien y en a ils léquels
pour ne vouloir se lier commé
dé bien auisés Vliffes par le
precieux chainon dé perfectiós
& vertueuses habitudes, se laiffent attiré par lé fauffes montres
dé ferenes de ce môde deloyal,
léqueles a l'appas d'vne beauté
apparente lé facrifiét impitoyablement a leur raige , pour en
offrir lé reliquats aux autels de
fatan en holocaufte. Combien

encor' vn coup trouuons nous
de malheureux reprouués, léquels pour ne se pas seruir dans
ce sinuéus labirynthe du fil
droit& de la lign' infinie, laquele doit etre la mesure de toutes
nos actions, se vont malheureu-
sement prostituer alechés d'vn
faux semblant aux monstres furieus dé mondaines amorces,
léqueles se ioüent en apres du
debris & dé dépouïlhes de leur
vie, de leur honneur, de leurs
biens & reputation. Disons dõc
auec ce grand miracle du desert
qui sera ce qui pourra se desen-
lacer de tous cérets & filets qui
touchent de leurs deux extre-
mitez le ciel & la terre , qui
s'en prenent aux deux poles, &
vont appliquer lé plus fines &
dangereuses filaces de leur toi-
le pour nous couurir la face du
Tout-puissant, & cacher à nos

yeus chaſſieus le bien ſouuerain
& le comble de toutes felicités.
Ou plûtot ſi la creature Raiſonable remplie de la celeſte roſée & attirée par le Diuin aymant, ſe porte peu a peu dans
le domicile de la ſupreme beatitude : Helas combien y a il de
charmes mondains qui luy font
accroire qu'el'a trouué dés icy
ce quele cherche, qu'ils ſont
des objects dignes de ſé pourſuittes, & dé threſors capables
de la contenter.

Amants léquels liés comme
des eſclaues par vn'œilhade, ne
voyés pas que c'ét cele qui vous
óte la veuë, combien de fois vn
phantóme plátré de dix mil artifices, qui n'ont pour but &
pour principe que la tromperie
vous attire premierement, puis
ayant ietté la pouſſier' aux yeus
vous aſſeruit & nous garrote

pour exercé sa tyrãnie sur vous,
& vous fair' accroire que c'ét
luy a qui vous deuez hommai-
ge & qui tient lé douceurs que
vous pretendés dans le poin,
mais si votre captiuité ne uous
atout a fait abrutis, tirés ie vous
en prie le rideau & ouurés cete
bouëtte, vous trouuerés bien
tot que c'ét cele de Pandore, &
que vous n'en pouués esperé
que dé malheurs. Laués vn peu
la main qui vous tient au colet,
& si vous découurés ce faux
voile vous reconoitrés souz
quele baguete vous viuez si ty-
ranniquement. Faites en autant
a cé seins de parade qui changent dautant de couleurs comm'
il y a de iours en sepmaine
ou de diuerses drogues chés les
Apoticquaires, & vous verrez
comm' vne carcasse passionoit
tous vos sens a sa contemplatiõ

& conquéte. Et ce front poly
s'il semble comm' vn marbre,
mais plus propr' a donné qu'a
receuoir des impreſſions, tache
de vous caché ſé rides, ne vous
en apperceués vous pas, le voila
qui demande de nouueaus artifices pour deceuoir votre cre-
dulité. Contemplés vn peu cé
deux petits flābeaus , lequeles
emportoient a chaique coup
plus de dépouïlhes & de triomphes que des Hercules , qui faiſoient plus d'eſclaues en vn'
heure que tous lé Capitaines de
la terre dans la longue carriere
de leurs années, qui ne donnoiét
pas vn coup en vain , & qui ne
frappoient iamais qu'au cœur
pour rendre tous les autres mé-
bres , & toutes lé facultés mor-
tes a tout' autre choſe qu'à leurs
commandemens , Conſiderés
les, hé ils ſont cōtraints de vous

auoüé leur injuſte tyrannie, ils
ſont forcés de vous demandé
pardon de leurs impoſtures,
mais ô Dieu ſi tous cé trompeus
appas par leur deplorable cata-
ſtrophe pouuoient en abbatre
tout a fait le métier, ô que ce ſeroit alors qu'on pourroit crier
hautemět *liberté, liberté, aux feus
de ioye, aux triomphes aux triomphes* : non ils ſont trop auant
dans leur vogue, l'idolatrie en
ét trop vniuerſele, pour renuer-
ſer & les idoles & leurs prophanes autels, cé pauures miſerables vonts'y laiſsé victimé, me-
nés par l'attache comme dé
veaus ſans cónoître la tragedie
qu'on leur diſpoſe. Voicy ſainct
Bernard qui leur court aprés &
crie tout haut *dans le plus fort dé
ſes extaſes. Mundus eſt hypocrita
melior eſt ira hypocritæ quam
riſus,* & ou alés vous miſerables

(crie cet Heraut du ciel) voyés
vn peu ce que vous faites vous
vous attachés au monde, voyés
vous pas bien qu'il vous flatte
d'vne main & tient le poignard
en l'autre, c'ét vn Ioab, c'ét vn
Iudas, c'ét vn traitre : Croyés
le donc, c'ét Dieu qui vous le
dit, les hommes faiges vous le
prechent, les experiences vous
le preuuent. Voyés l'impofteur,
il vous rit : Prenés vous en garde car il affeure fon coup, laifsés
hardiment laifsés le faché, car
fa cholere vous vaudra la benignité & la mãfuetude de Dieu,
fé reproches vous acheteront
dé benedictions eterneles, & fé
fupplices vous conduiront dans
le torrent dé plaifirs que l'œil
n'a veu n'y l'oreilhe ouy. Ie parleray tantot a vous, luxurieus,
diffoluz, auares, & mondains
chaicun a fon rang.

Dixit itaque
Ioab ad A-
mafam falue
mi frater &
tenuit manu
dextera me-
tum Amafa
quafi ofculãs
eum. Porro
Amafa non
obferuauit
gladium quẽ
habebat Ioab
qui percufsit
eum in latere
& effudit
inteftina eius
in terram ↄ.
R 20.

'Cet' anciene Græce mere nourrice dé beaus esprits, vray parnasse dé Muses, & fameus' Academie de tant de celebres philosophes, léquels l'ont embelie de leurs beles subtilités regie par leurs prudés conseilhs & immortalisée par leurs oracles, en a eu trois diuerses sectes fort celebres en grain mélé, du mauuais parmy le bon, entr'vn nombre d'autres, léqueles ne font pas a mon propos,

L'vn' étoit des Epicuriens, infames pourceaus, léquels reconoissoient comme pour dogue de leur troupe vn signalé poacre, nommé Epicure, vilain cloaque, & puante sentine de toutes ordures (quoy qu'en dient Alexandre, d'Alexandre dans son liure troisiéme chapitre second, Volaterran & quelques autres) lequel philosophât

côm' vne piece de lard engrais-
sée qu'il étoit rota parmi ses excés & yuroigneries , cete puant' exhalaison, sçauoir *que le bõ*
heur d'vn homm' en ce monde consi-
stoit a farcir son corps & y engoufré
comme dans vn abíme , dé viandes
sans cesse, le souilhé de toutes les or-
dures possibles , le veautrer a sou-
hait dans le bourbier infame de sé
concupiscences,& le prostituer a tou-
te sorte d'immondicités , sans faire
conscience d'oucun mal si horri-
ble fut-il. Voila la spiritualité
du personnaige : Et ô malheur
c'ét luy qui ét le mieus suiuy,
c'ét son blaspheme qui braue la
verité, c'ét son sacrilege qui ét
le plus generalement embrassé,
puisque son venin pour auoir
été communement seruy a la
table de tant de vicieus Empe-
reurs, ne se coule pas moins dãs
le boire dé mediocres & abiects,

veu qu'il ny a etáge dans ce bas monde à ou il n'aye son rang.

Parlés icy Bæotiens en Græce qui doublés vn repas sur l'autre qui rendés lé nuicts & lé iours entiers temoins de votre gourmandise & qui faites rougir se Soleils & palir la Lune de honte de vos abhominables excés.

Suiués lé, Siliciens, qui n'aues autre Dieu que la Saturité à laquele vous sacrifiés incessamment dans le prophane temple de vótre ventre vos biens, vótre santé, votr' honneur & vos vies,

Et vous Tarentins qui dans l'exces de votr' insatiable voracité groignés en mangant comme dé pourceaus, quel rang tiendres vous dans cet' échol' Epicuriene.

Ie m'ennuye de parler en termes si communs, en quele place te metray-je Camble Roy

Alex ab alex ib. 5. c. 21.

ibid.

Guide.

dé Lydiens que disie Roy es- *Rauis.*
claue de ton ventre si iamais
griffon le fut qui ét ce qui porta ta faim enragée a deuoré ta
femme par vne nuit laquele re-
posoit innocemment a té córés?
Ie croy qu'apres ce festin tu
auois beau sonné du tambour
sur ton ventre la peau duquel
étoit sans doute bien tenduë
pour apelé té voisins à la féte.

Et toy Milon crotoniate pour-
ras tu bien trainé le vaste colos-
se de ton ventre iusques icy. Ie *Rauisius.*
te conseillerois de te faire por-
té sur vne charrete, mais ie vois
que par vn déieuné tu en as deuoré vn dé bœufs.

Ne vois tu pas qu'on a icy affaire de toy Claude Tibere Neron ou plutót Calde Bibere,
Meron' la fumée de la cuisine *Suetonius.*
qu'on fait dans ce temple de la
gourmandise ne t'enleue ele

plus de ton thron' Imperial.

Tu tarde trop Bonofe te diray-je ton non muis de vin.
Voila Galiene qui te fuit on a
beau luy parlé de la deplorable
captiuité de fon pere Valerian,
il demande s'il n'y a pas dequoy
frire.

Diotime les autres deuorent
inceffamment, & toy de peur
de t'étranglé tu ne parles que
de boire. O qu'il te fait beau
voir couché à la renuerfe auec
vn entonnoir dans la bouche
affifté de deux ou trois hommes
de châbre de Bacchus, léquels
verfent fans cefle dans les étags
humides de ton corps, dequoy
contenté ta foif infatiable.

Et vous Alexandre i'ay honte
de vous le dire il vous fait beau
voir paffé lés huict iours entiers
fans fair' autre chofe que fauté
d'vne tabl' a l'autre.

Pour

Aurel fex-
tus Ponta-
nus.

Ælia. lib. 2.
de var. hif.

idem lib. 3.

Pour vous Mithridate vous êtes vt fort honnêt' homme de recompenser honorablement le plus grand beuueur de vôtre compaignie.

Alex ab alex l. 5. c. 21.

Ie n'ose metr' en cet ordre Messieurs les Arabes ils sont trop abstinents, puis qu'il leur ét defendu d'aualé plus de douze bonnes gobelées de vin au repas.

ibi.

Que dirés vous à ces infames ô Antigone, Traian, Hannibal, Massinisse, Constance, Bartole, Diogene, Aristippe, que leurs dirés vous Lacedemoniens, Carthaginois, & plusieurs autres courageus ennemis de cete brutalité, Ie crois que les extremes turpitudes de cé gloutons vous ferment aussi bien la bouche comme le nez.

ibi.

Rauis. Marcel. Fichard. Rauis. Suidas ap. vola. l. 13. cap. 4. anthro. Stob. ser. 42. Alex ab alex 14 c. 6.

Passons de Syracuse dans Cypre, Ie veus dire du temple de

hero l.

K

la Gloutonie a celuy de la Luxure.

Ie vous y vois petit vilain qui de paſſion de rendre lé premiers & plus infames ſacrifices à la Luxure vous portés iuſques à la ſtatuë de ſa Deeſſe.

Et toy monſtre de nature diray-ie ton non Heliogabale, la plume me tombe dé mains. Ie friſſonne d'horreur, le cœur me bondit va Dæmon fils ainé de Venus, mais plus deteſtable au témoignage dé cieus & de la terre que ne ſçauroit auoir été vn Dæmon Aſmodée. Va inceſte, va ſodomite, brutal, ſacrilege, ie ne puis dauantaige ſonger à toy endiablé.

Et toy Neron tu te fis hier épouſer a vn certain Pythagore & auiourd'huy changant de perſonage tu prends a femme ton eunuque ſporus, ô que

(marginal notes)

Plin. l. 36. t. 5.

Paul. Dia.

c'auroit été vn grand bien a l'v-
niuers , si ton pere n'auroit iamais eu que de teles femmes.

Ton oncle Caligula ét apres *Sueta,*
les incestes de sé seurs mémes
les adulteres, & lasciuetés luy
font ordinaires , & tout l'vniuers pallit d'horreur de sé crimes.

Et vous Auguste qui faites du
chaste par lé châtimens seueres
de l'impudicité. Voyés vous pas *Idem,*
que vo⁹ táchés eternelemét vótre memoire de cet opprobre.

Et toy Sardanapale ie te me-
cónoissois, ah ! que tu es beau,
es tu deuenu femme dépuis peu
d'y le moy & i'apprendray vne
nouuele merueille de nature.
cet accoûtrement te siet fort
bié tu n'as vrayemét pas perdu
ton temps car tu files mieus que *Iustinus,*
tout le reste de té compaignes.
Vois tu pas ce que ie te veus

dire poultron infame , encor'
as tu quelque raison de démen-
tir le sexe viril par habit , puis
que tes actions te rendent telement indigne de cet honorable titre. Mais pour mieux faire tu deurois te couurir de la
peau d'vn porc, car de vray c'ét
vn accoutrement sortabl' a
l'honéteté de ta vie. Voicy
ton epitaphe a l'Epicuriene.

Ede, lude, bibe , charum præsen-
    tibus exple.
Deliciis animum : post mortem
    nulla voluptas.
Namque ego sum puluis, qui nuper
    tanta tenebam.
Hæc habeo quæ edi quæque exa-
    turata libido.
Hausit ; at illa manent eius præ-
    clara relicta.
Hoc sapiens vitæ mortalibus est
    documentum.

Voila la bonn' odeur que tu

laiſſes de toy à la poſterité lors
qu'apres auoir honteuſement
filé l'étoupe de la plus abhomi-
nable vie du reſte des hommes
le feu s'étant mis dedans t'a victimé a ſé flammes deuorantes
pour tiré raiſon de celuy de ta
concupiſcence.

Vous y êtes Babilonienes, *Hero. l. 1.*
Cyprienes, Lydienes, Semira- *Diod. lib. 3.*
mes, Meduſes, Cyrenes, Lamies *Platina Dial ad ſt. c am.*
Rhodopes. Ne vous ſétés vous *Æl. lib. 13.*
point ennuyés de cete deteſta- *Bruſon. l. 1.*
bl'enumeration, Catons, Grac- *Gellius, Eraſ in Apoph.*
ches, Argees, Ariſtippes, Peri- *Laert. l. 1.*
cles, Clitomaches. Qu'en dites *c. 7.*
vous Dryes , Hyerophantes, *Val. Max. l. 4. c. 3.*
Athenienes, Lacedemonienes, *Æl l. 3. Plutar.*
Atalantes. *Alex. l. 4. c. 7.*
Ie m'en vay a toy aueugle Plu- *Alex ab A- lex. l. 4. c. 17.*
tus qui te fais idolâtre pour les *Æl. li 3.*
entrailles de ta mere. Ie vous *Cæl l. 11. c. 12*
vois aprés Ætoliens.

Tu es encor' icy Caligule qui

contrains té ſujets a te faire leur
heritier par teſtament, que ſi ils
ſuruiuét tu te mocques de cela
& leur donnes vn coup a boire
de poiſon pour franchir plútot
la carriere. Tu tires tribut dé
lieus infames paye le donc le
premier, puiſque ton louure
n'ét qu'vn receptacle de té lu-
bricités & roule toy bien tout
nud dans té Threſors.

Vulg, l. 9. c. 4

Veſpaſian te ſuit pas a pas &
ſe detourne dans lé ruetes obliques pour mettr' vne gabele ſur
lé latrines, ſans que la puanteur
luy donn' au néz. Demande luy
vn tour du métier & pourquoy
il enuoye dé larrons pour pre-
fects dé prouinces, il te reſpon-
dra que ce ſont ſes éponges, &
qu'ils n'amaſſent que pour luy.

Ibidem.

Ah que ie prends plaiſir a
voir le traict ſubtil que te ioüe
ta femme, Pythius, lorſque dãs

l'infatiable conuoitife dériche- Guido.
fes , pour léqueles tu caufes
vn fi cruel & lent martyre a té
pauures fuiets ele te prepar' vn
feftin tout d'or pour voir fi tu
díneras bien de cete viande. Ie
vous vois Cambyfes , Daries,
toy Achee pendu par lé pieds la
téte plongée dans le pactole
pour ton auarice , Condales,
Denys, Verres, Licines, Fabri-
ces, Tyberes, Domitians dahs
lé vols, oppreffions , ruines &
maffacres, C'ét trop, Ie defcéds
a la derniere Claffe du Colege
d'Epicure , & voicy ce qu'on
m'y dit.

Regardós (difent cé Megeres)
fi Iules Cæfar qui auoit fi fouuét Sueton.
cé paroles en bouche, *que pour* Florus.
Curtius.
regner il ne faloit pas regardé de fi Paul, Diac.
pres a la Iuftice, fi Augufte , An- Plutar. de
viris illus.
nibal, Alexandre, Mithridate,
Pompée , Aurelian de qui on

K iiij

diſoit qu'il étoit bon Medecin,
mais qu'il tiroit trop de ſang,
Traian, Caracalla, & vn nŏbre
d'autres grands heros, puiſſans
Monarques & nobles Poten-
tats ont épargné, ny vols, ny
meurtres, ny luxures, ny rapi-
nes, ny ſacrileges, pour auancé
leur fortune, rauirlé diademes,
& amplifié leurs Empires.

Le Triumuirat dans Rome
n'a il pas fait vne tele boucherie
qu'il ſembloit auoir iuré de ré-
dre la nature totalement veſue,
& ce par l'ambitiŏ de trois partis qui tachoient à l'enuy de
porté leur fortune ſur le thrón'
Imperial de l'vniuers.

Et Caligule tout dolent de ce
que le ciel ne conſpiroit auec
luy contre le genr' humain par
quelque celebre deluge de malheurs, qui ne pouuoit voir vne
beauté ſans la difformé, qui ne

Flor.

rioit sinon pource que (dit il *Suetonius.*
vne fois a propos de certaines
beles Dames) il pouuoit abbatre d'vne parole toutes cé beles
tétes, & qui prenoit plaisir de
se mettre sur vn pont, y en appelé d'autres a soy & leur faire
faire le saut en bas a qui mieus
mieus, Bref qui ne se repaissoit
que de massacres, & ne se réjoü-
yssoit que de malheurs, ne fit il
pas son possible pour abolir tous
lé Liures dé Iurisconsultes,
pource que de fait il voyoit biē
qu'il n'y auoit rien de pareil a
vne vie emancipée de toutes
loix, exempte de toute pieté, &
ennemie de toute Iustice.

Iettons vne petit' œillade vers
lé Iuifs & voyons si les Hircans, *Iosephus.*
les Aristobules, & nommément
les Herodes auroient iamais
empoigné lé sceptres & porté
lé coronnes, s'ils n'en auroient

frayé le chemin par cruautés &
iniuſtices. Bref viſitons vn peu
chés lé Perſans, lé Cyres, Xerces, Cambyſes, Artaxerces, &
vn nombre d'autres fameus Capitaines pour lé voir contrefaire de tele façon lé Roys de
theatre (ſi les épines déqueles
etoient compoſées leurs corõ-
nes n'auroient porté vn reel témoignage de cete dignité par
leurs ſanglãtes picqueures) que
le fils ennuyé de la trop longue
vie de ſon Pere plonge ſa main
ſacrilege dans ſon ſang, pour ſe
porter au thróne ſur lequel il ne
pouuoit ſi tot monté que par cé
maudit échelon, & que d'autre
fois par reciprocatiõ de cé flots
impetueus le pere darde lé
traits d'vn deſeſperé ſoupçon
ſur la vie de ſon propr' enfant.
Si cé gens là'& vn nombre preſqu'infiny de déloyaus ſeruiteurs

qui ont tiré l'éclat de leur vie
de l'obſcure mort & cauteleus
maſſacre de leurs Maîtres, auroient été dé perſónes de quelque conſcience, ils auroient
croupy pour la pluſpart dans
leur baſſeſſe, puiſque c'ét l'in-
iuſtice laquele les a rendus poſſeſſeurs de cé dignités, au lieu
que 'fermans les yeux a tout'
æquité ils ont báty leur tōbeau
parmy lé palmes & lauriers.

Regardons auiourd'huy que
tant de méchans hommes viuét
parmy lé lys & lé roſes, pource
que ſans difficultè ils pillent,
trompent, & ruinent tout ce
qui ſe rencontr' au deuant dé
flammes deuorantes de leur
faim inſatiable, au lieu que les
autres qui peſent tout a la ba-
lance de la iuſte Themis, qui
ne retienent rien a perſonne,
rendent le droiƈt a vn chaicun,

Hiſtoria Ro-
m. perſ æ-
gip. ætru.
Med. &.

foulaigent les affligés & tendét
leurs mains liberales aux necef-
fiteus , fe rendent dé cocquins
auec toute leur mommeterie.
Voila lé meditations ordinaires
de ces Atheiftes.

O cæcas hominum mentes.

La feconde fecte étoit dé
Stoïciens. (Notés Lecteur que
ie ne lé mets pas en rang d'honneur mais en rang d'echole, có-
mançant par le pis & finiffant
par le mieus) c'ét a dire en grec
ce qu'ő tourneroit en gros latin
par le terme de *Inceffores*, d'autãt
que cé Philofophes marchoiét
grauement comme dé petits
Dieus immobiles au moins en
apparence , 'a tous reuers de
fortune comme dé ftatuës, per-
fonhaiges qui défioient tous lé
malheurs du monde , mépri-
foient lé profperités & oppo-
foient leur conftance comm' vn

puiſſant bouclier a tous les accidents qui táchoient d'heurté leur repos & tranquillité.

Mais faiſons vn peu paroítre leur Capitaine ſur le theatre, c'ét le braue Zenon, lequel paroit en téte dé plus fameus viellards de l'antiquité. Ie le vois tout en ſoucy importuné d'vn grand chagrin, lequel il s'en va porter aux pieds du Dieu qu'il recónoít : mais voicy ce qui le picque. *Comment ét ce (dit ce Religieus Ambaſſadeur.) ô Oracle que ie pourray mener vne vie ſaincte, porter vn' ame nette & blanche comm' vn lys, vn cœur entier, vn couraige conſtant, vn entendement clair, & vne volonté ennemie du vice. Ton moyen le plus court (Répondit l'Oracle qui ne ſe ſoucioit pas de dire quelque verité, lors qu'il ne luy en coutoit rien.) c'ét de te rendre de la couleur dé morts.* Ce brau' Laer. l.7 c.1

esprit puifa de cet áuis deux
beaus rayons , le premier déquels fut l'abftinence , par laquel' il ne pouuoit manqué d'a-
complir le confeil de l'oracle,
le fecond fut l'étude de la Philofophie , pource qu'il creut
qu'en lifant les anciens Philofophes, déquels les cendres repo-
foient dans le tombeau, de l'ou-
bly il fe rendroit en quelque façon de la couleur des morts.

Cé beaus deffeins ne man-
querent pas d'enfanté leurs effects comme nous alons voir.

Stob. fer. 42. Venés Sarmates qui étes per-
petuelemét a querelé la nature
de ce qu'ele vous a fait le ventre
trop petit : Vous étes inuités au
feftin de ce philofophe láchés
bien la ceinture, & croyés que
ie ne fçay fi vous trouuerez vn
petit morceau de gros pain &
vne fois d'eau a la table. Voila

la diete que ie vous ordonne,
Voicy Antigonus qui le vient
trouuer amoureus de ſé rares
perfections , & tout eſchauffé
d'vn bon repas qu'il vient de
faire , s'en va cherché pour deſ-
ſert quelque ſentence chés luy
parmy ſé tendres embraſſemés
& careſſes , il n'en manque pas
car apres luy auoir inſtamment
demandé qu'il luy commandát
quelque choſe, l'autre qui ſen-
toit cé vapeurs vineuſes incom-
modé , non tant de la mauuais'
odeur du vin comme du vice,
luy fit iallir cé paroles entre-
meſlées d'vn dégout nompa-
reil. *Retire toy d'icy & va t'en*
crathé ces ordures, léqueles font de
ton corps vne ſentine.

Les enſeignemens de ce braue Pedagogue étoient autant
d'etinceles d'vn feu pur & clair,
lequel va épandant ſa lumiere

Æli. l. 9. de
va. hiſ.

sur tous lé suiets qui en sont capables.

C'ét pourquoy vn iour lors
que Arrenidas tenoit lé Rénes
d'Athenes : Cete noble Republique animée du mouuement
de tant de graues & saiges philosophes, incapable de voir lé
grands fruicts de ce personna-
ge sans guerdon, & sa vertu sans
coronne , luy destina publicque-
ment pour marque de sa té-
perance & action de graces de
sa bonne doctrine vne coronne
d'or pour l'accompaigné le reste de sé iours du prix & de l'hōneur deu a sé merites , & de
peur que la mort ne semblât
deuoir retrancher auec la vie
de ce vertueus Docteur la sou-
uenance de sé bienfaits, el' in-
stitua cinq de sé plus nobles &
entiers citoyens pour auoir soin
qu'on composât artistement &

Laer. l. 7.

la

la coronne d'or & vn monu-
ment fomptueus au plus magnificque lieu de la vile pour
æterpifé lé cendres de celuy
que la vertu rendoit immortel
dans la memoire des hommes.

Ie vous vois a fé cotés braue *Idem.*
Socrate lé pieds nuds & le corps
couuert d'vn vil & chetif manteau lé prefans ont beau fe met-
tr'à la fuite de votre vertu, car *Sto. fer. ī.*
el'n'é veut que pour lé méprifé. *de pru. Ælī-*
                                                   l. 9. Eraf. l.
L'abftinence vous met a l'a- *3. Apoph.*
bry de toutes maladies léqueles
font lé verges ordinaires dé *Æl. l. 13.*
mortels. Que fi la condition de
votre corps caduc & periffable
fé voit aux portes de la mort
vous aues appris auffi conftam-
ment a la méprifé cõme les autres la craignent fans apprédre.

Voila Ariftophane qui em-
ploye toute fon inuention a *Eras. ina p.*
vous chargé publiquemét d'op-

L

probres,& vous luy demandés le lendemain s'il n'a point affaire de vous pour s'exercer au méme sujet. On ne vous a iamais veu ny rire,ny pleurer, hé qu'ét cela n'etes vo⁹ pas risible, ou bien si vous étes vn Spectre.

Laer. l. 4. c. 5
Sabel. l. 4. c.
10.
Sab. l. 8. c. 5.

Que fais tu là Diogene dàs ton tonneau, ét cela le logis d'vn Stoicien où bié d'vn Epicurien.

Veus tu tenir ton rang en cet equipaige,qu'ő te bate qu'ő te tourne qu'on te roule qu'on se mocque de toy tu es touiours Diogene.

Laer.

Tu as touiours le mot a dire & fais la dedans du compaignon comme si tu étois quelque chose de rare, le mépris que tu fais dé richesses ét louable, ta pauureté merueilleuse, ton abstinence nompareille, ta patience sans parangon, té rencontres sans pairs, bref par-

my vn peu de folie tu éclos dé
rares exemples de perfection.
Mais neantmoins tu as vn petit
coup: Difõs en termes de philofophie que pour toy tu es fou au
dedãs & ne fais du biẽ que par
folie, mais que pour les autres
&au dehors tu es fi faige que de
vray tes actiõs peuuẽt feruir de
miroir aux ameslé mieux faites.

Que conclués vous là Caton,
Ephialte, Lamache, Ariftide,
Epaminonde, Anaxagore, De-
monax, Epictete & toute vótre
compagnie.

*Nous confirmons (difent ils) nos
anciens oracles & determinons par
arrét irreuocable, que la felicité humaine git en la feule vertu.* Voila
ce qu'en penfe la feconde fecte:
Opinion a la verité fort plaufi-
ble s'ils prenoient la vertu pour
cele qu'el' ét, mais d'autant
qu'ils la fardent & que tout leur

Cic. 3. de off.
Æl. l 13.
Alex ab alex.
l. 3. c. 11.
Fulg. l. 4. c. 4.
Laer.
Volat. l. 15.
Ant.

L ij

but ét de paroître seulement au
dehors insensibles a tous affronts, immuables a tous dangers, & inébranlables a tous as-
sauz, de sorte que si vn assassin
curoit lé dents d'vn Stoïcien
auec vn poignard empourpré
du sang de son propre fils: Si on
venoit a luy rapporté que tous
sé biens changét de maître, que
tout son lustr' ét terny; sé richesses dissipées, sa reputation
sans autres ailes que du malheur
sur léqueles on lit dix mill' indi-
gnités au lieu dé proüesses pas-
sées a la faueur, non plus de la
seraine clairté de sé beles actiós
ains dé tenebres noires comme
le chaos, léqueles ne font capables de fair' autr' office aux yeus
que de leur faire considéré ses
opprobres. S'il ét contraint de
voir femme & enfans impitoyablement sacrifiés a l'infamie

d'vne mort hôteufe, pour mourir auec vn chaicun d'eux en
l'attente de la derniere qui s'at-
taquera a luy auec autant de
douceur, & charité, comme font
grandes lé cruautés qu'ele luy
tranch' auec la vie. Bref s'il
voyoit le ciel tout en foudres
& éclairs , en tourbillons &
oraiges , en gréles & tonnerres
pour l'accuillir de dix mile
coups mortels s'il auroit autant
de vies, la terr' en alarme liguãt
toutes fé puiffances contre luy
& difpofe' a emprunté de nouueles cruautés de l'enfer pour
luy faire fouffrir autant de mar-
tyres & de fupplices comme
l'implacable courroux de la méme fureur en fuggerera a fé fa-
tellites , il ne déuoit felon lé
principes de fon échole feulement pas pallir a tous cé malheurs.

Impofitique
Rogis iuuenes
ante ora pa-
rentnm.
6. *Æneid.*

L iij

Et au contraire ſi la fortune
ouurant lé riches coffres de ſé
faueurs luy en départoit liberalement lé mieus choiſies, ſi la
plüye du ciel ſe conuertiſſoit
en manne pour ſé delices, ou
bien en roſée pour la fecondi-
té de ſé terres, ſi les éclairs ne
luiſoient que pour éclairé ſé
proüeſſes, & lé foudres que
pour tomber a ſé pieds. Si lé
tonnerres ne grondoient que
pour annoncé la gloir' & la puiſ-
fance de ſon nom, pour la terreur de ſes ennemis. Si ſa renõ-
mée volant a grands traits par
tous lé recoins du monde faiſoit
lir' a tous les hommes ſur ſes ailes dorées ſé beaux exploits &
ſes heroïcques vertus ſuiuie dé
chantres naturels, lé roſſignols
qui le long de ſé voyages fen-
diſſent lés airs par leurs cõcerts
muſicaux & melodieus motéts

composés a l'honneur de ſé
proüeſſes, pour en reuenir ac-
compaignée d'autant de benedictions & applaudiſſemens.
Bref quand le ciel, la terre, & le
reſte des elemens ſeroient tout
d'vn coup venus a ruiſſelé ſur
luy tout ce qu'ils ont de doux &
de rare, il ne déuoit pas ſeulement faire lire ſur ſon front la
moindre ſerenad'extraordinaire, ou ouurir la port' a la moindr' alegreſſe, ſi la nature ſe trouuoit obligée a ces extremités
improportionnées a ſé puiſſances, ou el' en creueroit de dépit
ou el' en defailliroit de mal de
cœur. Or ét il que la beatitude
de cete vie doit étre poſſibl' a
l'homme, dôcques cé premiers
mouuemens & cet' inſenſibilité ne peuuent l'étre, puis qu'ils
excedent ſa portée. Vrayemét
nous ne trouuons guere plus de

cé Stoïciens dans la corruption
de ce siecle, tel que tous les autres ayans leur nom ie ne sçay
comme ie dois nommé celuy
cy: car si ie le qualifie siecle d'or
ceux qui portent iustement ce
titre graué sur le tableau de leur
innocence s'y opposent a bon
droict, de le nommé siecle d'argent c'ét offensé la neteté de
ce metal que de le mélé dans sé
corruptions & ordures , de le
declaré siecle de plomb , d'ê-
tain , ou de fer , c'ét luy faire
tort , puis qu'il brille tout en
pierreries, en or, delices, & ma-
gnificences comm' vn bateau
de Cleopatre & qu'il encherit
par dessus tous lé precedens en
mondanités & foles dépenses.
Disons donc qu'il ét de cuivre,
car aux yeux corporels qui se
laissent deceuoir aux apparences & trompé par les illusions,

Quid quid
ést in mundo
vel ést con-
cupiscentia
carnis vel
concupiscen-
tia oculorum
vel superbia
vitæ. 7. Io. 2.

il paroit étre d'or, mais appro-
chés la châdele, ouurés les yeus
de l'ame, considerés sé tromperies,
ries, son fard, ses artifices, & son
hypocrisie sous le voile de laquel' il cache plus de mile mil-
lions de diuerses sortes de venin , léquels portent chaicun
leur coup mortel a leur Mithridate malgré tous autres secrets
que celuy de n'y point goúté,
vous cônoítrés la malice de cet
imposteur , & la vanité de ce
faiseur de fausses parades. O que
nous y trouuons bien plus d'A-
gapoquiles & Philomelittes qui
aiment bien mieus se mirer a
vn verre, caressé lé pots, sacri-
fié leur entrailles a l'idole de
leur concupiscence , fouillé
ches tous les elemens ; dequoy
continué cet impie sacrifice, &
pour le rendre plus celebre suc-
cé gout' a goute la sueur de leur

prochain, le picqué pour luy
humé son sang iusques au fõds,
festiné sur son cadaure, deuoré
ses enfans & faire dessert dé
médisances, detractiõs & mauuais complots que non pas de
s'essayér auec les Stoïciens de
braué lé vaines pompes du siecle, deffié sé foibles attaques &
fouler aux pieds lé tapis & l'appareil de sé banquets, ou pour
le moins si la necessité leur fait
emprunté de luy l'aliment &
l'entretien de la miserable fragilité de nótre corps, de mangé
tout cela à la table de Domitiã,
c'ét a dire dans les images de la
mort, les appareils de leurs funerailles, & dans le dernier acte
de la comedie. Expliquons vn
peu cecy, car le mister' en ét
beau.

Vn iour ou plútot dans lé
sombres horreurs de la nuit cet

Empereur tout remply de noires penſées en eut vne bien
etrãge parmy les autres, laquel'
il depeignit par ſon effect en
cete maniere. Il inuita au banquet pluſieurs graues & illuſtres
perſonnaiges de Rome, tant de
l'Ordre dé Senateurs que dé
celuy dé Cheualiers, & pour
l'appareil du feſtin il fit premierement noircir toutes lé
murailles de la ſale, le paué, lé
lambris, lé lits, coffres, bancs,
& tous les autres meubles, de
façon qu'il ny auoit nuit plus
obſcure que ce lieu priué dé vi-
ſites du ſoleil par la clóture dé
toutes ſes entrées. Voila donc
lé conuiés introduits ſans aucune ſuite dans ce lieu de tenebres auec vn profond ſilence,
on leur apporte du feu maıs cõ-
ment? Voicy venir dé colomnes noires dàs le comble faites

Paul. Diac.

en forme de sepulchre toutes
marquées du nom de cé conuiés auec vne lampe semblabl'
a celes qui ardoient dans lé tõ-
beaus. Ie vous laiss' a pésé quels
entretiens , & de quel goût cé
pauures Senateurs sauouroient
lé viandes seruies dans dé vases
aussi noirs comme lé colomnes.
Combien de fois deúrent ils se
regardé pour sçauoir s'ils ne
dormoient point , mais ce fut
bien autre chose, lors que cepé-
dant que Domitian les entréte-
noit de meurtres , de cruautés,
& de massacres, voicy venir vne
trouppe de petits enfans noirs
comme le tartare , léquels leur
sautent aux pieds, leur faisans
toutes lé ceremonies ordinaires
dé morts : ce fut bien a l'heure
qu'vn general engourdissemét
de tous leurs membres appeloit
leur ame dans le palais de la

bouche pour la liurer en proy'
a la mort prochaine , mais helas
n'osoient ils pas encore dire Ie
meurs de peur de n'enuoyé dehors l'am' auec cé dernieres paroles. Si l'arrét leur eut été de-
finitiuement prononcé , peut
étre que cé nobles couraiges
apres auoir hardiment plaidé
leur procés , se seroient dans
l'extremité resoulus a franchir
genereusement le dernié pas,
mais cé symboles qui tenoient
leurs esprits suspendus entre la
vie & la mort, tyranisoiët d'autant plus cruelement leur ame
comm' étoit dangereuse l'an-
xieté de cet' yssuë , puis qu'en
effect ils ne pouuoient dire ny
Ie meurs ny *Ie vis.* En fin parmy
cé pointes de Damoclés & cé
noirs ombraiges de l'Ache-
ron , voila Domitian qui lé fait
glissé dehors , honorablement

conduire chaicun dans vne litiere & leur donne dé colomnes d'argent auec des enfans
auſſi beaus & agreables comm'
étoient vilains & funeſtes lé
premiers, Dieu quel' extaſe,
quel rauiſſement, n'ét ce point
vn ſonge s'entredemandent cé
banqueteurs ! O vrayement
i'aymerois bien mieux répondre de la modeſtie, ſobrieté, &
circomſpection de mile pareils
banquets que ie ne ferois d'vn
ſeul de ceux dans léquels ſe
baignent auiourd'huy lé mondains, ô qu'il fait bon détram-
per auec vn Roy Prophete ſon
pain dãs l'amertune & ſon boire dans lé larmes pour mangé
le pain des Anges & boire dans
le torrent des æterneles delices. Voila vn banquet duquel
l'hiſtoire ét funeſte mais la fin
douce car lé douceurs ſont le

fruits legitimes dé branches de
l'amertume&voyôs celuy d'vn
riche Glouton auquel parmy
lé voluptés& feſtins vn dernier
morceau fait roté ſon ame
puante dans les incomparables
ordures des abiſſes æternels.

Tu pallis Lecteur as tu peur
de luy faire compaignie, penſes
y car le voyag' en vaut bien la
paine.

La troiſiéme ſecte étoit dé
Peripateticiens comme qui diroit dé faiſeurs de promenades
d'autant qu'ils côferoient, leurs
ſublimes & philoſophiques pé-
ſées en ſe pourmenant ſouz l'é-
tandart d'vn dé releués eſprits
qui ayent iamais paru.

C'ét Ariſtote ſtagirite la doctrine duquel parmy l'inconſtance des autres recueillit ſant
volubilité des honneurs, des
applaudiſſemens, & loüanges

dans toutes lé plus floriſſantes
vniuerſités du monde. C'ét ce
Dœdale qui a ſi bién ſçeu maintenir ſon vol dãs le milieu que
ny les Aſtres ne l'accuſent de
temerité ny la terre de coüar-
diſe. Que diſ- ie Dædale vrayement c'ét vn Icare puis qu'il ſe
iett' au milieu dé flots de l'Eu-
rippe pour appaiſé leur naturele luite & continuele diſſen-
ſion: ou bien apprendre la cauſe de leur diſcorde ; Mais lé
cruels, ingrats enuers leur bien-
veüillant , l'empoignent luy
méme , & tournent ſi furieuſe-
ment leur animoſité contre ſon
pauure corps qu'ils le priuent
d'vne dé nobles ames qui ſoiét
iamais venues s'ebergé dans
l'hoſpice de la mortalité. Ceux
là tendans au commun but dé
ſoultaits & curioſités humaines
cherchoient ſans ceſſe le logis
de la

de la beatitude & contemplans
dans vn autre biuie d'Hercule
vne fauss' Aigle d'vn côté laquele ne s'essoroit dans lé nuës
qu'en apparence & pour faire
bele montre, & de l'autre l'infame coleuure d'Epicure ram-
pant sur la terre sans pouuoir
respirer autr' air ou habiter autre region que la siene, tiré-
rent le faux manteau de la vertu, & apres luy auoir donné
le sien la reconoissans pour
vn' habitude laquele nous in-
clin' a la vertu la saluërent vna-
niment comme le vray & solide bon-heur d'vn homm' en
cete basse valée de malheurs,
l'accompaignans comm'vne
puissante Dame dé biens de
nature comme de la santé, beauté de corps, subtilité d'esprit
& autres rares presans de cete
mere fœconde , & de ceux de

M

fortune comme richeſſes, dignités, honneurs, & ſemblables
faueurs de cete fameuſé cour-
tiſane pour lé meſurer a ſon
iuſte compas, les enrichir de
ſon charactere, & par ainſin
combler entierement de toute
la beatitude ſelon cet état ſou-
haitable les hommes dans le
perilleus voyage de cete vie
caducque. Voila le iugement
de ces anciens Philoſophes.

Lé Theologiens vrays Mer-
cures du tout puiſſant qui mon-
tent & deſcendent de cete
merueilleus' échele de Iacob
pour alér apprendre les actio-
mes diuins de cete celeſt' échole, & nous les annoncé ca bas,
qui vont puiſé dans cet Ocean
de richeſſes lé marguerites é-
meraudes& vn certain nombre
de talents pour nous apprendr'
a negotié nôtre ſalut & acheté

cet opulent Royaum' à la faueur dé pierres precieuses qu'ils
nous en apportent, interrompus dans leur rauissemens &
importunés de cete commune
demande des hommes, ont l'a-
me trop noble, & l'esprit trop
releué pour rabaisse la beatitude dans lé passaigeres faueurs
de celuy qu'ils ne peuuent voir
sans compassion de sé miseres,
ains comme des esprits purs
qui ne sont attachés à la terre
qu'en apparence s'échapent
tout d'vn coup pour alé la haut
consulté le diuin oracle, y apprendre ce qu'on en dit, sçauoir ce que l'Academie celest'
en a determiné, lire l'arrét dans
le Code du Ciel & nous en prononcé la cõclusion aux mémes
termes auquels ils l'ont leüe
dans le regitre des Anges signé
de la main propre de leur Roy.

M ij

En voicy vn extrait.

Puisque l'homme roule la bas
dans le deplorabl' exil de sa celeste
patrie a laquel' il bute comme voyageur, il ét asseuré que dans cete valée de miseres sa beatitude consist'
au moyen le plus expedient pour le
mettr' en possession de son heritaige
duquel le peché l'à fort clos. C'ét
pourquoy, ie soub-signé Createur du
Ciel & de la Terre, Maitr' absolu
& vniuersel de tout ce qui a iamais
porté ou portera la qualité d'étre,
sçeant dans mon Thrón' Imperiab
appuyé sur lé quatre recoins de la
Terre, eleué par dessus lés Astres du
firmament, & étendu insques au
dé-là de toutes limites dans l'assem-
blée de toute ma Cour celeste com-
posée de neuf diuers ordres dé plus
purs & sublimes esprits qu'on puisse
s'imaginer aprés moy, & d'vn nombre sans nombre d'ames bien-heu-
reuses, auqueles i'ay par le glaiue

ſacré de la Croix conquis cete terre
de promiſſion pour les y cherir & fé-
toyer æternelement, vous denonce,
mortels, que toutes vos vanités
ne meritent rien moins que le títre
de bon-heur, puis qu'eles ne vienent
ne ſont, & ne tendent qu'aux malheurs, & conſequemment determine
par arrêt irreuocable comm' étant
Dieu, que la ſeule vertu vous peut
acheminé dans mon louure Royal
pour y contemplér æternelement a
rideau tiré ma diuine face laquele
contient en ſoy le comble de toutes
fœlicités, & par ainſin que vôtre
beatitude conſiſt' en vn' action ſur-
naturele meritoire de ce dernier
bon-heur.

A. & Ω.

Voila l'Arrét du Parlement
Celeſte lequel nous annoncent
ça bas ces Anges Terreſtres.
(Si toutefois nous pouuons
dire ceux-là de la terre qui n'y

ont que le corps pour rendre
leur esprit, habitant ordinaire
du Ciel.

Mais voila mes hibous qui se
cachent dans le tenebres incapables
de la clairté du iour.
Voila mé matins léquels n'osans
s'en prendre directement
au Soleil diuin abboyent continuelement
contre la Lune
son Eglise.

Vous feray ie venir a troupe
pour rendre le Soleil temoing
de vos ordures & vous montrer
en face de l'vniuers que vous
n'étes autre chose que des vrays
écholiers d'Epicure qui en
faites encores bien pis que
votre maître, que le dogme
de ce pourceau ét le fondemét
& le but de vôtre malheureuse
secte, & que les autres pretextes
que vous prenés ne sont que
des voiles blancs pour couurir

vos honteuſes procedures, du
miel pour enueloppé le venin,
dé faux rideaus pour fair' ombre a vos laſciuetés, & dé colõ-
nes de papier mouïllé pour authoriſé votre libertinaige. Me
mettray ie donc en deuoir de
vous appelér icy chaicun a ſon
rang. Vrayement vous n'en va-
lés pas la peine, les aureilles
chaſtes me prient de n'en rien
faire, & auſſi bien mon ancre
n'ét pas d'aſſés noire teinture
pour crayonné de ſi noires méchancetés qu'il n'y a que l'enfer a lé pouuoir ſouffrir. I'en
vois neaumoins trois ſectes ſur
mon chemin, ce qui m'oblig'a
lé pouſſer a cartier en paſſant
chaicune de ſon petit coup de
coude pour me faire place.

La premier ét des Anomiẽs
comme qui diroit gens ſans loy,
non qu'ils n'euſſent parmy eux

M iij

de l'intelligence dans leurs méchancetés, mais d'autant que
(comme dit l'Apôtre) c'étoiét
des hommes de chair n'ayans
autre reigle que leur concupif-
cence, autre péfée que l'ordure
& autre Dieu que la brutalité.

Ad Philip.
3. c.

Ceux cy auoient en tel' horreur la vertu qu'ils foutenoient
au rapport de Sainct Auguftin,
qu'vn continuel débordement

16. de trin.

a toute forte de vices ne portoit tout a fait point de dom-
maig' a l'homme, pourueu qu'il
eût vne certaine foy mal nom-
mée : Ie ne prends pas piéd a
cela, pource qu'ils me répon-
dent que par vn diminutif d'A-
nomiens il leur ét permis de
braire côme des anes, & ie trouue leur raifon tré bien fondée.
Le Maître de fentences leur a

In 1. Dif. 6.

coupé le quatre iarrets, lé deux
faincts Gregoires de Nice &

de Nazianze les ont eſſorillés,
& le grand ſainct Baſile les a
mis ſi profondement dans la
foſſe qu'ils n'ont garde d'en releué iamais , ou ils auront les
épaules bien fortes.

Lé Miniſtres de Caluin &
Luther leuent les aureilles au
mot d'Ane , & pource qu'ils y
ont bonne part il leur ſemble
qu'on les appele, lé voicy qui ſe
deguiſét d'vne peau de renard,
comme dans Æſope le renard
s'ét quelque fois couuert de la
leur par reciprocation d'emprunt : Lé premiers mur-
murent entre lé dents , que
pour bien faire il faut renuoyé
le Decalogue, ou pour le moins
le corrigé ſelon la bel' determi-
nation de leurs conciliabules,
plus ſemblables a vn' aſſemblée
de Bohemiens que non pas a
vne congregation de fideles,

auquels vn boufon preside, &
dé defefperés ignorans difpu-
tent les articles de la foy, iugés
du refte, pource que (difent ils)
il contient dé præceptes qu'on
ne fçauroit accomplir auec l'affiftance méme du faina Efprit.
Et voicy leur induction, pour
le premier fçauoir et de croir-
en Dieu, paffe pour celuy là,
puis qu'il ne leur en coute guié-
re, pour le fecond touchant lé
blafphemes, quãd ils s'en pourront paffer, voila qui fera bon.
Pour le troifiéme de l'obferuance religieufe dé fétes il n'y
a point d'apparence, car en effect ils ne peuuent penfer en
Dieu ny aux Sainas qu'à re-
gret, ils confidereront dans leur
vie dé ieúnes abftinences, ma-
cerations, prieres, & plufieurs
autres rares exemples de vertu,
mais fçait on pas bien qu'à la

fin de toutes leurs conclusions
il y a vn *sur tout*, c'ét a dire sur
tout gare le ieûne, fy des absti-
nences, arriere toutes austeri-
tés. Pour le quatriéme de l'hô-
neur deu a leurs parens, ils leur
obeyront, pourueu qu'ils ne
cõmandent rié au preiudice du
sur tout. Quãt au cinquiéme de
ne point tuér, & au septiéme
de n'étre point larron, ils ont
bien de la paine a s'y resoudre,
neaumoins leur Martyrologe
qui ét tout plain de leurs deuã-
ciers, léquels se font faits pendre ou brisé sur dé roües à qui
mieus mieus, pour s'opiniátré
par effect contre cé commandement les y fait r esoudre, lors
nommément qu'ils iettent les
yeus sur le gibet qui a receu entre sé bras tant de leurs plus fideles confreres. Quant au si-
xiéme de la luxure, c'ét celuy

là que lé femmes & filles dé
Miniſtres ont fait ſolemnele-
ment rayé pour l'interét queles
y ont en beaucoup de petites
hiſtoires, lequeles donnent par
apres la recreatiõ au petit troupeau. Pour le huictiéme touchant lé faux témoignages &
menteries, la Bible qu'ils ont
toute renuerſée a leur poſte,
faiſans dir' au ſainct Eſprit lé
plus impudents & temeraires
blaſphemes que ſçauroit ſug-
gerer vn diable, & l'effronterie
auec laquele ils ſoutienent cé
ſacrileges, montrent bien quel
état ils en font. Bref lé deux
derniers touchant la conuoiti-
ſe de ce qui appartient au prochain, n'en ont pas meilieur pris
que les autres, comm' il appért
par les effects, neaumoins lé
roües & lé gibets leur maintie-
nent vn peuleur droit de ce côté là.

Luther vous tend l'enseigne
du libertinaige , beuués , man-
gés, creués , euiscerés vous dãs
la concupiscence , ne faites aucune difficulté du mal , rendés
vous insensibl' aux inspirations
Ruines , tués, saccagés , ruines.
Vous étes de ceux qu'il demande, Ah (mugloit ce gros bœuf
entendant que quelqu'vn en
étoit venu au comble d'iniquité.) *Gaudeo quod idem cœteris quod
mihi accidit.* Ie ne fais compte dé
commandemens de Dieu non
plus que d'vn vieus fétu , ie de-
teste Moyse auec sa loy , i'a-
bhorre toute sorte de vertus,
i'ay enfin apres auoir tenu le
siege l'espace de dix années deuant ma conscience , laquele
me reprochoit mes excés &
abhominations , emporté vne
signalée victoire de tous ses assauts & importunités, & luy ay

Impius cum
in profundũ
venerit pec-
catorum con-

temnit sed seq̃tur eum ignominia & opprobrium. Pro. 8.

Et induit maledictionē sicut vestimentium & intrauit sicut aqua in interiora eius & sicut oleum in ossibus eius. Ps. 108.

accrasé ce ver rongeant, de sorte qu'ele ne m'attaque plus; Et vous me dites auſſi que tels & tels en ſont venus iuſques là, couraige(crioit ce ſacrilege)ce ſont ceux que ie demande, voila les écholiers qu'il me faut.

C'ét le langaige de Luther & de beaucoup de méchans, léquels croyent que le meilleur moyen pour viur' heureus c'ét d'aualé l'injuſtice comme le laict doux, & l'iniquité comme le vin ſans aucun ſcrupule ou apprehenſion. Ah miſerables vous vous vãtés d'auoir étouffé le remords de cõſcience, vous mentés il n'ét pas en vótre pouuoir· Et vermis eorum non morietur, c'ét vn couteau de table qui vous decoupera tous vos morceaus,& que vous aualerés vne derniere fois pour vous faire dechirer æternelement vos

Is. 66.

Vindicta carnis impij ignis & vermis. Ecc. 7.

entrailles, c'ét vn bónet de nuit
qui ne mãquera iamais de dormir auec vo⁹, ou plútot de trou-
bler lé plus beles fétes de vos
iours de reproches & de tyrannies sans pareilles, c'ét vne ha-
rétte au gozier laquele vous ne
cracherés iamais auec tous vos
efforts, prenés y garde voila
vótr'heure qui passe.

Remarquons donc pour la
decision de cete conteste, que
lors que lé Theologiens parlét
de la beatitude d'vn homm' en
cete vie, ils le prenent selon son
ame de laquele releue toute sa
noblesse : pource qu'ils font si
peu de cas dé contentemens ou
dé plaisirs du corps qu'ils ne les
estiment pas dignes d'étre mis
en ligne de compte. C'ét pourquoy nous qui entreprenons
cete quæstion plus politicque-
mét pour donné quelque cho-

Et peccatum meum contra me est semper 1 s. 5♀.

ſe a la fragilité humaine ſans
prejudice de l'æquité , te-
nons l'aigle dans le milieu ſans
la laiſſer eſſorer au delà de la
veuë des hommes du monde,
léquels pour la plúpart ne pour-
roient ſe reſoudr' a pourchaſſé
ſi curieuſement cete beatitude
qu'ils en quittaſſent l'affection
dé biens terreſtres & periſſa-
bles. Voila pourquoy nous leur
concedons comme par toléra-
ce lé richeſſes, beauté de corps,
gentileſſe, bonne grace, ſubti-
lité d'eſprit, ſolidité de iugement , & autres ſemblables
aneaus de la nature, & encens
de fortune, leur áuoüans que
cela confere quelque choſ' a la
proſperité & au contentement
d'vn homm' en ce bas monde:
Car ie paſſe ſous ſiléce lé nom-
pareilles delices qu'ont eu lé
Pauls, les Antoines, les Hila-
rions,

rions, lé Dominicques, lé Thomas, & vn nombre preſqu' infiny de ces Anges du deſert, &
lumieres du cloître a fouler aux
pieds toutes les pompes & vanités, par léqueles le monde
táchoit de trompé leur innocé-
ce, reieté toutes ſé ſemonces,
mépriſé tous ſes offres & faire
litiere de toutes ſé pretenduës
grandeurs pour enuiſagé doucement, lé ſouffrances, épouſé
les auſterités, embraſſé lé
Croix, cherir la pauureté, careſſé lé douléurs, empoigné les
épines pour la conquéte de la
roſe, attaqué l'Enfer, briſé ſé
portes, enerué ſé forces, abbatre lé puiſſances, mépriſé ſes
aſtuces, & enuoyer a l'iſſue de
cé glorieus combats leur amé
chargée de Palmes & de Lauriers triomphé dans la Hieruſalem cœleſte parmy ſes appa-
N

reils æternels, les applaudisse-
mens sans interualle, & sé ma-
gnificencens sans fin. Monde,
monde ie vole trop haut tu me
perds de veuë, ie descends a
toy.

Ie vous dis donc a vous qui
par vne certaine lacheté n'oses
ou ne voulés pas suiure cé genereux Champions, crainte de
laissé lé richesses & lé grandeurs, lé delices & menus plaisirs de vôtre corps qui ne vous
rendra iamais que dé reproches
du bon traitement que vous ta-
chés de luy faire quoy qu'il en
coute. Vous m'entendes bien
courtisans qui caiolés la parmy
trois ou quatre petites glorieu-
ses pour le moins bien aussi mô-
daines comme vous, patientés
vn peu vous n'y perdrés rien
pour l'attente si ie vous trouue
sur quelque feuillet de mon se-

cond Tome s'il plaît a Dieu,
apprenés neaumoins touiours
par auance que ſi vne petite
partie de milé diuers contentemens dans léquels vous vous
baignés auec tant de ſenſualité
vous ét permiſe dans le retranchement & la circonciſion de
tout excés il faut de neceſſité
qu'vne vray' & ſolide vertu tienne le gouuernail du vaiſſeau
flottant de vos proſperités de
peur que les oraiges dé vices
n'excitent vne tele tempéte ſur
lé flots inconſtans de votre ſalut que vous n'en ſoyés à la fin
pas quittes pour reietté vos
threſors & pouſſer hors vos richeſſes, ains que l'eau amere de
vos imperfections ne ſe coule
de lans en tel' abondance que
pour n'auoir dechargé vótre
barque de bonn' heure vous ne
vous trouuiés auec vos threſors

enseuelis dans les abysses. Ce ne sera pas manque d'en auoir été aduertis.

Si faut-il que ie trouue quelqu'issüe de ce labyrinthe, ét-il possible que les occasions diuerses de ce bas euripe chargét telement ma plume qu'ele ne puisse se dépetré de leurs müetes importunités. Le rest'a vn' autre fois. Il faut que ie mette sans plus tardér le sceau sur cet affaire.

Ie dis donc en premier lieu que ny lé pierreries, ny lé perles ny les émeraudes, ny les pistoles, ny aucun' autre partie de cé thresors qui se font achété si cher aux hommes ne sont point mauuaises d'eles mémes, ains totalement indifferentes au bõ ou mauuais vsaige de leur possesseur. Il ét bien vray qu'eles l'enlacent & captiuent par fois

Nec enim rodiens aliquod eorum quę sunt constituisti. Sap. 11. cap.

Nolite thesaurizare vobis thesanros

de tele forte qu'à paine peut-il
œilladé les Aftres, lancé fé
foûpirs dans le Ciel, & y bâtir
vn threfor lequel ny l'iniure du
temps, ny la longueur dé fiecles
ny la volubilité dé faifôs ne fçau-
toient corrôpre, étant là a l'abry
de tous foudres au port de tous
oraiges & au de là de tous mauuais rencontres, d'autant qu'il
ét par fon defaut & manque de
couraïge, attaché, lié, & em-
prifôné dãs fon threfor, qu'importe il que la prifon, lé liens,
& lé chaines foyent d'or ou de
fer, puifque ce font toujours de
crueles geoles, dé puiffants
liens, & des efclauaiges nom-
pareils, & pource fon cœur ét
auec fon threfor, dit la verité
méme dans fainct Mathieu
chapitre fixiéme, & ailleurs a
propos de ce ieune riche, lequel luy oyant dire que pour

in terra vbi
ærugo & ti-
neademolitur
& vbi fures
effodiunt &
furantur.
thefaurizate
autem vobis
Thefauros in
cælo vbi ne-
que ærugo
neque tineà
demolitur &
vbi fures non
effodiunt nec
furantur.
Math. 6. c.

Diuitiæ fi
affluant no-
lite cor ap-
ponere. Pf.
61.

Vbi enim
eft Thefaurus
vefter ibi erit
& cor veftrũ

·

étre parfait il faloit vendre tous
ses heritaiges , & acheté par le
moyen dé pauures le Royaume dé Cieus , au prix de l'or &
aux fraiz de toutes sé facultés
& richesses , s'en ala tout morne se trouuant tout d'vn coup
étourdy de cet' inopinée répō-
se, & ne pouuant prendre goút
a vn morceau de si dure dige-
stion : ce diuin oracle mesurant
d'vn clein d'œil la distance du
ciel a la terre, & de l'esprit du
mond' a celuy de Dieu, fit iallir
de sa diuine poictrine cé paroles entremélées d'vn charitable soûpir. *Que si le riche ne se*
dépouilloit de sé fatraz qui le ren-
dent pesant & grossier , a peine
pourroit il passé par la port' étroite
du Paradis, non a cause dé richesses, pource qu'il ét dit, que
Dieu considerant apres sé six
iournées, durant léqueles il dō-

ñâ l'étr' a tout ce qui ét, la com-
pofition de fes ouuraiges les
agrea & recóneut en eux la par-
ticipation de fa bonté , mais
pour l'affection defordonnée
qu'il leur porte.

Ie dis en fecond lieu que de
vray il arriue par fois qu'vn mé-
chant homme naige dans lé
plaifirs, reluit dans lé dignités
& fe baigne doucement dans
les honneurs & delices du mõde, au lieu qu'vn bon & pieus
Iob croupira fur vn fumier, gé-
mira dans la difette, & foúpire-
ra pitoyablement dans vn abif-
fe de malheurs auquel il fe
trouue plongé, accablé d'opprobres, perfecuté dé fiés, hüé,
hay, vilipédé & detefté de tous
comm' vn bouc d'expiation:
mais ce n'ét pas a dire que le
premier foit heureus & celuy
cy miferable. *Melius eft modicũ*

Dei est noli despicere hominum iustũ pauperum & noli magnificare virum peccatorem diuitem. Eccl. 10. c.

Melior est pauper qui ambulat in simplicitate sua quam diues torquens labia. pro. 19. c.

Melius est nomen bonñ quam diuitiæ multæ. pro. 22. c. pro. 16.

Nulla nocebit ad versitas si null dominetur iniquitas. D. B. ser. 9. sup. ps. qui hab.

Auaro autem nihil est scœlestius nihil iniquius

iusto super diuitias peccatorum multas : Il vaut bien mieux viure dans l'indigence, & parmy lé picqueures du monde en l'amitié du Toupuissant, puisque le sang qui en iallit ét si salutaire, que non pas de se veautré dans l'abondance du fumier dé richesses en sa disgrace. *Melius est parum cum iustitia quam multi fructus cum iniquitate.*

Troisiémement pour lors vn homm' ét heureux quand il ét en possession & au terme de sé souhaits, & qu'il se contente dãs son sort quel qu'il soit, mais l'auar' a beau auoir dé montaignes d'or arrachées dé le fondement des entrailles de tant de pauures necessiteux.

Crescit amor nummi quantum ipsa pecunia crescit.
Et minus hanc optat qui non habet :

Il ét touiours affamé , il ne
va, il ne vit, il ne foûpire pour
autre chofe que pour amonce-
lé threfor fur threfor. Pour tant
qu'il en aye il en ét fans com-
paraifon dans le monde plus
qu'il n'en a, fa faim enragée, fa
manie noire , & fon aueugle
conuoitife luy demandét tout
cela, eles le fouhaittent, eles le
veulent , & il n'ét pas en fon
pouuoir de manquer a fuppli-
cié perpetuelement toutes fé
facultés & puiffances, car il ét
leur feruiteur, il ét leur fuiet, il
ét leur efclaue , il faut qu'il táche de leur obeyr, l'impoffibi-
lité du commandement n'ex-
horte pas fé paffions tyranni-
ques a le retracter , ains eles
bouleuerfent & troublent inceffamment tout le ménage
pour fe fair' obeyr, & la raifon
y a perdu fon empire , ele ne

quam amare
pecuniam.
Eccf. 10. c.
Iuuenalis.

Semita om-
nis auari a-
nimas poffi-
densium ra-
piunt. pro.
1. c.

Auarus nõ
implebitur pe
cunia & qui
amat diuitias
fructum non
capiet ex eis.
Eccf. 5 c.

Melius eſt
parum cum
timore Do-
mini quam
thefauri ma-
gni & infa-
tiabiles.
parab. 15. v.

Non plus
homo fatiatur
auro quam
corpus aura.
D. B. in fent.

peút pas remóntré la temerité
de cete demáde, il faut en auoir,
il faut en auoir· O tyrannie nó-
pareille· O cruautés intolera-
bles· O furieux desespoir· La
condition de l'ambitieus ét totalement semblable: Le luxurieus n'a point de bornes de sa
concupiscence· Bref toutes cé
pretenduës delices de cé món-
de malheureus n'ont autre repos qu'vne gehenne sans interualle, autre contentement que
lé mémes miseres, & autre Paradis que l'enfer: Au lieu qué
le iuste se contente dans sa te-
nuité, se plaít, & se delecte dans
icele plus que dans tous lé thresors de l'Orient, & par ainsin
ét vrayement heureux, pource
qu'il ét dans la possession de sé
souhaits, & qu'il ne demande
rien dauantaige· Que lé tribulations & oraiges l'accueil-

lent fur cete mer calme pour
taché d'y mou uoir dé tēpétes,
il le prend en a fleuranc' au mas
de la croix, met fé tribulations
dans le facré cóté de fon Sauueur, en puife pour recompen-
fe dé confolations que le monde n'ét pas capable de cónoitre,
& a trauers de cete gréle de
coups & importunes attacques
trouue toujours vn rayon de
lumiere qui luy fait voir auec
le premier foldat de I E S V S
Chrift, la porte du ciel ouuerte, lé guirlandes, lé coronnes,
& lé recompenfes toutes difpo-
fés pour l'embelir, le contenter
& careffer æternelement. Hé
quoy (s'écrie le grand fainct
Auguftin) apelerons nous riches lé maítres & poffeffeurs dé
vaftes prairies & champs fpa-
tieus, & coquins ceux qui ont
attiré ches eus le chafte chœur

An vero
multorum in
terris prædio-

rum *Domi*
nos divites
appellamus,
omnium vir
tutum posses
sores paupe
res nomina
bimus.

Ego præci
pio tibi vt
aperias ma
num tuam
fratri tuo ege
no deut.15.c.
Ab inope
ne avertas
oculos tuos.
Ecfi.4.c.

dé vertus. Aioûtons icy deux
experiéces. La premiere qu'vn
bien mal acquis s'en va pour
l'ordinaire par là d'où il ét venu auec dé desastres, accidens,
& infamies extremes au delà
tout ce qui se peut. La seconde
que nous voyons, & ie cónois
moy méme plus dix fort honnorables familles entretenuës
dans la ciuilité, éleuées dans la
crainte de Dieu & nourries dãs
l'exercice de la vertu si liberales
aux patures que les aumónes
qu'eles font, bien calculées
égalent leur rentes, & neaumoins le Toupuissant regarde
leurs charités d'vn œil si fauorable, d'vn cœur si recónoissãt,
la main si ouuerte & remplie
de benedictions que, & leurs
biens s'accroissent de plus en
plus, & leurs honneurs passent
en dé plus éminens degrés, &

dé nouueles faueurs lé careſ-
ſent, & le ciel les attend, chargé de recompenſes, fourny de
grammercys, & remply de palmes.

En fin ie finis ſur lé ſainctes
extaſes d'vn Roy Prophete. *Pſal 36.*
Vidi impium ſuperexaltatum &
eleuatum ſicut cedros Libani , &
tranſiui & ecce non erat & quæſiui
eum & non eſt inuentus locus eius.
I'ay (dit ce braue Prince) con-
téplé l'impie fendant l'air auec
les ailes de ſa ſuperbe, morguãt *Tranſierunt*
les aſtres, & defiant la fortune, *omnia illa*
ie n'ay fait que paſſer & ne l'ay *tanquã vm-*
bra percur-
plus trouué, car luy & toutes ſé *rens aut tan-*
vanités étoiét reduites en pou- *quam nauis*
aut auis aut
dre, ſelon la promeſſe que leur *tanquam ſa-*
en fait ailleurs celuy qui tient *gitta ſap. 5.*
en main le foüet dé glorieux & *Non ſic im-*
le côtrepoids dé ſuperbes, chés *pij non ſic*
ſed tanquam
le méme Prophete, lequel ne *puluis quem*
ceſſoit de luy adreſſé ſé com- *proiicit ven-*
tus a facie
terra. Pſ. 1.

Pſal. 93.

plaintes en s'écriant! *Vſquequo Domine*, *vſquequo*, *vſquequo peccatores gloriabuntur*, Iuſques à quant Seigneur, iuſques à quãd cé ſuperbes, cé méchans, cé publicains viuront en proſperité & ſe glorifieront inſolemment dans le bon-heur qui les accompaigne? *Comminuam eos* (dit le Seigneur) *vt puluerem ante faciem venti*, *vt lutum platearum delebo eos*, Ie lé diſſiperay, broyeray, & éparpilleray comme la pouſſier' au ſoufle du vent, & lé racleray du Louure de mes éleus comme la boüe du deſſus d'vn paué. Au lieu que ſe tournant deuers lé bons affligés il les encourage, promettant lé centuple de recompens' aux labeurs qu'ils ont ſoufferts pour l'amour de luy. *Dabo* (dit-il) *eis in domo meâ & in muris locum-nomen ſempiternũ*

17.

Omnis qui reliquerit aut filios aut agros propter nomen meum centuplũ accipiet & vitam æternam dabo eis quod non peribit, & ailleurs *In patientia vestra possidebitis animas vestras,* & pour finir auec le saige. *Visi sunt oculis insipientium mori illi autem sunt in pace. Et si coram hominibus tormenta passi sunt spes illorum immortalitate plena est. In paucis vexati in multis bene disponentur quoniam Deus tentauit eos & inuenit illos dignos se &c.* Ie veus (dit ce grãd Dieu) épreuué mé soldats & purifié mes éleus dans la fournaise dé tribulations en cete vie, comme l'or dans le creuset, & leur faire voir que la palme ne se donne qu'aux vaillans champions qui ont combatu genereusement dans lé trachées dé supplices & souffrances. Bref lisons ensemble dans la parabole du Sauueur l'issuë bien differente d'vn impie riche, & d'vn bon pauure, l'vn ét expo-

possidebit.
Mat. 19.
Esa. 50. c.
Luc. 21. c.

Sap. 3. c.

Modestia animi probat sapientem constantia virum virtutis ostendit. D. Ber. ser. 58. sup. cant.

Luc. 16. c.

sé immolé & victimé à la raige dé monstres infernaux entrainé par lé Diables, & condamné sans appel aux æterneles tortures, & l'autr' enleué par vn chaste cœur de citoyens cælestes parmy lé lys & lé roses charmé de melodieus motéts dans le sein d'Abraham, pour y banqueter durant tous lé siecles a la table des Anges, boir' a souhait dans ce torrent de voluptés, & moissoné les agreables fruicts de sé petits labeurs.

Inebriabuntur ab vbertate Domus tuæ & torrente voluptatis tuæ potabis ees Psa. 36.

Osee. 14.

Quis sapiens intelliget ista intelligens & sciet.

L'ACADEMIE
SOPHYSTIQVE.

Il ne se faut fier à personne ains suiure son auis en tout.

LA VRAY'ACADEMIE.

Il faut faire beaucoup d'état du Iugement dé prudens & s'estimé touiours fallible.

N iour le grand Alexādre tout coronné de Lauriers chargé de dépouilles, celebr' en victoires niché dans lé Palmes & enfin declaré apres sé cōquétes fils du grand Iuppin par l'oracle méme d'Ammon, comme si les hommes étans tout a fait

O

terraſſés dé ſeuls foudres de ſes
yeux, il luy auroit falu tourné
ſes armes deuers le Ciel preſenté le dueil au Dieus, s'exercer
auec vn Mars fair' eſſay de ſé
forces, tenté le parãgon & apreȝ
vne ſignalée victoire prendre
la place de ce Dieu, ſe rendre
le premier capitaine des armées
pour faire fumé ſes Autels de
pourpre, par tout lé recoins de
la terr' habitable & s'aſſoir hon-
norablement à la table du reſte
dé Dieus pour gouter a leur
ambroiſie dans l'egalité de leur
grandeur, ce grand Monarque
donc interrogé dans ſé triomphes par vn de ſé familiers mi-
gnõs à laquel' il s'eſtimoit plus
obligé dé deux ou à la nature
de luy auoir donné pour pere
le valeureux Philíppe vn dé re-
doutés & puiſſans Rois du mõ-
dè, ou bien à la fortune de luy

auoir donné Ariftote pour maître fit vne réponfe digne de foy
en cé termés. *A cete-cy (dit-il)*
pour-ce que mon pere Philippe m'a
feulement döné l'être, faueur cömun
a tant de creatures, & de vray m'a
donné dé le berceau la coronné Roy-
ale, mais Ariftote mon pædagogue
m'a fait étre quelque chofe de rele-
ué au deffus le commun des hommes
par la dign' impreffion de fé bonnes
habitudes, & par la faige conduicte
fé bons confeils m'a fait dignement
poffedé le Sceptre que la nature
m'auoit mis en main, Ce celebre
vainqueur & conquerant de
mondes fçauoit bien l'importance de fuiure la pífte dé prudens, recherché leurs confeils
& marchér à la faueur de leur
cöduite comme d'vn flambeau
qui nous éclaire dans lé fombres
obfcurités de nos plus hautes
entreprifes.

Mihi fati-
us Magiftrü
Ariftotelem
quam patrem
Philippum
habuiffe hic
enim vt ef-
fem ille vt
præclare in-
ftitutus ef-
fem author
fuit. Ant. in
meliffa par.
2. fer. 11.

Auſſi Romulus ayant iettē lé fondemens de cete maîtreſſe vile de Rome emperiere des autres n'eut garde de tardér à la munir de cent vieillards prudens, venerables, meurs & racis léquels peuſſent par leur bonne conduite arrouſér & renforcer ce tendre fleuron a cele fin qu'il peūt conſtamment reſiſter aux aſſautz importuns que lé vents ennemis, ialoux de ſa naiſſance luy déuoient bien tót liurer.

Flor. l. 1. c. 1.

Si la græce n'auroit point eu de ſaiges pour appaiſé le iuſte courroux d'vn Alexandre irrité par l'impudence d'vne liſte de mutins el'auroit experimenté lé effects de ſon indignatiō, la peſanteur de ſon bras, & la fureur de ſes armes.

Iuſtinus.

Si Iules Cæſar auroit creu ceux qui luy decouurirent la

coniuration faite contre ſa perſonne il ne ſe ſeroit pas veu
tranſpercé de 24. coups de da- *Bruſ. l. 7. c. 10.*
gue dans ſon Thrón' Imperial
en face d'vn treſ-Auguſte Senat.

Si Abſalon auroit ſuiuy le
conſeil d'Achitopel qu'il recó-
noiſſoit pour vn perſonnaige
bien auiſé ſans ſe laiſſé char-
mer aux vaines paroles d'vn
homme ſuſpect, pour ce que
cetui-cy portoit vn iugément
plus conform'au ſien, il ſeroit
auantageuſement paruenu au *2. R 19. 1.*
bout de ſé deſſeins au lieu que
ſon malheureux deſtin le pen-
dit aux branches d'vn chéne
pour malgré ſon pere vomir
ſon ame perfide par l'ouuerture de trois coups de lance.

Si Cirus le Perſan auroit creu
autre que ſon imagination &
ne ſe ſeroit laiſſé emporter à

O iij

vn éclair trop violent de chaleur fretillante, il ne feroit pas
alé aux dépens de fa vie & to-
tal maſſacre de fon armée, aſ-
ſouuir la raige d'vne ſcithiene
& bâtir vn pont triomphal a ſon
inſolente ſuperbe par lé cadaures de tant de braues combatans;

Herod. l. 1.

Que fais tu Pericle, hé tu laiſſes mourir de faim ton maitr'
Anaxagore lequel par ſé prudens conſeils donnoit la vie a
toute la republicque. Tu as
beau courir à la lampe pour y
mettre de l'huile c'ét trop tard,
le feu s'éteint & cauſera ſur ton
climat vne tel' eclypſe que toy
& té Citoyens irés a tatons en
plain midy.

Laer. l. 2. c. 3.

Ie ſuis fort contant Auguſte
de vous voir a l'entrée du Senat ſalüer honorablement tous
lé ſenateurs l'vn apres l'autre, &

Alex l. 4. c. 11.

a l'iſſuë prendr'vn honnéte cō-
gé d'eux ſans permettre qu'ils
bougent de leur place, puiſque
vous ſçaués bié que vôtre thróne n'ét appuyé que ſur cé beles
colomnes.

Vrayement Tibere ſi vos dé-
portemens ne rendoient vôtre
memoire ſi odieuſe & vôtr'
image difforme par extremïté
i'ay vne bel' idée pour la pein-
dr' en beles couleurs lorſque
i'apprends que vôtre rare prudence ne vous empéche pas de
rapporté iuſques aux plus petits
affaires dans le Senat pour ne
rien faire que par aduis de cé
venerables vieillards, mais encor' ét ce bien d'auantaige lors
qu'ayant dit ce qui vous en ſemble, vous permettés franche-
ment qu'on opine contre vous
& par vn acte ſignalé parmy lé
virils franchiſſés lé barrieres de
O iiij

Dion. Nic. in Tib. vôtre propre iugement pour fair' hommaig' a celuy de vos inferieurs.

Ie vous entends bien grand Empereur Antonin qui aués consacré votr' heureuse memoire, & embely vôtre nom du titre de Pie. Dites vous pas lorsqu' a la moindre petit' oc-casion vous consultés l'oracle Iul. capit. dé graues, qu'il ét bien plus rai-sonnable que vous qui n'étes qu'vn seul homme vous laissiés aler au iugement de cé saiges que non pas que cé grands per-sonnaiges ployent en dépit de la raison sous vôtr'áuis.

Et vous gendres de Loth étes dans Sodome lé tisons du feu Gen. 1ᵑ. c. du ciel auec vos concitoyens, & les objects de la vengeance Diuine pour n'auoir pas voulu suiure le conseil de vôtre beau pere miraculeusement instruit

par les Anges de ce furieux deluge de flammes.

O vrayement Roboam fol
enfant d'vn pere saige vous mé-
prisés le conseil dé vieillards **3. R. 12.**
pour applaudir à quelques ieu-
nes extrauagans comme vous,
regardés combien il vous en
coûte.

C'ét ainsin que vous mépri-
sés les oracles & Ambassadeurs
du Toûpuissant, lequel par son
fidele Nonce Hieremie vous
auoit promis seureté en la terre
de Chanaan & predit vôtre ruine, si vous pensies faire de l'Æ-
gypte vôtr' azyle , Ie parl' a
vous Iohannam & a toute vó- *Marul. l. 5.*
tre troupe, alés dans l'Ægypte *c. 10.*
vous victimér a la fureur dé
Chaldéens, & porté la paine de
votre rebellion.

Ie te voy Godolias baigné
dans ton sang sous la table pour

4. R. 25. n'auoir voulu croire Iohãnam
qui t'auoit asseuré de la trahi-
son d'Ismael.

Il t'appartient bien faineant
Xerces de voir ton armée d'on-
ze cés mil' hõmes hõteusement
vaincüe par vne poignée de
Grecs, puisque ton insolence
t'aueugle si fort qu'ayant fait
venir sur ton dessein dé Prin-
Vali. maxi
l. 9. c. 5. ces de l'Asie, tu leur dis que ce
qui te lé fait appelé, c'ét seulement pour mõntré que tu ne
fais pas cela de ton propr'áuis,
& neaumoins tu n'as point de
honte de leur dire que pour
tout cela ce n'ét pas a eux d'o-
piné, mais de se taire & d'o-
beyr. O va donc téte creuse
mené dé lions a la boucherie,
& ne t'en approche pas de trop
pres si tu ne veux qu'il y ait vn
veau.

Et si lé fideles rapports des

Historiographes de l'antiquité n'ont pas assés d'energie pour nous depeindre cé malheurs, l'experience seul' ét familiere maitresse des incredules fait tous lé iours lire dans dé si frequentes tragedies l'importance du conseil que c'ét faire tort a cet' irrefragable verité de l'appuyé sur de plus curieuses preuues, & lé continuels aesastres, déquels ét noircie la deplorable fortune de tant de malheureux, nous font vne tré suffisante leçon de nôtre fragilité & peu d'asseurance de nos propres opiniõs, léqueles nous enfantent bien plus souuent dé ruines que de bons succés.

Cogitationes consilijs roborantur pro. 20. c.

In corde duplex est lepra propria voluntas & proprium consilium. D. Ber. 3. de resur.

D'ailleurs lors que l'affaire nous touche cet amour propre n'a garde de manquer a nous fair' eclorre dé sentimens conformes a nos passions. Le lu-

xurieux pour s'entretenir &
flaté doucement en ſa concupiſcence s'empéche bien de
dire que ſon peché prouocque
l'indignation de Dieu, peruer-
tit toutes ſé facultés, & aueugle ſon ame par vne honteuſe
priuation de tant de beles lumieres qu'ele ne peut œilladé
dans ſon bourbier, outre la iuſte vengeance d'vn Dieu qui
l'attend lé verges a la main, ains
dira que c'ét vn peché naturel
que Dieu pardonne plus aiſé-
ment que les autres. L'auare
ſe couurira du manteau de l'é-
pargne. Le prodigue fardera
ſé mains de liberalité. Le teme-
raire ſe mettra au rang des har-
dis & genereux. Le poultron
ſe cachera ſous les ombraiges
de la prudence; Enfin il ét tout
clair que la méme corruption
de nature laquel' nous port' au

*Incoſtantia concupiſcen-
tiæ tranſ-
uertit ſenſum
ſine malitia.
Sap. 4.*
*Viſitabo in
virga ini-
quitates eo-
rum & in
verberibus
peccata eorū.
Pſal. 88.*

peché, nous fournit auſſi des enchantemens pour recherché lé pretextes qui le fomentent. *Vnuſquiſque abundat in ſenſu ſuo,* chacun flate ſé penſées, careſſe ſes imaginations, et idolátre ſé decrets, ce qui ét vn euident indice d'vne ſuperbe ſatanicque que de vouloir, mémes aux choſes de peu de conſequence, potſpoſé l'aduis de pluſieurs graues & venerables Catons a la fole chimere de ſon eſprit, quand bien il ſeroit le plus releué & le plus ſublime du mõde. Petits potirons léquels auparauant de cónoítre d'où ils ſont venus, veulent faire ployé ciel & terre, & tout ce qui roule dãs leur diſtance aux foles caprices de leur cerueau a demy eſtropié, mais leurs ruines frequentes, leurs malheurs enchainés, & leurs ſuccés tous tragicques,

Et non au-
diuimus vo-
cem Domini
Dei noſtri ſe-
cundum om-
nia verba
Propheta-
rum quos
miſit ad nos
& abiuimus
vnuſquiſque
in ſenſum
cordis noſtri
maligni.
Baruch. 1. c.
Audi conſi-
lium & ſuſ-
cipe diſci-
plinam vt ſis
ſapiens in
nouiſsimis
tuis
pro. 19. c.

móntrent bien que leur logis ét
a l'enseigne de la folie, & que
si cõme dé vrays Tobies voya-
geans dans cet exil malheureux
de nôtre celeste patrie nous ne
faisons état dů conseil des Anges visibles qui nous ont été
donnés pour guides & condu-
cteurs en toutes nos entrepri-
ses, la mér ne nous promet que
dé naufrages & dé monstres
pour nous deuoré, la terre dé
præcipices, ét l'enfer dé flammes æterneles.

Ie soûtiens donc premierement que c'ét vn mauuais ply,
lors qu'vn esprit secoüe le ioug,
se sequestre du commun s'é-
carte du droit sentier, & se départ dé vestiges dé graues & serieus pour mignoné sé phantai-
sies, adoré ses extrauagances, &
canonisé ses imperfections sans
vouloir se soûmettr' au iuge-

Custodi legē atque consi-lium & erit vita animæ tuæ & gra-tia faucibus tuis tunc ambulabis fi-ducialiter in via tua, & pes tuis non impinget, si dormieris nõ timebis quies-ces & suauis erit somnus tuus Ib.
Iter denium ducit ad mor-tem pro. 10.
Ne sis sapiës apud te met-ipsum time Deum & re-cede à malo. pro. 3.

ment d'autruy, notablement en
ce qui touche la Religion, &
de vray ie fonge quelquefois
que cé gens là auroient grand
befoin d'vne cheminée au fom-
met de leur téte pour euaporé
toutes cé fumeufes exhalaifons
de leur ceruéau échaufé.

Ie dis en fecond lieu que ces
efprits écartés qui pour aler a
la chaffe de leurs nouueaus
phantómes fe retirent du chemin Royal, font tous en general dans le comble d'vne fuper-
be non moindre parmy les hômes que cele de Satan leur maitre parmy les Anges, ou pour
l'ordinaire des ignorans en cra-
moify, ou dé libertins a toute
refte, ou dé fignalés hypocrites,
fols & defefpetés, que dis-je? ils
ont vniuerfelement toutes ces
honnorables qualités, cé gros
matins d'herefiarques & fchif-

Ne innitaris
prudentiæ
tuæ. ibi.
Omnes enim
infipientes &
infælires fu-
pra modum
animæ fuper-
bi funt inimi-
ci populi fui
Sap. 15.

maticques qui declarent la guerr' a l'Eglise. Voyons briefuement dé preuues de tout cela.

Demandons à Arrius ce qui le porta dans le desespoir de l'apostasie, sinon vne malheureuse raige qu'il conceut contre l'Euéqu' Alexãdre, se voyãt par vne secrete voye du ciel frustré du but de sa desesperée ambition.

Et maître Iean Caluin n'ét il pas dans céte méme cadéne lié d'vne fureur phreneticque de n'auoir peu porté sur sa téte prophane la Mythre de Noyõ. Ie ne sçay comme cet impudét n'auoit honte d'y songér il auroit eu bié meilleur' grac' auec vne coiffe de teigneux.

Et notr' yuroigne par antonomase ne fút il pas precipité par le mém' aquilon de superbe dans

dans le gouffre de l'herefie, picqué au vif de ce que lé Religieus de nôtr' Ordre auoient
eté præferés a tous autres par le
fainct Siege pour préché la
Croifade , comm' étans plus
particulieremét qu'aucuns autres erigés pour l'exercice de
cete fonction Apoftolicque.

Qui ét ce qui a iamais émeu
Bononat dans la Cataloigne, a
defendre les execrables blafphemes dé Begards léquels entr'autres impertinences pour
authorifé leur immoderée char- *Cathal. h. ro*
nalité foutenoient impudem-
ment que de baifér vne femme ·
c'étoit vn peché mortel d'autant que la nature n'inclinoit
pas a ce mouuemant , mais que
la commiftion charnel' étoit
indifferemment licite pour la
raifon contraire, finon vn' infatiable luxure par laquele cét

P

impie renegat fút par le venerable frere Guillaume de Coſta inquiſiteur, Religieux de nótr' Ordre renuoyé à la Iuſtice ſeculiere pour alé guerir par apres vn feu par vn autre, dans lequel on conſomma ſon corps impudicque.

A-uoir lé Beguins qui aloient la tét' enſeuelie dans les épaules, la face voilée les yeux baiſſés & la mine morne comme dé vrays marmiteux on les eút pris pour quelque choſe de bon. Arrius ſçeút bien diſſimulé ſes erreurs, déguiſé ſé paroles, & contrefaire du bon Catholiqu' au concile de Nice, ny plus ne moins que Luther fit deuant l'Illuſtriſſime Cardinal Thomas de Vio Caietain Religieux de nótr' Ordre nommé dans l'échole le Docteur Treſaigu lequel comm'vn dé plus ſçauans

Hyppocrita ſingularia & inuſitata magis ſeEtatur vt propriæ flagrantiam opinionis reſpergat.
D. B ſer. 1. in cap. ieiu.
Hyppocritæ ſunt qui boni videri non eſſe, mali non videri ſed eſſe volunt.
D. B ſer. 66. ſup. cant.

& sublimes Princes de l'Eglize,
qui ayent iamais par leurs no -
bles & Theologicques penſées
éclairé ſes honneurs, fut député
par le S. Siege pour examiné
la doctrine de ce ſeducteur,
mais le compaignon ſe voyant
au pieds de ce grand Cardinal,
& le feu d'vn autre coté tout
diſpoſé a le chauffé de ſi prés
qu'il eût bien tót enuoyé ſé
cédres au vent ſit, la plus authé-
tique profeſſion d'vne foy ſincere qu'on eût iamais eſperé
d'vn homme de bien retractant
toutes ſes erreurs, mais auſſi tót
qu'il le ſétit delogé il leua bien
tót le maſque de ſon hypocri-
ſie, Ruſe de Sathan que tous les
hereſiarques ont eu ſans excep-
ption. S'il faloit recherché la
centiéme parties de leurs ignorances ce ſeroit vn labeur ſans
fin & ſans profit aucun que de

*Sepit hodie
putrida tabes
hyppocriſis
per omne cor
pus Eccleſiæ
& quo latius
eo deſperati-
eo que peri-
culoſius quo
interius nam
ſi inſurgeret
apertus hæ-
reticus mit-
teretur foras
& areſceret.
idem ſer. 33.
ſup. cans.*

s'ennuyer a écrire les impertinences de tant de ruſtres bou-
uiers qui ont voulu murmuré
des articles de foy & lé traité
comm'vne charretée de bois.

Pour ce qui ét de la folie ils
ont tous conteſté la palme auec
de ſi hauts auantaiges & l'ont
embraſſé auec vne tele fer-
ueur qu'il ét bien difficile de
dire qui ét le plus ſot de tous.
Le deſeſpoir & le libertinaige
ont mis les arme au poin a tous
les ennemis de l'Eglize pour ſe
rendre refractaires a ſé doux &
iuſtes commandemens, & qui-
conque voudra prendre la paine de recherché la confuſion
& diuerſité des hereſies n'en
trouuera pas vne laquele n'aít
tiré ſon principe de cé deux
furies infernales. Bref diſons
en vn mot, que tous les Hereſiarques & Schiſmatiques ont

*Hoc igitur
dico & teſtor
in Domino non
ambuletis in
vanitate ſen-
ſus. veſtri, ob
tenebrati mē-
te, alienati a
vita Dei per
ignorantiam
quę eſt in vo-
bi propter. du
ritiem cordis
veſtri. Eph. 4*

*Conſilium cu-
ſtodiet te &
prudētia ſer-
uabit te ve*

côuenu en cela que d'idolàtré leurs côceptions éleué leurs extrauagâces, & coronné leurs réueries, ſans ſe ſoúmettr' au iugemét de perſonne. C'ét pourquoy ils ôt par vne generale mutinerie porté leur venimeus aiguillon, vomy leur raige, & dardé leurs blaſphemes contre la chaire de S. Pierre, ce ſainct Tabernacle, & ce venerable Sanctuaire dans lequel on entend la voix du ſainct Eſprit, lés oracles du Ciel, & la volonté du grand Maître. Lé Caluiniſtes & Lutheraniſtes leuent les aureilles, & cónoiſſent bien qu'on s'en va parlér a eux.

Mais lé plus orgueilleux, lé plus libertins & lé plus ſots côme de raiſon hereticques & Apoſtats qui ayent iamais tourné caſacqu' a l'Eglize ſont Caluin, Luther & leurs Mini-

eruaris a via mala & ab homine qui peruerſa loquitur, qui relinquunt iter rectum & ambulum per vias tenebroſas, qui lætantur cum male fecerint & exultant in rebus peſſimis quorum viæ peruerſæ ſunt & infames greſſus eorum pro. **L**

stres, car pour vray dire ils ont
lé cinq qualités que deſſus en
tel' eminence qu'ils ne peuuent
y être ſurmontés. Ie ne veus pas
icy m'amuſer a décrire le deſeſpoir. l'ignorance, & la brutalité
de ces hereſiarques, il me fa-
cheroit bien de perdre tant de
temps en vne ſi mauuaiſe beſoigne, ains ie me contenteray
ſeulement ſelon la viſée de ma
pointe de montrer vne partie
de leur impudenc'a faire plus
d'état de leur opinion que des
oracles d'vn Pontife ſouuerain
aſſiſté d'vn chœur honnorable
dé plus ſçauans & pieus perſonnaiges de la terre. Demandons vn peu au grand S. Bernard ce que veút dire le mot de
ſouuerain Pontife. *Papa eſt Sa-*
cerdos ſiue Pontifex magnus, prin-
ceps Epiſcoporum, hæres Apoſtolo-
rum, principatu Abel, gubernatu

Qui confidit
in cogitatio-
nibus ſuis im-
pie agit.
parab. 11.

Lib. 2. ad
Eugenem

Nöé, Patriarchatu Abraham, ordine Melchisedech, dignitate Aarõ, authoritate Moses, iudicatu Samuel, Poteſtate Petrus, victima Chriſtus: Le Pape (dit cet extatique diuinement inſpiré) ét vn grand Prétre & ſouuerain Pontiſe, Prince des Euéques, heritier des Apótres, vn Abel en principauté, vn Noé en gouuernement, vn Abraham au patriarchat, en Ordr' vn Melchiſedech, vn A'ron en dignité, en authorité vn Moyſe, vn Samüel en iudicature, en puiſſanc' vn Pierre, & enfin vne vray' & pacifique victime comme IESVS.

Sus donc Apoſtats deputés des enfers, ſçaués vous aſteure le nom de celuy au mépris duquel vótre ſacrilege temerité vous tranſporte. Et étes vous ſourds? écoutés encor' vn coup

le méme qui crie plus haut pour
frappé lé cœurs plus que les aureilles. *Papa eſt frater diligentiũ*
Deum, amicus ſponſi & ſponſæ pa-
ranymphus, de ordinatione plebiũ
paſtor, magiſter inſipientium, re-
fugium oppreſſorum, pauperum ad-
uocatus, miferorum ſpes, pupillorũ
tutor, iudex viduarum, oculus cæ-
corum, lingua mutorum, bacculus
ſenum, vltor ſcelerum, malorum
metus, bonorum gloria, virga po-
tentium, malleus tyrannorum, re-
gum pater, legum moderator ſal
terræ, orbis lumen, Sacerdos altiſ-
ſimus & Vicarius Ieſu Chriſti. Le
Pape ét le frere de ceux qui aiment Dieu, le Capitaine dé
Chrétiens, le bien-aimé de l'é-
pous IESVS & le paranymphe de
ſon épouſe l'Egliſe, Paſteur ca-
noniquement éleu, le Directeur & maître dé fous, entendés vous bien ? le refuge des

oppreſſés, l'Aduocat dé pauures, l'eſperance dé miſerables,
le Tuteur dé pupilles, le Iuge
dé veſues, l'œil des aueugles, la
langue dé muéts, l'appuy dé
vieillards, le vãgeur dé crimes,
la terreur dé mechans, la gloire
dé bons, la verge dé puiſſans,
le marteau dé Tyrans, le pere
dé Roys, le ſaige Legiſlateur,
le ſel de la terre, l'aſtre de l'vn-
niuers, le Prétre tré-grand, &
le legitime Vicaire de IESVS.
Conóiſſés vo us maintenant biẽ
celuy à qui vous vous en prenés. Puis donc qu'il ét tel pourquoy ne croyés vous pas ſes
oracles, pourquoy ne vous
ſoubmettés vous à ſa iuſte domination, & ne captiués vous
vos extrauagances à ſé ſaintes
definitions; car il ét tout aſſeuré que Dieu auec ſa toutepuiſ-
ſance ne ſçauroit iamais per-

*Dabo vobis
Paſtores iux
ta cor meum
qui paſcent
vos ſcientia
& doctrina.
Hier. 3. c.*

mettre qu'il errát en qualité de
fouuerain Pontife pour ce qui
touche fon Eglife, il ne le peút,
pource que c'ét luy méme qui
s'ét obligé par parole de Dieu
a guidé ce Pilote vifible de la
Nacele de fon Eglife dans lé
droits fentiers de la verité par
vn'efficac' & inuifibl' affiftance. Et neaumoins vous maítre
Iean Caluin, & vótre corriual
en malice le gros Luther hommes de neant, cheuaus échap-
pés, ignorans & defefperés à
toute refte, qui n'étes fçauans
qu'en blafphemes, puiffans qu'é
infolence, fignalés qu'en turpitude, memorables qu'en facrileges, & remarquables qu'en
impieté, ofés bien, canaille que
vous étes, vous en prendr' à vn
tel Pere recóneu de tous lé plus
grands & faiges Potentats de la
terre, & prifé vótre iugement

estropié cõme le cerueau d'où il vient par deſſus celuy de cet infaillible Heraut du ſainct Eſprit.

Iettés l'œil dans ſes Conciles, Vous y trouuerés toujours lé plus ſçauans, lé plus illuſtres, lé plus ſaincts & lé plus accomplis perſonnaiges du monde, là où tous les articles déquels il ét queſtion ſont agités, éclaircis, & conclus auec tant d'erudition, auec de ſi profondes raiſons, & vne tel' eloquence qu'il ne ſe peut rien imaginer au delà : il ny a paſſaige ſi obſcur & ænigmatique ſoit-il lequel ne treuue vne tres ample ſatisfaction chés cé perſonnaiges, telement choiſis qu'on ne ſçauroit mieus iugé de leur ſuffiſance que par la conſideration de tant de celebres Docteurs, profonds Theologiens, & grands

Ego ſapientia habito in conſilio & eruditis interſũ cogitationibⁱ. pro. c. 8. Verba ſapientiũ quaſi ſtimuli & ſicut claui in altum de fixi quæ per magiſtrorum cõſilium data ſunt a paſtore vno. Eccſ. vlto. cap. Salus autem vbi multa cõſilia. parab. 11. c. In multitudine preſbiterorum prudentium ſta & ſapientiæ illorum ex corde coniungere om-

cōtemplatifs de meurs ſainctes,
de vie irreprochable, & d'eſprit
Apoſtolicque qu'on ne daigne
tiré des Vniuerſités & dé Cloi-
tres, de ſorte que de cent choiſis ſur le volét à pein'en prédra
on vn. Contemplés cé grands
eſprits qui ont depuis mil ſix
cens & tant d'années ramé dans
cete ſaincte Nacelé : Conſide-
réslé perpetuels miracles, non
ſeulement au delà dé facultés
operatiues de la nature, mais
encore par delà lé penſées des
hommes, léquels ſé vrays Sectateurs armés de la foy & munis de la grace font voir aux
plus obſtinés, au lieu que parmy vous on ne peut trouué
pour auſteres Ermites que
quelques vns qui au pis alé s'ab-
ſtiendront le Vendredy ſainct
de māger de la chair lors qu'ils
trouuerōt de bon poiſſon, pour

Confeſſeurs ſinon dé malheureux Miniſtres léquels dans
le naufraige de tout honneur
& reputation, portés d'vn aueugle deſeſpoir ſe præcipitent dãs
cet abyſſe deplorable, pour là
ſous ombre d'azyle ſe mocqué
dé Dieu, rompre ſacrilegemét
la promeſſe qu'ils lui õt pour la
pluſpart faite dans lé cloîtres,
déquels cóme dé Dæmons incapables de viure dans la pureté dé bons Anges, ils ſe lancent
dans ce cloacque pour ſe victimé totalement à la concupiſcence: Et enfin qui n'aués pour
martyrs que deux ſortes de gés,
les vns qui pour leurs iniuſtices
& rebellions ont été iuſtement
immolés en dépit d'eux aux
autels du grand Iuppin le van-
geur dans lé ſombres obſcurités d'vne briefue nuit pour alé
compté lé ſiecles ſans fin dan

lé perdurables tenebrés d'vné nuit æternele, & les autres qui pour leurs meurtres & voleries, plus difficiles a feruir que lé premiers ont voulu voir faire leur befoigne au iour en prefence de gens, & pour remerciment de leur bonn' affiftance fe font mis a frifé la corde par gaillardife, ou inftruits par exéple que cé chaffes ne valent rié, pource que la bale ét baffe ont mieus aimé fe repofé fur vne roüe. Regardés que fous l'ombre de cete nouuele fecte les Athéiftes viuét dãs leur atheifme fans trouuer aucune difference fubftantiele de leur vie à la vôtre. Voyés qu'vn pur defefpoir, vn' ambition de Salmonée, & vne luxure d'Heliogabale vous ont infpiré cé facrileges. Vous né fçaués en vn mot ce que vous croyés, chaicun

Inter fuperbos femper funt iurgia

fait fa religiõ à fa pofte, & pourueu que le libertinaige vous de-
meure , foit de tous vos autres
articles ce qu'il pourra , au lieu
que l'Eglife Catholicque pour
preuue de fon infallibilité ne
fçauroit changer vn feul article
de foy , quand bien le monde
deuroit reuenir dans fon neãt,
pource que Dieu ne peut fe retracter , quand bien on feroit
trompé (ce qui ét impoffible) il
y auroit plus d'honneur de faire
naufraig' auec cé grands hommes recommandables en toutes perfections que non pas de
viure en feureté (ce qui ne fe
peut) fous la conduite de trois
ou quatre morueus compofés
moralement de fotife & ignorance comme de deux parties
vnies par le lien de gueuferie.
Et neaumoins vous voudrés
bien faire ployé toutes cé co-

qui autem dã
gunt omi ia
cum confilio
reguntur fa-
piensia:
parab. 13. c.

lomnes fous vos extrauagãces,
potirons que vous étes, qui aués
l'efprit meilleur pour iugé d'vn
bon vin ou d'vne bonne fauffe
graffe que n'on pas d'vn article
de foy.

Via ftulti rect̃a in ́ocu lis eius qui autem fapiens eft audit confili.z.
parab. 12.c.

Regardés d'vn autre cóté ves
conciliabules où vn boufon
homme de neant fúiet à fé voluptés, efclaue de fé paffions &
qui fe contente de voir la cou-
uerture d'vn Liure facré, mais
qu'il en fçaiche pour le tourner
en rifée tient le premier lieu,
ou dé ieunes grimauds qui tré-
blent encor' a l'ombre du foüet
font les harangues par folecif-
mes, où vne trouppe de védeurs
d'alumetes prenét plaifir à faire
difputer à leurs femmes par injures lé plus releués myfteres
de la foy, ou dé rufticques la
ferp' à la ceinture vont opiné
comme dé graues Senateurs, ou
enfin

en fin l'égout de la religion Catholique, vne trouppe de rene-
gats Miniftres, Miniftreffes &
petits Miniftrillons comme dé
vrays cagous determinent &
definiffent les articles de croyance, annuele notés, car ie fçay
trebien qu'vn certain Calui-
nifte interrogé de fa foy répondit que pour luy il croyoit cela
pour cet' année, mais qu'il ne
fçauoit pas fi à la prochaine il
déuroit le croire, & neaumoins
leur aueuglement ét tel, & leur
orgueil fi infupportable qu'ils
n'ont point de honte de mettr'
en parangon leurs ignorances
& réueries fondées fur la ven-
tofité de leur téte auec lé
Sainéts & æquitables Statuts
de nos tres-Auguftes Conciles
appuyés fur lé Sainéctes écri-
critures comme fur leur bafe,
confirmés par lé Peres anciens

Diffipantur
cogitationes
vbi non eft
côfilium, vbi
vero funt
multi confi-
liarij confir-
mantur.
pro. 15. 6.

Q

& modernes & anoblis par le sang d'vn si merueilleus nombre de genereus champions & Martyrs de IESVS-CHRIST qui ont surmõté pour leur defense toutes lé puissances de la terre & de l'Enfer en champ de

Ad Gal c. 3.

bataille. *O insensati Galatæ quis vos fascinauit non obedire veritati.*

Voicy Luther qui dépeche promptement sa bouteille pour prendre la parole comme le plus impudent de la trouppe. *Dico vobis quod deinceps nulli hominum meam doctrinam subiiciam neque etiam ipsi Diabolo.* Vous aués beau me harangué (dit ce poacre) ie veus bien que vous sçachiés qu'il ny a hõme pour Sainct & sçauant qu'il soit auquel ie veuille soùmettre ma Doctrine , voire mème ie ne voudrois pas auoir deferé cela a vn Diable si puissãt fút-il quoy

Cui væ, cuius patri uæ, cui rixæ, cui fouæ, cui sine causa vulnera, cui suffusio oculorum? nõ ne his qui commorãtur in vino & student calicibus epotã dis. pro. 13. c.

Væ qui sa piëtes estis in oculis vestris & coram vo bis metipsis prudentes. Is. 5. c.

que ie luy fois bien fidele feruiteur & amy en tout' autre
chofe, hé malheureux auorton,
ta nouuelle Loy chaffe toute
forte de vertus, introduit tous
vices, fauorife l'yuroignerie,
authorife la luxure, & rend fé
Sectateurs pires que dé bétes
brutes. En voulés vous encore?
écoutés le bien *Doctor Marti-*
nus Lutherus ita vult dicit que
Papiftam & afinum effe rem eãdem,
fic volo fic iubeo, fit pro ratione vo-
luntas. Lutherus ita vult & ait fe
effe Doctorem fuper omnes Doctores
Ecclefiæ & omnes Papiftas effe a-
finos. Ie fçay bien aioúte l'ouurier aprés auoir doublé encore
fon bonnét d'écarlate, que par
la grace de mon bon amy le
Diable, & par mon bon foin,
mon nouuel Euangile conge-
die la vertu & met en vogue
toutes les abhominations de

Væ qui di-
citis bonum
malum &
malum bo-
num ponen-
tes tenebras
lucem & lu-
cem tenebras
amarum in
dulce & dul-
ce in ama-
rum. 1610.

Q ij

Sodome, mais n'importe c'ét
Martin Luther Docteur Re-
gent en l'Vniuerſité de Satan
qui le veut ainſin pour toute
raiſon, dit qu'vn Papiſte & vn
àne ſont dé termes conuerti-
bles, & proteſte d'en auoir appris a l'echole de ce bon maître
plus que tous lé Docteurs de
l'Eglize a cele du Sainct Eſprit.
Voila lé rots de cet échanſon
de Bacchus. O extrem' inſenſibilité, ô aueuglemènt inoüy,
ô obſtination ſans bornes, ce
ſont la lé Peres ſpirituels de
nos pretendus. Voila comm'
en ſont leurs Miniſtres, c'ét la
commune vie de leurs grands
Patriarches. Ie vous entends
chantre Royal qui pincés vos
cordes a l'épreuue pour recom-
mancé de donné la recreation
aux ames cæleſtes par la douce harmonie de vos diuins

Pſalmes, ie vous prie que ie
tienne ma partie dans ce con-
cert pour entonné ce commancement a ma mode, ne va il pas
bien comme cecy. *Beatus vir
qui non abiit in concilio Caluiniſta-
rum, & in via Lutheraniſtarum
non ſtetit, & in Cathedra du Moa-
lin non ſedit ; ſed in lege Domini
voluntas eius.*

L'ACADEMIE SOPHYSTIQUE.

Il ne faut rechercher amitié quel-conque ains se contenter en soy mesme.

LA VRAY' ACADEMIE.

Il ét necessaire d'auoir quelqu'amy dans la conuersation humaine.

 O v s lisons dans l'Histoire Tra-gicque de l'ab-hominable Ne-ron que ce mal-heureux ne voy-ant dans la generale reuolte de tous sé sujets autre remede sou-haitoit & appeloit a hauts cris la mort comme le seul lenitif

de sé detresses, mais ne pouuant
se resoudr' a terminé la tragedie de sa main propre, & ne
trouuant personne qui voulút
luy retranché le cours de sa
malheureuse vie, s'écria d'vne
voix horrible meüe d'vn furieus desespoir qui auoit saisi son
ame, *Ergo ego nec amicum habeo*
nec inimicum. Ie suis donc celuy qui
n'ay ny amy, ny ennemy, ie ne souí-
pire que les horreurs de la mort
comme celes qui me sont encore beaucoup plus douces que les extremités
& tortures léqueles bourrelent mon
ame. Hé ne pourray-ie pas trouuer
vn amy qui d'vn charitable coup
re tranch' auec ma vie tant de malheurs qui l'accompaignent, & me
tire du monde la ruine & totale
perte duquel i'ay si ardemment de-
siré; mais si mon Sceptre, ma coronne, & toutes lé grandeurs ordinaires
compaignes de leur lustre ne m'ont

ἐμὲ θανό-
νϊΘ γαῖα μι.
χθύτω πυεὶ
ϗ ἐμὲ ζῶ-
νϊΘ.

iamais peu acquerir vn amy, mé
cruautés, mes iniustices, & homici-
des n'ont-ils pas ètés capables de me
fair' vn ennemy lequel desire maintenant victimé ma vie à la satisfaction & liberté de l'vniuers.
Celuy là ne pouuoit vrayemét
máqué d'ennemis lequel auoit
coniuré l'entiere destruction
du genr' humain & declaré
guerre ouuert' a toute la nature ; mais pour des amis il auoit
& le cœur trop adamantin pour
étre susceptible d'aucùn' affection, le naturel trop perfide
pour gardé quelque fidelité &
l'ame trop noir' & impie pour
étre le temple d'vne chose si
sainct' & sacrée qne l'amitié,
puisqu'ele n'ét autre chose
qu'vn mutuel consentement &
vnion de volontés auec bien-
veuillanc' & charité en toutes
choses diuines & humaines.

Est autem a-
micitia aliud
nihil quam
rerum diui-
narum hu-
manarumque
cum beneuo-

Voila donc la troisiéme maxime que me proposa ce barbare
raffiné, laquele i'entreprends de
renuersé par l'efficace de viues
& puissantes raisons, mais pour
ce que la difficulté demand' vn'
ampl' & profonde dispute. Ie iet-
teray de solides fondemens, sur
léquels ie bátiray en seureté
trois diuerses propositions léqueles clorront ce discours.

Il faut donc premierement
sçauoir qu'il n'y a que Dieu a
n'auoir besoin d'autre que de
soy méme, & qui sans sortir
hors de son Essence trouu' en
perfection le comble de tous
biens souuerains & excelens
par dessus tout ce que l'entendement finy pourroit iamais
conceuoir. Ce seul étre inde-
pendent puise dans la contemplation de sé propres attributs
tout le contentement sortabl'

lentia &
*charitate sū-
ma consensio.*
Cic. de amic.

a vn efprit fi pur, fi releué, fi
noble, & fi heureux comm' il
ét, de forte que ny l'éclat du
foleil, ny la rare beauté des aftres, ny lé profonds abyffes des
eaus, ny l'admirable fœcondité
de la terre, ny lé confiderables
douaires & excelentes perfections d'vn fi grand nombre
d'hommes, ny lé triomphans
efcadrons d'vе troupp' innom-
brable d'efprits bien-heureux,
ny tout ce qui ét iamais éclos
du neant ne fçauroiét luy óter
ou accroítr' vn poinct de fon
D. Th. 1. p. bon-heur. Il ét eminemment
q. 4. art. 2. toutes chofes, & ce n'a iamais
été que fa bonté infinie laquele
l'ait émeu a tiré du rien vn fi
grand & fi diuers nombre de
creatures, d'autant que, *omnia*
tanquam nihilum ante ipfum, toutes lumieres parangonnées aux
rayons de ce foleil éclatant per-

dent leur ſplendeur , & tous lé
flambeaus du monde ſont dé
Lunes , léqueles reçoiuent par
emprunt de ce Soleil æternel
route leur lueur , & s'eclypſent
ſubitement à meſur equ'il éloi-
gne tant ſoit peu d'eux ſa brillante face ; d'où ſenſuit que
toutes lé choſes creées ont beſoin non ſeulement de leur ouurier & conſeruateur , ains encor' ont receu leur étre auec
vne tele mendicité & mutuele
harmonie qu'vne chaicun' a
beſoin de ſa compaigne: Et c'ét
vne concluſion hors de doûte
qu'vn homme ſeul dans le mõde , quand bien toutes lé creatures inferieures à ſon eſpece
luy rendroiént toutes lé ſoup-
pleſſes , tous les hommaiges &
toute l'obeyſſance poſſible ne
peut vrayement étr' heureux
s'il n'y a perſonn' a cónoître ſa

fœlicité que luy méme.

Il faut encore præsuppofé que fi les hommes étoient tels qu'ils doiuent étre, c'ét à dire qu'ils fuffent tous generalemét vnis d'vn commun lien d'affection, felon le bon plaifir & exprés commandement de leur Createur, ce feroit en vain que nous deduirions le fil de ce difcours, d'autantqu' en l'echole de perfection on taxe d'erreur les amitiés particulieres; car vn' ame laquel' ét vne fois éprife de charité, embrafée du feu diuin, & poffedée du fainct Efprit tourne toutes fes affectiõs, loge fon cœur, & adreffe toutes fé careffes à fon Dieu, ne regardant lé chofes du monde que pour tiré de leur cónoiffance vn mépris digne de leur baffeffe, c'ét pourquoy fi el' œillad' auec tãt foit peu de complai-

sance la creature, c'ét pour enuoyé toute la reuerberation de
cet' amitié vers son Seigneur,&
pource que tout ce qui ét se
doit entierement a cete souueraine bonté sagess'& puissance,
consequemment ele les aime
toutes par égalité, pource que
son motif ét touiours le méme:
mais en ce siecle corrompu,au-
quel ces astres épurés & exépts
de toutes exhalaisons mondaines reluisent si rarement, il faut
bien descendre plus d'vn degré
de cet' échele de Iacob pour
contemplé la vie politique des
hommes terriens,lequels comme des illegitimes aiglons ne
peuuent ficher a droite ligne
leur veuë sur l'adorable grandeur de ce Soleil de Iustice,c'ét
donc à cé foibles amãs auquels
ie parle, & leur dis sans faire
mention des obligations diui-

nes,& dé recompenſes æterneles,ains parlant purement dans
lé termes de la nature,qu'il leur
ét impoſſible de conduir' auec
lieſſe la trame de cete vie , s'ils
n'ont quelque fidel' Achatés
pour compaignon de ce triſte
vo yage.

PREMIERE PROPOSITION.

IL n'y a rien de plus conform'
à l'inclination naturele que
l'amitié, c'ét vn character' inſe-
parable de tout étre capable de
cete paſſion , & toutes nos
puiſſances tendent ſi ſoi-
gneuſemenţa cete fin, que la
volonté ne ſe portera iamais
a deſiré choſe quelconque, ſi
ce n'ét ſous l'apparence du bié.
Si quelqu'accident s'attacqu'à
la téte ou aux yeux ou autre
partie que ce ſoit, des auſſi tót
ſans autre conſeil la main y por-

te son secours , l'entendement
inuente & recherche dé moyés
pour l'assisté , la volonté n'ét
que dans lé bons souhaits , &
chaicune des autres confede-
rées n'épargn' aucune de sé
vertus & industries pour sub-
uenir à l'affliction de leur bien-
aimée , si l'appetit concupiscy-
ble desire d'emporté quelqu'
object qui aít emeu sa passion à
sa conquéte,& que quelqu' obstacle se mett' entre luy & la
chose desirée pour lé frustré de
sé prætentions, l'irascible qui a
touiours les armes au poin ne
manqué pas de procurer à l'instant la vengeance de l'iniure
fait' à son alié, de prendre sa
caus'en defense comme la siene propre, & émouuoir tous lé
membres de cete Republicque
naturele pour donné satisfactiõ
à leur amy. Voire s'il n'y a que

la moindr' extremité du corps
a étr' affligée, el' experimente
tout à l'heure plus d'affiſtance
que ne ſçauroient en auoir par
artifice tous lé Potentats de la
terre, car ele ne manque pas de
conſolation de la part de l'intellect, de bons ſouhaits, de cõ-
paſſion & reſſentimens de la volonté il n'y a reſſort qui ne ioüe
pour ſon ſoulaigement, il y a
dé ſoldats pour vengé ſon injure, & dé Medecins pour procuré ſa gueriſon, bref rien ne luy
manque, toutes les organes iuſques à la plus petite prenent
part à ſon déplaiſir, reſſentent
ſon affliction, & n'obmettent
aucun eſſay pour ſa deliurance,
& ce auec vn ſi bel ordre, vne ſi
bonne police, trãquillité, prõp-
titud' & retenuë que chaicune
fait exactement ſon deuoir ſans
ſe ſoucié d'autre choſe, ſinon
de

de commãder à fes inferieures
& obeyr alegrement à fé fupe-
rieures, que fi cela n'étoit, s'il
n'y auoit là dedans de l'harmonie & de l'intelligence il leur
feroit impoffible de fubfifté,
comme reprefenta fort eloqué-
ment ce faige Romain Mene-
nius Agrippa au peuple rebelle,
qui auoit fecoüé le ioug de l'o-
beyffance deuë aux Magiftrats,
& s'étoit par vne generale reuolte refugié au mõt-Auentin.
Pour empéché qu'il n'y aît du
vuide dans la nature lé creatures agiffent contre leur inclination, l'eau monte laquel' ét
vn element pefant de foy & curieus dé baffes places, & la me-
lancholie participante de l'inclination de l'eau, s'éleue par
vn miracle continuel contre
l'eftomach pour excité l'appetit à l'animal, lequel mourroit à

Florus lib. 1.
c. 23.

R

faute de nourriture n'étoit le bon soin de ce Solliciteur.

Les elemens quoy que naturelemét contraires par ensemble, & bien qu'ils se soient dés le poinct de leur creation iurés vn' inimitié irrecōciliable s'accordent neaumoins tré-bien, lors qu'il ét quæstion de concourir à l'architecture de quelqu' ouuraige. La terre nous soûtient, le soleil nous illumine, lé nuës nous rafraichissent, les airs nous entretienent, lé grains nous nourrissent : bref il n'y a si petit moucheron qui puisse subsisté si les elemens ne s'entr' accordent pour son architecture, & lé membres pour sa conseruation.

SECONDE PROPOSITION,

IE dis, qu'vn homme sans amy laissé à sa pure nature ne peut

esperer vn solide contentemét
dans ce monde, quand bien il
seroit caressé à souhait de tous
biens naturels & fortuits, que
s'il en a seulement vn bon, il ét
heureux parmy lé desastres, cõ-
solé parmy les afflictions & reioüy dans lé detresses: Voicy
la preuue du premier.

*Amicus fide-
lis protectio
fortis qui au-
tem inuenit
illum inuenit
thesaurum.
Eccl. 6. c.*

Le plus puissant témoignage
que i'aye iamais eu pour croire
que l'impie Tibere & le detestable Caligula étoient plútót
dé monstres que des hommes,
léquels la nature sébloit auoir
suscité par dépit, & pour se cõ-
feruer le títre de marátre, c'ét
que l'vn d'iceus passant par la
bouche les indignes sentimens
de son ame malheureuse, máchoit fort souuent cé paroles
dans l'ecume bouillonante d'v-
ne rage desesperée *Oderint dum
probent*, & l'autre, *Oderint dum*

R ij

metuant. Lors qu'on rapportoit
à cé cruels Minotaures que
leurs meurtres affidus , leur
cruauté fans pareille , leur impudicité fans bornes, & leur fureur dénaturée attiroit fur leur
téte la haine de tout le monde,
ils faifoient cé réponfes ou ru-
giffemens de lions furieus, *qu'ils*
haiffent tant qu'ils voudront mais
qu'ils craignent ! O deteftables
paroles , Ie ne crois pas que fi
vne tygreffe s'vfurpoit la con-
ception d'vn homme qu'ele
peut iamais auorté d'vn plus
cruel farmate que ceux là : ét-il
poffible que celuy là puiffe viur'
vn moment en feureté qui fre-
mit fans ceffe dans lé deffiãces,
dans lé foupçons, & noires pé-
fées? Si les oraiges l'accueillent
il n'y a perfonne qui luy tende
la main, s'il ét en profperités
qui ét ce qui luy congratule? s'il

ét abſorbé dé tribulations & oppreſſé d'angoiſſes, d'où puiſera-il le doux alegement dé conſolations ? ſi on conſpire contre ſa vie, ſi on luy tend des embúches, perſonne ne l'áuertit, ne le ſoulaige, ne le conſeille.

Regardons ie vous prie que le vie a tenu Denys de Syracuſe le plus dénaturé crocodile qui ait iamais infecté la terre. Ce malheureux tyran portoit vne téte telement proſcripte de Dieu & des hommes, & viuoit en vne tel' extremité pource qu'il n'auoit point d'amy, qu'il n'et pas poſſible d'en conſideré les horreurs, que dans lé friſſõs & tréblemens. Lors qu'il auoit beſoin de faire coupé ſa barbe (Ie ne parle pas de cele d'or qu'il fit enleuer à la ſtatuë du Dieu Æſculape fils d'Apollon,

Bonis amici conſiliis anima dulcoratur. Pro.27.c.

Ælianus l.1.

R iij

difant qu'il n'étoit pas iufte que
le fils d'vn Pere fans barbe fut
barbé) il s'empechoit bié d'ap-
peler vn Barbier , d'autant que
l'indignité de fé tyrannies , &
l'ombraige de fé crimes fe re-
prefentans fans cefs' à fes yeux,
donnoient de fi viues apprehé-
fions & trâchées à fon ame cri-
minele, qu'il penfoit que fa vie
étoit le but de toutes lé con-
iurations & mauuais deffeins
des hommes , fa mort vn general fouhait, & qu'ainfin le Barbier ne manqueroit pas de luy
coupé le col auec le poil , pour
rendr' vn memorable feruic' à
tout le Royaume qui gemiffoit
fous les iniuftes tributs & violences de fa tyrannie; Mais encore ne fe fioit il pas de tant à
Val.l.9.c.14 fé filles , léqueles il employoit
à cet office que de leur permet-
tre l'vfage d'vn rafoir pour re-

trancher honnétement la fu-
perfluité du poil, ains ils fe le
faifoit bruler auec dé noix gril-
lées toutes ardentes, comme
s'il eut voulu ce miferable s'ac-
coutumé des cete vie à fouffrir
lé flammes æterneles qui l'attendoient en l'autre. Et il poffible que fi le Dieu Toutpuiſſãt
voudroit icy enuoyer vn' ame
fur terre commancé l'æternité
dé paines de l'abyſſe, qu'il luy
peút donné de plus cruels fa-
tellites, dé douleurs plus cui-
fantes dé couteaus plus aigus,
vn feu plus deuorant, vne raige
plus defefperée, dé roües, dé
foüets, dé tortures & gehennes
plus puiſſamment furieufes que
cet interieur affoupy dans lé
tenebres dé mauuais foupçons,
tyrannifé par la reprefentation
de fé crimes, lardé fans repos
de la haine des hommes, laquel'

R iiij

il voit tout' aboutir ſur ſon caſ-
que , côſommé d'vne noire
manie cauſée par l'ombraige
de ſes injuſtices & de la van-
geance prochaine , laquele luy
rend ſon ombre méme ſuſpe-
cte , bourrelé d'vne phreneſie
enraigée laquele luy fait deſiré
d'aneantir s'il pouuoit tous les
hommes pour tourné le dernier
maſſacre ſur ſoy méme , bref
picqué, heurté, frappé, & ty-
ranniſé ſans relâche , ſans conſolation, ſans repos de dix mile
diuerſes paſſions, léqueles à qui
mieus mieus exercent lé plus
extraordinaires effects de leur
cruauté ſur ce pauure proſcript
qui n'ét chery de perſonne. A h
braue Prince Timeſias que
vous eûtes bien raiſon de quitté vos grandeurs, vôtre puiſſâ-
ce & vôtre patrie méme , pour
auoir vne fois ouy vn enfant

Æli. l. 12. de
var. hiſ.

parmy fes autres compaignons
à l'iſſuë de l'echole dire dans la
conteſte du ieu qu'il voudroit
étr' auſſi aſſeuré de vous arraché le cerueau de la téte com-
m' il étoit certain d'auoir gaigné. Vous vintes à penſé non-
obſtant le témoignage de vôtre bonne vie que ſans doûte
vous éties hay de vôtre peuple,
puiſque les enfans ſucçoient
auec le laiſt de l'animoſité contre vous.

Ah le voila, Ie le vois le micantrope Timon qui fremiſſant
de raige de voir le monde dans
ſon entier, & les hommes dans
la ioüyſſance de la vie, ne peut
en ſouffrir ny la communication ny la veuë, il s'approche
neaumoins du petit Alcibiade,
mais ne le deuorera il point?
Non il le careſſe & le cherit par
vn prodige ſignalé, demandés

luy pourquoy il amolit la dûreté de fon cœur à la rencontre
de ce petit enfant ? Vous ne
fçaués pas (dit-il) Ie ne puis le
voir fans contentement extreme, pource qu'il fera vn iour le
Paris de fa patrie , la ruine d'Athenes, & l'ennemy du repos
public : Suiuons le pas à pas il
entre dans le Senat d'Athenes.
Voila l'affemblée dans l'etonnement & l'attente de ce qu'auoit à dire cet ennemy des hômes qui l'eut contraint à venir
là dedans, lorfque ce ciclope
fermant à demy fes yeux encaués fous le téts de fon front ridé commança à éclorre fé penfées en cete maniere. C'ét (ditil ô Atheniens) *que i'ay vn figuier*
dans mon iardin haut eleué & beau
par merueille , fur lequel par vn
loüable & prudent chois plufieurs
Atheniens fe font graces aux Dieus

pendus & étranglés auec honneur,
mais helas nonobstant lé bons offices
qu'il a rendu à la Republicque le
malheur me contraint à le couppé,
c'ét pourquoy ie vous supplie, qu'à
l'exemple de vos genereus concitoyës
vous vous dépechiés à vous venir
pendre de bonn' heure auparauant
que ie le couppe, ie suis bien faché
pour vótre consideration d'y étre
contraint, hátés vous donc tandis
que l'occasion ét bonne, vous vous
repentiriés de l'auoir laissé ecoulé,
car vous seriés bië en paine de trouuer vn si honnorable gibet que celuy
là : Voila pourquoy ie suis venu vous
auertir du cas, & vous exhorter au
coup pour ne point manquer à mon
déuoir, & vous montré que i'ay plus
de soin de vous que vous ne pensés,
rien ne vous manquera pour cet effect, prenés courage. Voila il pas
vn charitable Citoyen.

Mais remetons nous sur le

Fulg. lib. 9.
c. 11.

courant de nôtre difcours , & difons qu'il n'ét pas poffible que le ciel puiffe lancer vn carreau plus furieux fur l'object de fon courroux , que de le marquér en forte que le refte des hommes le fuyent, le delaiffent & le deteftent comm' vn indigne, vn impie , & vn profcript: Car la priuation de fon amitié étant le plus cruel fupplice que fouffrent là bas cé miferables dans lé prifons de la haute iuftice : la priuation de la mém' amitié au refpect dé créatures fembl' apres la premiere étre la plus cruele Tyfiphone qui regne là bas dans cet abyffe dé malheurs , lorfque cé captifs & efclaues fans efpoir d'elargiffement voyent que tous lé compaignons de leurs paines vomiffent contr' eux de perpetuelés imprecations , leur fouhaittent

toute forte de fupplices, & les
haiffent d'vne raige tré puiffam-
ment furieufe, que fi tous lé
damnés enfemble auroient vne
feul' ame laquele lé cheriroit,
lé carefferoit, entendroit leurs
complaintes , & montreroit
quelque compaffion & reffen-
timent de leurs fupplices ils feroient beaucoup foulagés, leurs
amertumes adoucies, & leurs
flammes moderées. Ie puis bié
fainement protefté qu'il n'y a
furie dans cet gouffre de malediction laquele me touche fi
viuement au cœur que cele là,
& pource qui ét de viur' en ce
monde priué dé douceurs de
l'amitié, Ie dis parlant dans lé
termes de la pure nature que
c'ét le plus cruel, le plus tyran-
nicque, & le plus infupportable
tourment qu'vn homme fçauroit iamais fouffrir, & dites moy

fi le plus coquin, le plus affligé,
& le plus miferable gueus du
monde peut parangoné fon
malheur aux affres de celuy lequel a tout mouuement de
feuille , penfe voir lé dagues
plongées dans fon fein, l'affaffin
à fé cotés, & la mort à fé portes,
& fi n'a pas à qui communicqué
fé detreffes pour foulagé fon
efprit , pource que fa progeniture méme luy ét fufpecte. O
que ce grand Orateur Romain
n'ignoroit pas la bréche que
faifoit aux cœurs lé plus rebelles la reprefentation de cé malheurs , lors qu'il s'en fert fi fre-
quemment pour émouuoir Ca-
tilina à vne fuite , que le motif
par où il le preffe le plus c'ét de
luy remontré comm' il ne vit
qu'en dépit de toute la ville de
Rome , qu'il ét l'object de la
haine de tous lé bons Citoyens,

qu'on ne le peut voir qu'à grãd
creue cœur, que ſé proſperités
tirent dé larmes vniuerſeles à
tout le monde, & ſé malheurs
dé reioüyſſances qu'on n'oſe
l'approché non plus qu'vn tigre
ſans affres & épouuantemens
étranges, & le moyen pourſuit
cet eloquent Conſul que tu
puiſles ſi tu es vn homme viure
dans vne tele diſgrace, mangé
ton pain en vne tele deffiance,
dormir en ſi peu de ſeureté, &
paroîtr' auec tant de craintes &
ſoupçons. Ie n'entends pas de
parler icy de vous ames ſainctes
& genereuſes, léqueles dans la
haine des hommes, dans leurs
perſecutions & outraiges, aués
trouué parmy les épines des
amertumes mondaines, lé roſes de contentement que le ciel
vous y plantoit, ô vrayement
non puiſque vous étiés lé mi-

gnones du Toûpuiſſant, les objects de ſé faueurs, & lé delices
des Anges, ains ie parle purement d'vn homme dans lé bornes de la nature ſans faire mention dé rafraichiſſemens, leni-
tifs, & careſſes du ciel. Ie paſſ'
à la preuue du ſecond.

Cic. en Læl. *Solem é mundo tollere videntur*
qui amicitiam é vita tollunt. Ceux
qui veulent diſſoudre le lien
de l'amitié, & la chaſſé de la
conuerſatió des hommes ſem-
blent vouloir rauir à l'vniuers
vne dé beles & vtiles creatures
qui l'embeliſſent, ſçauoir ét le
Soleil, car tout ainſin qu'à l'e-
clypſe de cet aſtre la terre deuient ſterile, lé fleurs faniſſent,
lé champs ſe rendent auares, lé
mortels ne peuuent ny multi-
plié les indiuidus de leur eſpece, ny ſe conſeruer eux mémes,
bref comm' à l'arrét de ce flambeau

beau toutes lé brillantes lumieres du firmament s'arréterent à
l'imitation de leur coryphée,
auſſi de méme tirés l'vnion d'ê-
tre les hommes, il n'y a famille
qui ſubſiſte, Republicque qui
proſpere, Royaume qui ne pe-
riſſe, & monde quand il y en
auroit vn million qui ne retom-
be dans ſon neant, ſi toutes ſé
parties ne prenent le ton de l'a-
mitié & ne ſe guident par ſa
meſure. Au lieu que voila vn
homme frappé d'vne ſieure
lente de langueurs, ou bien
puiſſamment artaqué de la
tempéte furieuſe d'vne ſenſible tribulation, qu'y a il de plus
doux que de voir ſon amy affligé de ſé detreſſes ny plus ne
moins que ſi eles s'en prenoiét
à ſa propre perſonne ? Qui luy
compatit, le conſole, le reioüyt
par l'eſperance d'vne meilleure

S

Ioſ. 10, c.

Omne re-
gnum in ſe
diuiſum de-
ſolabitur
Math. 12.

Omni tempo-
re diligit qui
amicus eſt &
frater in an-
guſtijs com-

probatur
Parab. 17.*c.*

condition, & enfin le decharge
pour le moins de la moitié de
fé triſteſſes & amertumes, léqueles il impoſe charitablemét
ſur ſon dos. Et au contraire
qu'y a-il de plus dur & amér à
vn homme nauigeāt ſur lé plus
criſtalines eaus de l'Ocean in-
conſtant de ce bas monde, en-
flé du fauorable zephir de la
fortune, lors qu'il voit que non
ſeulement perſonne ne le congratule de ſon bon heur, ains
qu'vn chacun le morgue, le de-
teſte & témoigne du déplaiſir
de ſa proſperité, que s'il vient à
dechoir de cete pouppe de fœlicités iuſques dans vne carine
d'abiection & d'angoiſſes, quel
aiguillon? quel feu? quele rage
luy ér ce de ſe voir abandonné
de tout le monde ſans familia-
rité, ſans compaſſion, & ſans
ſoulas? Au lieu que Scipion

communicque son contente-
ment à son Lælius, lequel tout
reioüy du plaisir de son intime
luy coniouït , le congratule;
voire méme (dit l'Orateur Romain) s'il y auoit vn homme lequel de ce bas monde fut enleué par dessus lé voutes azurées
du ciel , pour contemplé dans
cé celestes paruis lé merueilles
qui y reluisent comme dans
leur siege naturel, & que reue-
nant çà bas il n'eut personn' à
qui discourir de sé raretés& excelences, cet œillét de contentement se conuertiroit en vn
dé plus desagreables soucis
qu'on sçauroit s'imaginé dans
tele sorte de bouquéts.

Vn ancien vieillard se móntra vrayement bien doct' en cete leçon & curieus de ce bon
heur , lors qu'à la veille de son
trepas songeant à part soy par

S ij

quel acte il rendroit ſes années
memorables, & acheueroit de
ioué ſon perſonnag' a l'auanta-
ge de ſes enfans, il s'auiſa de les
appelé du lict de la mort pour
le benir de ſé dernieres paroles.
Voila ſé petits rameaus qui fle-
triſſoient de langueur de voir
leur t ge mourante lors qu'ele
leur pouſſa vn pacquet de iauelots liés par enſemble l'offrant
à chaicun d'eux pour le briſer
& mettr' en pieces: Ié tendres
enfançons faiſoient à l'enuy
épreuue de leurs forces, mais
aucun n'approchoit du but de
ſé deſſeins, lorſque le pere vint
à couppé le lien, mais apres cela il vous rompoient ſé fléches
l'vn' apres l'autre auec vne tele
facilité qu'ils tenoient à injure
d'y roidir le moindre nerf de
leur petit corps. Mais le vieillard qui apprenoit dans la con-

templation de ce myſtere la leçon qu'il auoit enuie de dicté,
ſe tourna doucement à eux de-
pechant cé beles paroles , de
peur que le ciel faiſant ſonné la
retraicte ne fruſtrât ſon beau
project de ſes effects. *Mé chers*
enfans que i'ay nourris & éleués
auec tout le ſoin & toutes lé ten-
dreſſes qu'on ſçauroit eſperé d'vn
Pere benin à l'endroit de ſa chere
progeniture , puiſque la nature m'a
été ſi fauorable que de me donné dé
naifs images & pourtraits de ma
perſonne , léquels me reſuſciteront
de mé cendres comm' vn phænix
pour me faire viur' encore quelque
temps en la memoire des hommes, ie
luy en ay de l'obligation & vous luy
en deués lé remercimens: C'ét pour-
quoy voyant bien à mon horrologe
que l'heur' ét deia bien proche en
laquel' il faut que ie vous laiſſ' ex-
perimenté dans la perfidie du mon-

de lé miseres des orphelins , mon
corps rafroidy, attenué, languissant,
& moribond n'a peu faire démordre
mon ame de la recherche d'vn bon
passe-port conuenabl' à votr'état,
vtil' à vôtre fortune , & digne de
mon affection , de sorte que si les affres de la mort laquel' épouuante de
ses approches lé plus genereux &
rares couraiges ont deia stétry mon
corps , abbatu mes yeux , & marqué
tous mé membres dé pâles langueurs
déqueles vous lé voyes tous reuétus,
pour en tiré bien tót le dernier tribut , ils m'ont encore laissé vn cœur
pour ressentir vôtre perte,& la parole pour vous procuré du soulas.
Ecoutés moy donc bien mes enfans
& recueillés cete bele rose comme la
derniere que vous dèues esperé du
iardin de mon ame , receués ce dernier áuertissement d'autant plus
prisable qu'il part d'vne volonté
plus ardente que iamais à vous pro-

turé du bien. Tout ainſin donc que
ce faiſceau de iauelots quoy que foibles reſiſte dans l'vnion à tous vos
eſſais ſans aucune fracture, de méme ſi le lien d'vne mutuel' & fra-
ternel' amitié vous etraint ſaincte-
ment, ſi vous uniſſés vos forces &
vous entr'entendés par vne pieus' &
bonn' œconomie il n'y a puiſſance capable de troublé vôtr' repos, la temerité trouuera ches vous ſon ſupplice, l'audace ſon rabais, & la force ſon vainqueur; mais ſi vous vous
ſeparés, ſi la diſcorde ſeme ſé fruicts
venimeus parmy vous, il n'y a ſi foi-
blét qui ne vous plie, rabaiſſe, &
proſterne auſſi facilement comme
vous aués rompu cé fleches diuiſées,
& par ainſi vôtre téte ſera touiours
dans lé dangers, vôtre vie dans lé
miſeres, & vôtre mort dans le mépris. Voila vn riche teſtament
d'vn ſaige Pere.

N'ét ce pas vne choſe mer-

ueilleufe de voir vn Pilades &
Oreftes contefté lequel fauue-
ra par fa mort la vie de fon amy.

Polyenus l.5

Qui ne s'etonnera de voir vn
Eucrite cautionné dans lé cachots fon amy Euephene criminel de leze Majefté : Autant
s'en font en prefence du méme
tyran cé deux braues Pythago-

Val. max.
l.4. c.7.

riciens Damon & Pythias fans
qu'aucun manque de fidelité,
ny le criminel à venir deliuré
fon répondant au dépens de fa
vie, ny le pleige à fe foumettr'
à la mort pour fon amy.

Voila le pauure Brutus viuement pourfuiuy dé foldats de
Marc Antoine, fon amy Lucilius par vne fidelité feinte fe
diffimule comme s'il auroit été
Brutus tãdis que Brutus echap-
pe : Lucilius ét donc pris &
amer é triomphalement à Antoine tout tranfporté du defir

de voir Brutus à fé pieds, mais
il change bien de face, lors qu'il
entend Lucile qui luy confeffe
d'auoir fait le coup à deffein de
fauué l'autre, tout prét d'iteré *Fulg. l. 4.*
la méme faueur aux occafions, *c. 7.*
& de fouffrir.tous lé fupplices
déquels il voudra punir la fidele tromperie.

Que faites vous pauure Vo-
lumnius ? vous alés vous expo-
fer à la cruauté de vótr' ennemy vainqueur póur mourir dãs
lé regrets & triftes careffes de
votr' intime Lucullus qui a deia *Val. l. 4.*
été la victime du Triomphe. *c. 6.*

Admirons en fin lé chaftes
affections de Ionathas fils de
Saül, & du bon Dauid. *Anima* l. R. 18 c.
Ionathæ conglutinata eft animæ Da-
uid & dilexit eum Ionathas quafi
animam fuam! Le cœur de Ionathas a été colé à celuy de Dá-
uid lequel il cheriffoit comme

foy méme, & c'ét vn miracle de
voir vne tel' amitié entre cé
deux Princes, que Ionathas có-
noiſſant tré bien que Dauid
ſeul pouuoit luy enleué le ſceptre duquel ſa naiſſance le rendoit legitime poſſeſſeur, & que
ſon Pere Saül ne le haïſſoit que
pour l'affection qu'il auoit de le
voir heritier de ſa coronne,
nedumoins il n'obmit ny ruſe
ny induſtrie pour le conſeruer,
& le deliuré de ſes embúches,
& la future gloire de l'Empire
de Dauid qui luy ſembloit étre
iuſtement acquis, non ſeulemét
ne l'animoit pas à la ialouſie,
ains l'époinçonoit à s'en reiouïr
& luy en congratulér en dépit
de toutes les ambitions léqueles aiguillonnent ſi ſouuent lé
cœurs lé plus ſinceres & innocens. Voyons auſſi de l'autré
coté lé lamentations, pleurs &

regrets du bon Dauid ſur la mort de ſon bien-aimé & bien aimant Ionathas, lors qu'apres auoir adreſſé ſé quereles & cõplaintes aux lieus méme qui auoient été lé theatres de cete ſanglante defaite, il ſoupire dãs lé pámoiſons cé mots interrõpus de mille ſanglots & deffaillances. *Doleo ſuper te frater mi Ionatha decore nimis & amabilis ſuper-amorem mulierum, ſicut mater vnicum amat filium ſuum ita ego te diligebam !* Ha mon cher frere, mon amy Ionathas, ha mon mignon ie gemis, c'ét trop peu dire, mais excuſe moy, ie n'en puis plus, ſois neaumoins certain que l'amitié laquele ie te portois ne cedoit en rien aux tendreſſes d'vne mere à l'endroit de ſon fils vnicque.

A quoy nous arrétons nous? il n'a pas été iuſques à Herode

le Deicide qui n'ait été alteré
du laict doux de l'amitié quoy
que ce soit d'vne façon si ridicule & inoüye qu'el' exciteroit
le rir' aux plus serieus , si la
cruauté ne leur fournissoit vn
plus ample & plus iuste suiet de
larmes.

Ce malheureux couché dans
le lict du desespoir , tout noyé
dans l'euripe de sé passions dé-
reglées , entouré de mile mauuais soupçons, paré des images
de sé crimes enormes , marqué
du sceau de la mort, laquel'
ayant horreur de prophané sa
faulx dans le sang de ce miserable , le vouloit laissé deuorer à
sa furieuse raige , vint en fin à
ruminér en soy méme pareilles
choses. *Me voila donc au bout dé
mon histoire , faut il que ie dispa-
roisse dans le monde sans fair' encore parlé de moy, pourquoy suis ie Roy*

ſinon pour montré par effect que i'ay
vne plaine puiſſāce ſur la vie de mé
ſúiets, d'ailleurs i'ay telement obligé vn chaicun, & me ſuis acquis de
ſi bons & fideles amis par mé bons
offices, qu'il ét à craindre qu'apres
mon trepas on n'aye ſi grand' enuie
de pleuré qu'on n'en creue de rire:
Faut il que ie ſois l'vnicque aux funerailles duquel tout le monde dance de ioye ſans pleurs & lamentations, quand bien ce ne ſeroit que
par compliment, il n'en ſera pas
ainſin. Il appele donc vne trouppe dé complices de ſa cruauté
& par vn dernier ſouhait digne
d'Herodes lé conjure par tout
ce qu'ils ont de plus cher d'a-
iouter à leurs bons ſeruices vne
derniere faueur laquele ſé cendres méme n'oublieroient iamais, outre lé bonnes recompenſes léqueles n'attendoient
que le coup pour étre à eux. Ie

n'entreprend pas icy le recit de ſon diſcours pource qu'il ét vn peu trop long & ennuyeus, en voicy la ſubſtance, *Lorſque vous me verrés aux derniers abois diſtribués vous ſi bien en diuers quartiérs que vous puiſſiés à cet inſtant là égorgér vn corps de chaique famille dé plus cheris & notables que vous attraperés, à cele fin qu'vn chaicun gemiſſant ſur la mort du ſien mon decés ne ſoit en depit d'eux, pas ſans larmes; mais ne faités pas ſemblant que ie ſois mort, de peur que la ioye de cete liberté ne les empeche de pleuré l'inopiné maſſacre de leurs plus proches.* Ce gros mátin & cruel tygre qui n'auoit én ſa vie été capable ny ſuſceptible d'aucun'affectiõ, fut bié curieus en ſa mort de s'vſurpé lé fruicts d'vn arbre lequel iamais il n'auoit planté.

Finiſſons en diſãt que ſi Dieu
ét Dieu c'ét pource qu'il ét
amour, s'il a creé le monde ça
été par amour, s'il ét deſcendu
du ciel comm' vne douce roſée
dans lé chaſtes flancs d'vne
Vierge, c'ét par amour, s'il a
conuerſé çà bas parmy les hommes comm' homme, c'ét par
amour, s'il s'ét fait attacher &
cloüer à vn póteau entre deux
pendarts, c'ét par amour, &
voyés qu'il tend & ouure lé
bras pour embraſſer & receuoir
dans ſon ſacré ſein ſes éleus, s'il
ét monté aux cieus triomphant,
& de là enuoyé ſon ſainct Eſprit ſur les Apótres, c'ét par
amour, s'il fait dé faueurs, s'il
donne dé graces, s'il élargit ſa
gloire, c'ét aux amàns, il ſe donne par amour, il attire par a-
mour, il veut étre poſſedé &
recherché par amour, bref il a

bien telement été impoſſible
que Dieu fût autre choſe qu'a-
mour, que de tout'æternité il a
falu produir' vne troiſiéme perſonne laquele ne procedât que
d'amour, ne reſpirât qu'amour
& ne fût qu'amour. *Deus chari-*

1. Ioan. 4.

tas eſt & qui manet in charitate in
Deo manet & Deus in eo.

J'auois vne fois reſoulu de
fair' vn Chapitre particulier
pour môtrer en quoy doit être
fondée la vray' amitié ; mais
d'autant que (comme i'ay dit)
ie traite cé quæſtions non dans
la rigueur de la Theologie, ains
politicquement & dans lé termes naturels, ſi i'agitois cecy en
fonds d'affaire ie ne ſçaurois
conclurre ſinon en diſant que
la vray' amitié doit être fondée
ſur la vertu & qu'il ny a point
d'amis ſinon dé vertueux ; mais
pource que ce diſcours ét vn
peu

peu rude aux hommes du siecle, & qu'il y en a fort peu qui puissent lé sauouré de bõ gout. Ie dis en peu de mots que tous lé vrays & legitimes enfans de Iesus-Christ sont obligés d'affectionné leurs ennemis méme sans exception : Car cet amant *Diligite inimicos vestros Euc. 7.* des amans iter' à tout coup, commance, & cõclud touiours par ce bel epilogue. Entr'aimés *Diligite inuicem Ioa. 15. c.* vous touiours mé chers enfançons & ne portés seulement pas la sincerité de vos cœurs sur *Benedicite maledicentibus vos benefacite ijs qui oderunt vos, & orate pro affligentibus & persequétibus vos. Mat. 5. c.* vos amis qui vous reciproquent de pareilles caresses, ains encore sur ceux qui meditent vôtre ruine, trament vôtre malheur, & poursuiuét vôtre perte, mais pource que c'ét vn dé rares & miraculeus effects de la grace, & qu'il se trouue peu de ces Anges dignes d'ouurir ce Liure de l'aigneau apres auoir delié

T

tous les embarras & empéche-
mens du monde , il ét (comme
nous auons amplement deduit
neceſſaire d'auoir à tout le
moins quelque confident pour
ſe repoſer auec douceur entre
ſé bras , luy communicqué ſé
lieſſes pour en receuoir double
contentement par ſa congratulation , & ne luy pas celé ſes a-
mertumes pour y trouué du lenitif par les amoureuſes tendreſſes de ſé conſolations ; Or
donc la vray' amitié approuuée
du ciel doit directement ſe porté ſur vn obiect infiny & im-
muable , & comme par reuerberation de cete Diuinité ſur
toutes ſé creatures entant qu'e
les préchent ſa ſaigeſſe , annoncent ſa gloire , & declament ſé
merueilles ; c'ét de cet amour
duquel ſoûpire l'Epouſe ſaincte
lorſque ſe gliſſant , s'enflâmant,

& liquefiant toutes dans l'a-
mour de son cher Epoux IESVS
Ele s'écrie dans ses amoureuses
pámoisons & extases. *Fulcite* Cant. 2. c.
me floribus, stipate me malis quia
amore langueo.

Pour les ames moyennes léqueles ne peuuent ou ne veulent pas s'eleué comme dé legeres exhalaisons dé terrestres
vanités de ce bas monde, dans
lé sublimes & riches sales de la
Hierusalem cæleste aux conuis
& semonces du Soleil de Iustice: Ie dis que leurs affections
doiuent pour le moins étre fondées sur le bon naturel, bonnes
meurs, & ingenuité de l'vn &
de l'autre party.

Le troisiéme degré ét de ceux
qui s'aymét pour quelque sym-
pathie, & certains traits de méme proportion léquels la nature leur a également départis

T ij

comme pour plaisir, d'où arriue
souuentefois que deux personnes sãs s'être iamais entreueuës,
au premier abord & œillade se
sentent éprises d'vne mutuele
& particulier' affection, laquele la natur' a moyennée entre
leurs cœurs sans que iamais ils
s'en soient apperçeus. Cé deux
dernieres especes d'amitié sont
fort tolerables, & la premiere
tré-loüable, tré-saincte, & tré-
releuée.

Mais pour ces amitiés fondées sur le sable mouuant dé
prosperités, honneurs, dignités, & tout autre chose sur laquele le sort a de l'empire, ce
sont des amitiés d'étoupe léqueles se consommét au moindre feu de disgrace.

Ouidius.

Donec eris fœlix multos nume-
rabis amicos
Tempora si fuerint nubila: solus
eris.

Etes vous bien fourny, bien
à vôtr'aise, bien auant dans les
honneurs, dans lé grandeurs &
prosperités, vous aués des aussi
tót plus de cousins & de cousi-
nes que de pistoles, chaicun recherche vôtr'alliance & s'en va
faire des enquétes iusques à la
dixiéme generation pour en retiré quelque cousinaïge : Voila
des aussi tót plus de courtisans
que dans le palais d'vn Prince
qui vous caressent, vous hon-
norent, recherchent le moyen
de vous plaire, contestent à qui
vous sera le plus agreable, qui
donnera de l'eau aux mains, qui
leuera le mouchoir, disposera
la chaire, & dix mil pareils cõ-
plimens & ialousies, auec lé
plus beles protestations d'amitié qu'on puisse s'imaginer, ils
n'ont vne vie que pour vous,
dé faueurs que pour vous

Amici diui-
tum multi
paxab. 14. c.

Diuitiæ ad-
dunt amicos,
à paupere au-
tem & hi
quos habuit
separantur.
L. 19. c.

Fidem possi-
de cum ami-
co vt in benis
illius læteris
Eccl. 21. c.

T iij

honnorer, & vn' épée que pour parler à vos ennemis : Mais vôtre bourſe a ele laiſſé échappé ſé iolis priſonniers, ou bien ſi la foudre de quelque diſgrace l'a curé au dedans ſans toucher à la peau ? vos honneurs ſe diminuent, & vos dignités diſparoiſſent? A dieu toute cete parenté, adieu mé courtiſans depuis que cele qu'ils cheriſſoient ét malade, ils ne vous recónoiſſent plus ſi ce n'ét que vous lé vouliés appelé pour feſtiné ſur lé reliquats de vos paſſées proſperités.

Vn autre muguet qui viendra à tout' heure cajolé les aureilles d'vne ieune Damoiſele, & épiera lé matinées toutes entieres pour la conduir' à l'Eglize en laquel' il demeurera auec la plus chagrin' & piteuſe deuotion du monde, contant lé

grains du Chappelét & lé feuïl-
léts des Heures de cele qui lé
retient là pour ſçauoir ſi ce ne
ſera pas tót fait,& par apres l'a-
yant ramené auec toutes lé
mommeteries qu'il iuge luy
étr' agreables, l'accoſtera au
coin d'vn bal auec lé plus beaus
offres de ſeruice & indices d'a-
mour léquels ſa paſſion peut
luy ſuggerér. *Ah ma Cloris , ma*
Phyllis (dira ce folét) vous poſſedés
mon cœur,vos beles perfections l'ont
nauré , ie ne puis vous le dénié , re-
ceués le parmy lé depouïlles de vos
autres conquétes, il ét à vous,ie ſuis
démes huy vótr' eſclaue , & me plais
en mé liens , puiſque comme vous
ſeule m'en aués garroté , auſſi vous
ſeule pouués m'en affranchir ; mais
non, ie veus viur' & mourir à vótre
ſeruice , quoy que s'en ſoit vos beles
qualités meritent bien d'autres hó-
neurs , il faút que ie préche la puiſ-

fante de vos charmes. Mais au par-
tir de là vn accident difforme
il cete beauté, perd el' vn œil,
fon teint ét il alteré? n'a ele plus
fi bonne grace? Adieu careffes,
adieu complímens, adieu mé
corbeaus qui n'aimoyent que la
charoigne, adieu mes amans,
mais c'ét d'eux méme, d'autant
qu'au pillage de l'honneur de
cé pauures filles ils ne preten-
dent que leur propre volupté,
& qui pis ét s'en vont diffamé
cé pauures credules faifans tro-
phée de leur vilenie : Ie puis
bien affeuré que voyant par
fois en depit de moy ces infen-
fés, alans auec tant de pain' à la
chaffe d'vne vaine fumée au
tour de petites orgueilleufes,
léqueles fouffrent bien fans ceremonie tous leurs complimens
fans iamais dire tout beau, fe
mocquent d'eux, & s'en feruét

comme de bouffons , ils me
font tele comparsion en leur
maladie que sans doute dans lé
petites maisons de Paris il y en
a de plus saiges.

Ie ne dis pas que l'exterieur
n'excite par fois des affections
assés solides, mais pour cé mu-
guets. *Mutauerunt gloriam suam* Pſal. 105.
in similitudinem vituli comedentis
fœnum.

L'ACADEMIE
SOPHYSTIQVE.

On doit indifferemment permettr'
aux femmes de s'addonner à
l'exercice dé lettres.

LA VRAY' ACADEMIE.

Il n'ét aucunement conuenable ny
expedient que lé femmes facent
vne ſpeciale profeſſion dé ſcien-
ces.

E malheureux ob-
ſtiné voyant ſé
trois impietés ren-
uerſées & abba-
tuës comme trois
tétes cerberines engendrées
dans la puanteur du Tartare,
ne pouuoit neaumoins ſe re-

foudr' à prendre compaſſion de
ſon ſort, & à me témoigné par
vn ſoûpir le reſſentiment de ſa
miſere, car il étoit par l'aſſidui-
té de ſé crimes condamné aux
Galeres perpetueles du Diable
dés cete vie méme, c'ét à dire
dans l'aueuglement d'eſprit &
l'inſenſibilité telement deſeſperée que ſelon le præcepte de
l'A pótre ie ne déuois plus fair'
autre choſe que de l'abandonné, cṍme celuy lequel ayāt deia
paſſé la riuiere dans la nacele
de Caron auoit abordé aux faû-
bourgs de l'enfer en reſolution
de s'habituer dans la ville. Ie
m'é alois dṍc plein de deplaiſirs
& de tré ſenſibles regrets, cherché ſur quelque pieus ſujet du
rafraichiſſement à mon amer-
tume, c'ét pourquoy ie m'en-
quétay où étoit le lycée, & l'v-
niuerſité pour taché de cha mé

mé langueurs aux harmonieu-
ſes melodies dé Muſes, lorſque
roulant dans cé ruës deſolées
comm' vn triſte Ionas, i'apperçeus au milieu d'vne grand'
place attourée outre ſa bele ſci-
tuation d'vn ordre conſidera-
ble de beaus epitaphes, epigrã-
mes, logogryphes, poëmes, ele-
gies, acroſticques, anagram-
mes, & autres menus ouuraiges
d'Euterpe dediés à l'honneur
& glorieuſe memoire dé de-
functes maítreſſes de cet' vniuerſité, ie fus curieus d'en conſideré l'artifice, mais à paine
euſ-je œilladé la premiere colomne de ce pauillon que ie
n'apperceuſſe dé chants royaux
& o des de rejoüyſſance compoſées par certaines ieunes fri-
pones en congratulation &
triomphe de l'ennuyeus eſclauage duquel les auoit deliurées

la mort de leurs vieus maris,
d'autant que fi aux autres ma-
tieres leur minerue fe móntroit
fterile, eles guidées de leur paf-
fion effrenée la rendoient affés
fœcõde pour comblé d'opprobre & baloté de dix mil' bro-
quards & deshonnétes gogue-
narderies , cé pauures deffũcts
à la féte de leurs funerailles
fur l'efperance dé fecondes
nopces plus fauorables, Ie cóneus bien par là que ce n'étoit
pas vn Monaftere de filles fpi-
ritueles beaucoup curieufes dé
pieufes inftructions , léqueles
i'aurois bié voulu leur donnér,
& partant ie declinois à quar-
tier dans la croifade d'vne bele
place vn peu au delà d'vn mo-
nument public, non moins magnificque que le mauzolée dé
puiffances Romaines, lorfque
ie decouuris dans la diftance de

deux excelentes pyramides léqueles sembloient auoir épuisé
tout l'artifice de l'Ægypte vn
grand portail nouuelement bâ-
ty, lequel par la rare beauté de
sé iaspes enuironnés de beaus
marbres polis, couuerts de merueilleuses statues de bronze, léqueles se mbloient par leur bő-
ne grace vouloir contesté la
præeminence auec lé plus naïfs
ouuraiges de la nature faisoit
parade d'vn riche depót de pieces rares, au haut duquel étoit
graué ce titr' en lettre d'or. *L'e-
chole mondaine*, mais voyant bié
que ce n'étoit pas là la forme
de mon Cloitre ie me glissois le
long d'vn petit sentier pour alé
cherché quelque meilleure leçon, lorsque tout en passant
outre i'entendis en dépit de
moy la Regente de la premiere
chambre, laquel' instruisoit ses

écholieres dé charmes, attraits,
& contenances léqueles captiuent le plus fouuent le cœur
des hommes. Lé premieres
étoient d'auis que le vétement
déuoit étre noir, à cele fin que
la blancheur de leur vifaige fít
plus bele móntr' à fon parangõ,
la mine riante & le difcours a-
miable, d'autres foútenoient
que le blãc étoit plus delicieus,
la contenance rencherie, & le
difcours dedaigneux, les autres
trouuoient bon de donner à
leur corps la liurée verte de
leur téte, le maintien effronté,
& le difcours infolent.

Pour la feconde Chambre,
on y apprenoit à diftilé des eaus
pour mafqué lé difformités,
fardé lé couleurs natureles, &
taché de dérober à la nature ce
qu'ele ne leur a pas voulu donné de gré.

A la troifiéme ie vis vne certaine Clorinde laquel' étant
reuenuë de la pourmenade s'en
aloit confulté le miroüér fur lé
victoires & triomphes de fé
puiffans appas, combien d'efclaues ils auoient lié, combien
acquis de feruiteurs, combien
ils auoient nauré de cœurs, &
enfin combien de cerueaus ils
auoient eftropié, fans autres
armes que de l'impuiffance, autre valeur que la foibleffe, &
autres ftratagemes que ceux
d'vn fard trompeur damon fa-
milier de leur orgueilleufe vanité.

*Propter, fpe-
ciem mulieris
multi peri-
erunt.
Ecl. l. c.*

A tout cela ie ne m'emeus
pas beaucoup, car bien que ces
excés & idolátries prouocquét
grandement l'ire de Dieu & la
compaffion des hommes, qui
cónoiffent combien de marty-
res & cruautês eles endurent
pour

vn peu de couleur qu'eles ne
ſçauent pas inuité ſinon à l'o-
deur puante de leurs eaus mi-
ſtionnées , conſiderant neaumoins que c'étoient des exercices , ſi d'eux mémes ils n'é-
toient mauuais , aſſés conformes à la moleſſe de leur ſexe
fragile? ie paſſay auec plus de
pitié que de courroux dans vne
grãd'arcade voutée & diaprée
à guiſe d'vn ciel lumineus
d'vne merueilleuſement deli-
cieuſe ſuite d'aſtres, repreſen-
tans auec naïfueté par leurs fi-
gures lé reeles beautés de ceux
qui ſont là haut attachés à leur
pole, léquels comme des excelens effects de l'art faiſoient à
l'imitation de leurs prothoty-
pes coulé des influences d'vn'
amænité nompareille ſur ce riche bátiment heritier de tous
lé plus beaus ſecrets de l'artifi-

V

ce; & comme ce rare monumét
auoit pris fa naiffançe depuis
peu que cete pauure Niniue
s'étoit vn peu conuerti' au culte du vray Dieu : là deffus
étoient en ordre lé cinq Docteurs de l'Eglize peints d'vn
maintien graue & venerable,
vn peu à coté tenoient leur rãg
diuers grands perfonnaiges e-
minens en diuerfes facultés.
L'Ange Docteur fainct Thomas d'Acquin outre le rang
qu'il tenoit parmy cé puiffantes
& nobles colomnes de l'Eglize
præfidoit encor' en celuy cy ,
cóme de raifó, à toute l'efcoüa-
de fainte dé Theologiens à la
faueur dù pigeon blanc qui luy
fuggere fé diuines conceptiõs,
& du Soleil lequel ayant place
en fa poictrine illumine particulierement toutes fé puiffances, ne fouffre point de nuages

dàns son esprit épuré , & le fauoris' extraordinairement de
sé rayons salutaires , il tenoit le
dragõ de l'heresie sous sé pieds,
& le pressant auec sa plume luy
faisoit ecumé cé paroles , *Héie*
me rends ie n'en puis plus, ie le con-
fesse, vn Crucifix étoit artistement bien eleué auprés de luy,
lequel luy confirmoit authen-
tiquement sa doctrine par parole de Dieu & par arrét de toute
la Trinité. Les Autheurs prophanes coryphées de diuerses
sectes & facultés tenoient leur
rang en vn coin à part , comme
lé Platons, les Aristotes, Ze-
nons, Pythagores, Cicerons,
Demosthenes, Virgiles, Perses,
Nasons, & plusieurs autres léquels étoient là tous en postu-
re chaicun comme vray Capitaine en téte de sa trouppe. Parmy cé beles raretés le chaste

cœur dé Mufes auec leur Apollon, lé Themiftes, Lafthenies, Aretes, Themiftoclées, Cornelies, Fuluies, & vn bon nombre d'autres fçauantes Dames rauirent telement mon efprit & y logérent de fi beles efperãces par ce magnificqu' écriteau qu'eles portoient *Parnaffus Mufarum*, *Fons Heliconis*, *Virtutis Arx*, *Thefaurus fcientiarum*, que i'entray dans la troiziéme Academie comme la plus honnéte & la plus celebre de toutes; mais fi i'auois conceu de beles efperances i'auortay d'vn trémauuaisfruit, lorfque ie vis vne femm' en chaire la Bible à la main, faire leçon à vne trouppe de ieunes Damoifeles, léqueles auoient fans doûte les aureilles mieus difpofées pour goûter vn air de Cour que lé profonds oracles de ce Code facré pro-

phanés par lé ridicules inter-
pretations de leur Maîtreſſe, lé
mains plus propres à l'aiguille
qu'au Liure , & l'eſprit mieus
faît pour iugé d'vne dentele
que de ces adorables myſteres.

El' en étoit au ſecond de la
Geneſe ou il ét dit que Dieu
ayant aſſoupy Adam luy tıra
vne de ſé côtes, de laquel' ayāt
formé Eue il remplît le vūide
de chair (O ſécria pour lorscete
docte Regente) *Voyés vous com-*
bien nótre ſexe ét releué par deſſus
le viril , puiſque l'homm' ayant été
pétry d'vne terr' immonde , ce Dieu
tout bon a voulu tiré d'vne partie
d'vn beau corps organizé la matie-
re du nótre. Or ſus donc qu'on ne ſoit
plus ſi oſé que de nous metre dans le
rabais, puiſque ce priuilege nous por-
te ſi hautement au delà de toutes
les autres creatures. Ele diſoit cela auec vn ton & vn geſte ſi

Lætatur ho-
mo in ſenten-
tia oris ſui.

V iij

Pro. 15. c.
Non te ex-
tollas in co-
gitatione ani
mæ tuæ ve-
lut taurus ne
fortę elida-
tur virtus
tua per stul-
titiam.
Eccl. 6.

transporté qu'il luy sembloit auoir trouué la pierre philosophale tournant vne douc' indignation contr' el' méme de ce qu'ele n'auoit plútót enfanté vne si noble pensée : mais soudain vne de ses écholieres d'vn esprit à la verité meur au delà de ce qu'on deúroit esperé d'vne fille , ne pouuant prendre goút à cete fumée s'offrit à la dissipé par cé raisons.

L'honneur (dit ele) de mon sexe possed' vn tel lieu dans mon ame qu'on ne sçauroit s'en prendr' à luy sans premierement battr' en ruine son thróne. La méme nature laquel' a porté mon berceau sous l'etendart fæminin, ne m'a donné des organes & puissances que pour témoigné que i'agrée son chois comme iuste & auantaigeus à mon sort ; & si ma vie pouuoit accroitr' à mon party vn rayon de lumiere en eclypsant son

ſtambeau, ie luy ferois bien tôt voir
combien ie potſpoſe lé delices d'icel'
aux honneurs de celuy cy ; mais
puiſque le naufraige de m a perſonne
ne pleut aioûtér qu'vne diminution
de forces auec vn retranchement de
nombre, les aſtres, lé vuides eſpaces
de l'air, lé mers, & lé vaſtes contours de la terre n'ont rien de ſi cher
que ie ne fouille & ne leur arrache
pour compoſer vne coronne de triõ-
phes au ſexe pour lequel ie ſoúpire
s'il ét propr' à cete fin : mais de prẽ-
dre nótre báton pour vn ſceptre, &
d'alé receuoir pour ornement ce qui
nous met dans le rabais, c'ét trop
móntré la ſterilité de nos auantaiges
& erré trop notablement en vn affaire de tel' importance. Ne nous
faites donc plus de parade de ce poiſon pour vn iullet (Madame) ne
piafés point tant en l'interpretatiõ
ridicule de ce paſſaige, & quand
vous en trouuerés de cete ſorte cou-

rès deſſus comme ſur dé charbons ar
dens ſans faire ſemblant de rien &
ne vous y arrétés pas pour y brulé
vótre robe comme vous venés de
faire, car ie vous montre entre nous
autres, & en preſence de cè Meſſieurs qui entendent cela mieus que
moy, que c'ét vn contrepoids auſſi
peſant pour nous faire tenir la baſ-
ſe en la muſicque de cet vniuers lequel vous ſçauriés iamais trouué, &
pour la raiſon par laquele vous ta-
chès de faire du bōnét verd de nót
eſclauage vne coronne d'honneur,
ele n'a rien de raiſonable que le nom
puiſque vous l'en voulés fardé, d'autant que ſi l'homme n'ét que de terre & que nous ſoyons tirées de l'hōme nous ne ſommes auſſi que de terre, mais de tele ſorte que ce grand
Ouurier ne nous iugeant pas dignes
d'vne nouuel' etoffe s'ét contenté
d'vne dé moindres parceles de l'hōme pour formé nótr' Eue & móntré

par ce myſtere nótre naturel rabais
& la neceſsité laquele nous auons
des hommes comme de nos Maitres
Seigneurs & directeurs en la perſonne d'Eue , laquele n'a iamais eu
étre que pour le reſpect & la conſideration de l'homme , & pour acheué
l'ouuraige remplit le lieu de la cóte
d'un petit morceau de chair pour
móntrer la puſillanimité & moleſſe
de cete femme , puis qu'vn morceau
de chair étoit capable d'occupé ſon
rang & ſa place. Cherchons donc
ailleurs dé loüanges & prærogatiues; & puiſqu' Eue ne nous peut promettre que dé naufraiges ſur vne
triſte riuiere de larmes. Paſſons
iuſques au iourdain pour contempler
à la plage de ſes ondes mignonemēt
encrepées , cele qui a reparé nótre
debris & releué nótre baſſeſſe. Regardons vne femme laquele d'euan-
ce la pureté des Anges , ſurpaſſe la
charité dé Seraphins , & pour ne

souffrir vn defauantaigeus paran-
gou auec aucune creature fi releuée
foit ele, fe port' à la dextre d'vn
Dieu fon fils, pour enuifaiger æternelement fon beau Pere, lequel contient en foy la plenitude de gloire:
Portons nos yeus à la contemplation
de cet' étoile brillante enceinte du
Soleil qui l'entoure, ayant la Lune
fous fé pieds & nõ dans la tête cõm'
vne bonne partie de nous autres, laquele chaffe toutes les obfcurités, re-
pouffe lé nuages, & diffipe toutes
les ombres léqueles auoient aupara-
uaut terny nôtre luftre, logeons donc
ches celes là nos titres, établiffons y
nos honneurs, confions luy nos priuileges, & il n'y a puiffance fi teme-
raire foit ele laquel' ofe iamais attenté fur nos prærogattues tant que
nous viurons fous la protection des
ailes de cete chafte Colombe.

Ie fus bien étonné d'ouyr dif-
courir auec tant d'indifference,

ſolidité & eſprit vne fille, ce qui
me confirma beaucoup en mõ
ancien' opiniõ : ſçauoir ét qu'il
ſe trouué dé femmes léqueles
n'ont rien de fœminin que le
corps , pour couurir ſous ce
manteau de fragilité de tré virils & genereus reſſentimens.

La Regente doncques ſur
la pourſuitte de ſa leçon au ſecond de la Geneſe ou il ét parlé
de la deſobeyſſance de nôtre
premiere Mere, & de l'arrét par
lequel Dieu la diſpenſa pour
tous iamais de la præeminence,
máchoit toute cet' hiſtoire
auec vn tel dedain que lé plus
ignorantes mémes cónoiſſoiét
bien à ſa contenance qu'ele ne
trouuoit pas ſon cõpte iuſques
à ce qu'el' en fút au ſixiéme chapitre, auquel il ét dit que le Seigneur voyant la rebellion & le
debordement dé creatures , ſe

repentit d'auoir donné l'être à
cé refractaires qui luy en ren-
dorent vn si mauuais grammercy; alors plus tressaillante que
iamais sans donné l'explication
de ce repentir lequel ne sçauroit auoir lieu en vne Diuinité
impeccable. *Voyés vous* (dit ele)
mé filles on nous reproche que nous
sommes l'instrument & l'organe de
tous lé malheurs qui sont arriués au
monde, lé volumes entiers sont pleins
de reproches contre nous, de sorte
qu'il semble qu'il y a Indulgence
pleniere pour celuy qui nous en dit le
plus, & voila neaumoins que Dieu
mème proteste d'étre marry de ce
qu'il a creé l'homme, mais pour la
femme il n'en ét point de mention.
A l'heure vne de sé petites gri-
maudes luy répondít de son
coin d'vn accent tout fier, *que*
dans sé rudimens homo signifioit
l'homme & la femme. J'euse pris

plaifir à rire de ces hiftoires finon que ie voyois que cé bouf-
foneries portoient leurs facrileges blafphemes iufques dans le
fanctuaire, que lé textes dé fainctes Efcritures étoient honteu-
fement prophanés, & que lé
facrés oracles venoient en cõ-
promis par l'ignorance de cete
brouïllonne : car pour fon premier point on auoit beau luy
dire que ce faige diftributeur
de perfections & títres d'honneur voulut donné l'étre à l'hõme par independence d'autre
que de foy, & non pas à la femme pour montré que l'homme
lui étoit immediatement fúiét,
& fluoit fans autre reffort &
foupirail de la diuine fource de
fon bras toúpuiffant, au lieu
que la femme outre cete depé-
dence fút reduit' au point d'emprunté la matiere de fon corps

de cete premiere creature pour
la recónoître , luy obeyr & la
reſpecté par droit d'obligation
& de recónoiſſance. Pour ſon
ſecond point bien qu'on luy
répondit auec la verité méme
que l'homm' & la femm' n'étãs
qu'vne chair le mot d'homme
comme le principal emportoit
lé deux , pource que le ſecond
luy deuoit quelque choſe de
ſon étre ; il n'y auoit moyen de
la fair' écouté pour en venir à
la raiſon, el' auoit toujours gaigné , & commançoit deia a diſ-
puté par injures ſi la ſerenade
d'vne meure diſcretion & prudence n'eut vn peu calmé
l'orage de ſon injuſte courroux;
lorſque ie lé voyois appliquées
à des exercices mõdains , pourueu que l'excés ne fermát la
porte aux excuſes , la conſideration de leur foiblete nature,

2. Gen.

delicateſſe,deſir de plaire,& de
pluſieurs autres fragilités, léqueles dans la mediocrité ne
ſontpas tont à faít intolerables
ſembloient humainement me
fournir quelque prætexte pour
palié leur vanité,quand ie con-
templois leurs poëſies & orai-
ſons:la compaſſion & l'etonnement partageoient auec égalité
mé puiſſáces de ce que cé pau-
urés Damoiſeles léqueles en
ce temps icy ſont pour l'ordinaire ſi foibles & delicates qu'e-
les ne ſçauroient ſouffrir l'eclat
du Soleil leuant qu'à l'abry dé
rideaus& les yeus fermés crainte de perdre la veuë, comment
dis-je celes là pouuoient toleré
lé labeurs& incommodités neceſſaires à ces exercices libe-
raus , & mepriſé d'vne virile
magnanimité toutes lé pompes
balets & paſſetemps ordinaires

à leur sexe, pour trauaillé leur
esprit foible & changeât, quoy
que parfois subtil dans de si ennuyeus & continuels études:
mais lorsque ie les ouys ga-
zoüillé de cete façon sur lé sacrés Codes i'entrepris de leur
preuué charitablement que ce
n'étoit pas étoupe pour leur
quenoüille. Voicy donc le procés & l'arrét definitif.

Ce seroit vne rigueur &
cruauté tré blámable de vouloir rauir à ce sexe fragile se titres & hõneurs léquels ne sont
pas petits en leur ordre pour le
comblé d'opprobres & de mépris indignes de la prudence &
benignité d'vn esprit bien fait;
mais aussi c'ét bien luy faire
tort que de le vouloir immoler
aux flámes sous prætexte d'vn'
apparente lumiere, & le porté
sur vn' imaginaire faîte d'honneurs

neurs & priuileges iniuftes pour
le faluër à fon tour auec vn ro-
feau , & fe delectér outre ce
mepris en vn' infallible cheute
d'autant plus dangereufe que
les extremités font plus eloi-
gnées entr' eles : c'ét pourquoy
ce Pere commun elargiffant
auec tant de prudence fé thre-
fors a telemét compaffé & proportionné fé faueurs à l'excelence ou baffeffe des étres, qu'ō
ne peut fans vne manifeste violence changé, diminuer, óter
ou accroître leurs grades , & fi
liberalement enrichy lé chofes
creées , que toutes témoignent
affés la beauté & richeffe de
leur principe. Ie croirois attiré
fur ma plume vne notable tache d'injuftice fi ie l'occupois à
flaté de certains auātaiges pretendus les innocentes aureilles
de celes , léqueles ne font pas

X

dépourueuës de títres bié reels
& degrés d'hōneur tré bié fondés fur la forte pierre de leurs
merites, pour montrer en cete
vaine recherche la fterilité de
leurs auantaiges, & la mauuaí-
tie de leur caufe.

Icy perfonne ne doit douté
de la pieté de ce fexe, puifque
l'Eglize luy en chante tous lé
iours le panægire, outre que lé
martyrologes font tous pleins
de leurs beaus exploits, le ciel
ét temoin de leurs proüeffes, &
la terre de leur conftance depuis que cele là a ratreffy vn
Dieu dans lé benits conduits de
fé chaftes flancs, par laquele
(comme dit le grãd fainct Bernard) le Toúpuiffant a voulu
que tous les Eleus paffaffent cóme par vne porte facrée, depuis
(dis-je) que cete myrrhe choi-
fie a exhalé fé celeftes parfums,

combien de chastes escadrons *ser. 1. in nat.*
de Vierges & autres pieuses *Ma. quasi*
femmes ét ce qu'à triomphale- *myrrha ele-*
mét receu l'empyrée. Ie ne nie *cta dedi sua-*
pas qu'il n'y ait eu de tous téps *uitatem de*
dé femmes sçauantes léqueles *Eccl. 14.*
il séble que la nature ait priui-
legiées par dessus les autres leur
grauant par parade dé perfections toutes máles pour faire
voir aux mortéls la richesse de
sé thresors , & la fœcondité de
sé coffres.

Cet' hypathie Alexandrine
fille de Theon Geometrien &
femme d'Isidore le philosophe
n'a ele pas appelé au son de sa
renommée vn bon nombre de
curieus auditeurs ? Et à comm' *Suidas ap.*
vn' eloquente maitresse porté *vol.*
si haut son accent & fait retentir ses oracles aux diuerses sciê-
ces quele professoit, qu'il n'é-
toit presque contrée laquele ne

desirát puise dans cete cristali-
ne fontaine l'erudition neces-
faire pour son ornement & profit.

Pollio Treb. Zenobie Reyne de Palmyreés
& Fulg. l. haráguoit à sé soldats le casqu'
3. c. en téte auec de si puissans charmes d'eloquence que c'étoit vn
prodige de voir les admirables
efféts de sé beles persuasions.

Que dirons nous de cé trois
sçauantes Dames Fabiole, Mar-
celle & Eustochium? Rosuide
l'Alemande Abesse d'vn Mona-
stere de Nones n'auoit que faire d'autre Pere spirituel que
d'ele méme pour enflammé lé
cœurs de sé Nones du feu de
charité, voire meme pour é-
gayé ses esprits, a comme par
recreation tissu sur son parnas-
Fulg. l. 8. c. se six beles comœdies, chanté
3. Egnat. l. des excelens poëmes sur lé glo-
3. c. 3. rieus exploits dé Cæsars, & en

fin melodieusement fredonné
en vers elegiacques les enco-
mes de beaucoup de saintes
Dames en suite dé los & panæ-
gires de la sainte dé saintes
Princesse de cete sacrée troupe.

Si ie voulois entreprendre
de consulter vn seul siecle sur
le nombre de cé perles choisies
léqueles ont dans nótr' Ordre
sacré marié lavertu & lé lettres,
tout ce petit volume ne baste-
roit pas à l'accomplissement de
mon projét, comm' il ét aisé à
voir dans la Chronologie des
hommes illustres de cet Ordre.

Ie ne parleray non plus de
vous Genebries, Constances,
Isotes, Amalazunthes, Cassan-
dres, Hyppolites, suffise que
persóne ne peut máque d'exéples reuocquer en doúte la verité de cete premiere propositiõ.

Neaumoins ie roidis à l'encó-

X iij

tre de cé preuues la verité de
mon texte, sçauoir ét qu'il n'ét
ny sçeant ny honnéte à vne
femme de faire speciale profession dé sciences, & ma raison
ét pource que lé Loys natureles, politicques & diuines le
defendent. Ie móntre la verité
de ma premiere raison.

On recónoit ordinairement
à quel but la nature nous a ele-
ués des organes & dispositions
déqueles ele nous a munis, &
d'autant que nótre pauure petit esprit qui émousse si facilement sa pointe lors qu'il s'attaque par vne trop curieuse contemplation au corps d'vn petit
fourmis, dans lequel la nature
a ratressy comme dans vn petit
abbregé vn thresor incomparable de perfections & instints
si admirables, qu'ils semblent
lé mettre dans le parangon des

hommes, ne peut fans fe noyer
à la porte s'ingeré dans le diuin
conclaue pour y eplucher &
cónoitre lé fecrets refforts de
cete prouidence foueraine, &
par ainfin fçauoir en la caufe
d'où procedent la nobleffe ou
le rabais, perfection ou deffaut,
exceléce ou abjection dé creatures, & apprendre dans cete
contemplation à quels exercices eles font prædeftinées , fe
iette fur les efféts , & voyant
l'ouuraige deia accomply, le
departement fait, & lé faueurs
diftribuées il infere des efféts
l'intention de l'ouurier. Or
nous voyons en cete forte que
iamais la nature n'a fongé à
porté lé femmes fur cét epineus
couppeau dé fciences , & dans
ce fublime thróne de Salomon
puis qu'ele ne leur a point don
né d'armes affés puiffátes pour

*Quis enim
hominum po
terit fcire có-
filium Dei,
aut quis po
terit cogitare
quid velit
Deus?
Sap. 9. c.*

3. R. c. 10.

X iiij

dompté lé lions dé difficultés & souffrances, léquels sont attachés à ses échelons comm' autant de sentineles, resoulus de se faire fouler aux pieds de ceux léquels anoblis dé vrayes armoiries d'vn couraige viril grauées sur le tableau d'vn' ame bien faite, voudront aspirer à cete digne conquéte, mais helas demandent ils à vne femme dé forces, ele leur presente sé larmes, ils veulent se faire vaincr' à la pointe d'vn fer aigu, mais la quenoüille de cé paures tédrelétes ne sçauroit seulement lé soutenir pour môter le premier degré, el' a beau se mettre sous l'alambic des Elysiens pour derobé tout le suc de sé beles fleurs & herbaiges, s'ébaumé de tous lé plus precieus parfums de l'Arabie, prendre sur vne Cleopatre le modele

Tenera mu-
lier & deli-
cata quæ su-
per terram
ingredi non
valet prop-
ter mollitiem
& teneritu-
diuem nimiā
Deut. 28.

de ſes affiquets & enuoyer en
cet equipaige dé petites œillades au champ de bataille pour
commencé le duel tandis que
ſé poſtures & contenances diſ-
poſent de nouueaus ſtratagemes, cé petits liondeaus, ie veus
dire l'ennuy dé veilles, la dure-
té du lit, le chagrin de la ſolitu-
de, l'aiguillon de la faim, & pareils autres Suiſſes de la porte
du Parnaſſe ne ſe laiſſent pas é-
mouuoir à tous cé charmes, il
lé faut comme dé prothées cô-
battre de viue force par le bouclier d'vne conſtance toute má-
le ſi on en veut auoir raiſon.
2. Lé frequentes infirmités déqueles pas vne n'és exempte
leur demandent vn exercice
fort moderé ſans effort ou violence, car comme l'eſprit & le
corps en qualité de proches
voiſins naturels s'entrecompa-

tiſſent en leurs aduerſités, auſſi
l'eſprit troublé dé maladies &
afflictions de ſon confœderé ne
peut s'appliquer au tré noble &
tres excelent exercice dé lettres, léqueles non ignorantes
de leur nobleſſe veulent auoir
vn logis tout pour eles, vn eſprit calme & exempt de cha-
grins & perturbations autant
que faire ſe peut.

3. C'ét vn ſexe fort fragile &
inconſtát de ſorte que la moindre quæſtion tant ſoit peu epi-
neuſe bouleuerſeroit bien tót
lé foibles reſſorts de leur téte,
& outre qu'eles ne ſçauroient
auoir la patience d'examiné
meurement vne difficulté, ny
la conſtance de perſiſter en ces
exercices fácheus & amers dans
la racine, ie me crains qu'on ne
vit bien tót leur cerueau tourné
feuïllet ſans papier.

Cela n'ét non plus expediét pour la police humaine ; d'autant qu'vne mutuele subordination & harmonie ét absolúment neceffaire pour fa bonne difpofition. Or il ét tout certain que Dieu ayant embely le noble Palais de cet Vniuers d'vne merueilleufe diuerfité de creatures , & éleué chaicune proportionément à fa conditió: Il faut dire que puifque l'efprit de l'hommea été iugé digne de præfidé fur ce theatre du monde, il doit en qualité de Roy auoir vn fceptre & priuilege particulier , témoin de fa grandeur, comme de raifon ; Or il n'en ét point de fi noble & excelent duquel on puiffe priué la femme que l'exercice dé lettres, lequel requiert vn efprit tel que nous le décrirons (fi le ciel nous continue fé faueurs)

au premier Chapitre du ſecond
Tome, doncques c'ét à luy ſeul
auquel il appartient. Ie laiſſ' à
penſer aux ménagers pluſieurs
raiſons touchant le maniment
dé menus affaires & domeſtic-
ques.

2. Eles n'en ſçauroient ſi peu
apprendre qu'eles n'en ſçeuſ-
ſent aſſés auec leur glabaude-
ment pour faire perdre terr'à
des Ariſtotes, à paine s'en trou-
ueroit il vne laquele ne fît ban-
querout' à la foy, pour alé dans
lé ſiniſtres ſentiers idolátrer à
ſon aiſe ſes extrauagances: car
il leur faudroit en depit de toutes Loys faire léur propre iugement arbitre dé plus releués &
cachés myſteres de la foy.

3, Puis qu'à la moindre petite
lumiere qu'eles apperçoiuent
dans lé ſombres obſcurités d'vn
chaos de tenebres il n'y a moyé

d'en tiré raiſon, quels eſclan-
dres & confuſions en deúrions
nous attendre ſi vne fois eles
venoient à faire ſpeciale profeſſion dé lettres ? il n'y a principes ou axiomes de Theologie
ny Philoſophie qui peuſſent
borné leurs fretillantes cauſe-
ries.

4. C'ét vne neceſſité que celes
qui veulent entreprendre cete
carriere viuent dans le cælibat
à l'exemple de toutes celes qui
ont iamais reüſſy auec honneur
en cet' ingenu' occupatiõ, d'autant que lé diſtractiõs, degouts,
ennuis & maladies de leur
groſſeſſe, lé doúleurs de l'enfã-
tement, le curieus & tédre ſoin
à careſſer & mignoné leurs
pouppons, les affiquéts & parures qu'eles ſont en quelque façon obligées de mediocremét
affecter, l'eſclauage du lien nup-

tial, la prefence d'vn mary, le
foin d'vn menaige, la mauuaife
pofture d'vne femme dans cé
traquaz, le danger qu'il y a que
iamais eles ne conçoiuent, ou
bien qu'eles oppriment le fruít
conceu par le trauail de l'étude preuuent trop authentique-
ment cete neceffité. Il faút dóc
qu'eles foient en continence,
mais fauorifées particulieremét
dé gráces Diuines pour conferu-
ué le tendre fleuron de la pureté, à l'exemple de la Vierge dé
Vierges & de toutes les autres
Dames legitimement priuile-
giées pour époufé cet exercice:
car fi cela n'ét lé Cleopatres,
Sapphons, Lafthenies, Manti-
nées, Axiothées, Themiftes,
& toutes les autres léqueles s'y
addonnent temerairement &
fans vne vocation fpeciale mó-
trent affés qu'il n'y a pas grande

seureté en ces étudiantes.

Il faut que ce vase d'election nous die ce qu'il en a appris dãs cet admirable rauissement, lequel affranchissant son ame dé liens de son corps luy fit ouyr dans le troiziéme Ciel ce que l'homme ne peut exprimé. *Pour moy* (repond ce Nonce du sainct Esprit) *ie ne treuue point bon qu'vne femme enseigne*, & ailleurs *qu'eles demandent* (dit il) *dans la maison à leurs maris vne partie de ce qu'eles ignorent : mais cela auec silence & humilité*, par ou il móntre clairement combien il apprehende lé malheurs qui prouiendroient de cet abuz. Ecoutons ce qu'en dit vn autr' Ambassadeur du ciel, lequel dans la triste contemplation de cete magnificque Hierusalem prophetisant sé futurs malheurs. *Helas* (dit il)

Mulieri docere non permitto. 1. *Tim.* 1. *Si vero aliquid discere volunt domã viros suos interrogent* 1. *Co.* 14.

cete Cité munie de si puissans rem-
parts ne sera plus móntre que de sé
breches & de sé ruines , cete su-
perb', & magnificque maîtresse dé
la Iudée sera comm' vn desert le re-
but des hommes , & l'habitation dé
bêtes farouches , personne n'y reste-
ra du deluge de sang & de tous lé
fleaus du ciel pour recueillir sé mois-
sons , ains eles seront foulées dans
leur secheresse ; mais ô dernier malheur (poursuit ce cœleste Mercure
auec dé regréts plus cuisans) dé fê-
mes y regenteront & feront leçon.
Ciuitas munita desolata erit ,
speciosa relinquetur & dimittetur
quasi desertum , in siccitate messes
illius conterentur, Mulieres venien-
tes & docentes eam. Ie crois que
cé grand Prophete tournoit la
face deuers l'Angleterre , vers
Geneue & autres repaires dé
nos Pretendus lors qu'il larr-
moyoit cé malheurs.

Isaye 27.c

Lé

Lé voicy nos Caluiniftes heritiers de toutes les erreurs de
leurs deuanciers apoftats de di-
uerfe fecte, léquels apres auoir
attiré tout le venin lequel ils
ont trouué à foifon chés vn fi
grand nombre de defefperés
herefiarques gens de leur éto-
fe ne manquent pas de tiré leur
aiguillon contre cete verité, &
du Moulin prenant la parol' en *Qui tantum*
bouche pour toute la brigade *verbu fecta-*
tire de fon fac la plus fine farine *tur nihil ha-*
de fon eloquence difant, *que la* *bebit*
Bible ét l'heritaige de toutes lé Pro. 19. c.
creatures raifonables, & que lé
faintes Efcritures font leurs fpiri-
tueles poffeßions, & dé diuins mi-
roüers dans léquels eles contemplent
les excelences & merueilles de leur
Dieu, que la Bibl' ét vn champ pu-
blic & ouuert à tout le monde, bref
que c'ét vn mauuais figne quand on
foufle la chandele, Et autres

Y

roulades de Miniſtre.

Le Moulin n'a rien moulu qui vaille car la farine n'en vaut rien : ce qui me donn'à croire qu'il y a quelque piece demon-tée en ſé reſſorts qui ioüent à rebours, il barbote comm' vn tracquét & cajole comm' vn vray philou pour derober auec plus de facilité, ie vois bien qu'il a quelques mechantes concep-tions dans ſon ame encore pire; mais il a ce malheur de lé tré mal enoncer, ou arraché par viue violence ſes infames pen-ſées léqueles en depit de ſon impudenc' ont honte de paroí-tre : ce qui me fait iuſtement dire que la malediction d'Eue luy ét tombée ſur la langue & par communication ſur ſa plu-me, il voltige, il roule, il ſe ca-bre, & ſe plait en ſa beſoigne comme ſi c'étoit quelque choſe

In dclore pa-
ries
Gen. 3. c.

de bon , demandons luy où il
en ét? ce qu'il pretend? ce qu'il
veút dire? nous le reduirons à
vn' impossibilité pource qu'il
n'en sçait rien luy méme , & a
bonne raison de se faché, de ce
qu'on souffle la chandele pource qu'il en auroit besoin d'vne
bien grosse pour trouué ce qu'il
veut dire : mais puis qu'il s'en-
tretient si fort dans sa phrene-
sie, & qu'il ét bien si fol que de
demandé payment à vn ouuraige si mal poly.

Ie luy réponds à toutes cé
belés tirades que tout cela ét
bon, mais que conclurra il sinō
qu'il ét vn Ministre & vn extra-
uagant, & c'et ce qui ét bien
aisé à voir. I'áuoüe donc que
l'Escriture sainte ét l'heritaige
dé femmes aussi bien que des
hommes , mais que pour cela
eles en doiuent auoir le mani-

ment il ne s'enſuit pas, pource
qu'eles ne ſont pas capables d'é
diſpoſé : lé poſſeſſions du Pere
deffúnt appartienent bien à ſon
fils, mais pour cela il n'en diſpoſe pas à ſon plaiſir, pource
qu'il lé diſſiperoit mal à propos,
il vaút donc bien mieus leur
donné dé fideles Tuteurs léquels leur diſtribuét les effruits
de ce ſaint heritaige en leur
maturité & naturel accompliſ-
ſement, de peur que cé tendreletes ne ſe laiſſent deuorer au
dragon à la pourſuite de cete
toiſon d'or, on ne leur ſoufle
pas la chandele mais on la leur
retire de peur qu'eles ne ſe brú-
lent à la flamme, on ne lé priue
pas dé fleurs & herbaiges de ce
champ commũ, mais on lé leur
donne tous moiſſonnés en leur
luſtre épurés de tout' ordure,
de peur que le ſerpent caché

fous cé vertes perruques ne picque cé pauures tendreletes Eu-
ridices, au lieu ou eles penſent
de trouué l'aſſeurance de leur
refuge. Bref ſi du Moulin &
tous ſé fauteurs auroient eu
ſoin de lire ſaint Paul & les autres ſaintes Eſcritures auec autant d'attention & de pieté
comm' ils ont de malice pour
le prophané par mil' bouffone-
ries, ils y trouueroient vn arrét
ſans apel à leur confuſion &
honte extreme s'ils en étoient
capables: Mais n'importe qu'ils
n'ayent pas raiſon il ne leur en
chaut pas, cela ne ſera pas
moins malgré ſaint Paul & toute l'Eglize, & lé Miniſtreſſes
continueront à exercé l'office
de leurs maris au préche, feüil-
leté lé ſacrés Codes, haranguer
& inſtruire le petit troupeau.
ou plútót, faire la fonction du

Diable, prophané facrilegemét
lé faintes pages, bauardé, ca-
joler, & fournir à cete troupe
reprouuée dequoy entretenir
fon aueuglement. Ha qu'il fait
beau voir ces âneffes braire là
dedans, ces ignorantes faire leçon, & cé megeres prêché l'E-
uangile. Voila qui ét bien digne de compaffion que le defefpoir & aueuglement obftiné
de tant de pauures ames foit tel
qu'eles n'ont des yeux que pour
fe voir entrainer auec cé com-
miffaires de Satan accompai-
gnés de leurs megeres dans lé
gouffres horribles d'vn' æternele malediction.

Ne taceas neque compefcaris
Deus

Ie dis donc pour réponfe aux
exéples cy-deffus raportés que
le Legiflateur peút priuilegié
qui bon luy femble, & gratifier

à celes léqueles il eleue.miferi-
cordieufement par deffus le có-
mun, par vne plus grande foli-
dité de iugement, arrét d'efprit,conftanc'é deffeins,& abõ-
dance de graces & lu.nieres extraordinaires , pour nauiger
heureufement fur ce perilleus
Ocean, lequel ne leur donne-
roit que dé naufraiges fi eles
ofoient y mettre le voil' au vét
d'vne prefumption & vanité
indifcrete & non à ce diuin Zephir lequel porta autrefois dé
pauures ignorans au deuant dé
Roys & dé Princes pour leur
foútenir en face la verité d'vn
myftere tout nouuelement accomply.

Ie ne nie pas que le Soleil
n'éclaire tous lé iours dé femmes, léqueles la nature, l'art &
le fort ont doüées à l'enuy de
perfectiõs toutes máles,& pour

celes là paſſe qu'eles donnent
quelqu'heure aux ſciences humaines, ſi toutefois lés indignes
exemples de leurs deuancieres
ne lé degoûtét de cet'entrepri-
ſe : mais pour la Theologie le
ſaint Eſprit ét d'auis que ce n'ét
pas fil pour leur aiguille, c'ét
pourquoy toutes les autres raiſons s'eclypſent aux rayons de
cete cy pour celes léqueles ont
reſoulu de dormir en ſeureté
parmy lé tempétes & oraiges
dans la ſeure nacele de Ieſus-
Chrit, & de mépriſé couraigeuſement lé vains offres & auantaiges pretendus d'vne ligue
deſeſperée d'apoſtats ennemis
de Dieu , léquels comme de
crueles ſerenes font offre d'vn'
exterieure beauté pour ſacri-
fier impitoyablement à leur
raige dénaturée ceux qui ſerôt
ſi fols que de ſe laiſſé charmér

à leurs malitieuſes careſſes : mais en fin

Confringet Dominus capita inimi-
corum ſuorum verticem per am-
bulantium in delictis ſuis.

L'ACADEMIE
SOPHYSTIQVE.

L'exercice des Armes et plus noble
que celuy dé Lettres.

LA VRAY' ACADEMIE.

La Science et beaucoup releuée par
deſſus l'Art militaire comme
ſa Directrice.

 Pres que lé plus
prudentes de la
troupe captiuées
par l'efficace de
cé raiſons au que-

les leur bon naturel prétoit vn
honnorable feruaige eurent re-
foulu d'abattre cet' orgueilleufe Babel, de peur que leur temerité ne prouoquát dans fa
continuation la iufte vengeance du ciel, non feulement à có-
fondre leurs difcours affés confus d'eux méme fans autre malediction que cele de l'ignorance, ains encore de les enfeuelir
fous fé ruines pour faire du
thróne de leur vanité vn fepul-
chre d'aneantiffement, de chaffé ce vent flateur d'vne gloire
mal fondée lequel lé menaffoit
d'vn naufraige tout prefent, curieus de fe móntrer auffi vif à fe
ioüé dé debris de leur fortune
comm'il auoit été impofteur en
les expofant au danger, de fe
contenir dans leurs bornes de
peur que dans vn effay teme-
raire eles ne trouuaffent com-

Gen. 11. c.

me des Abſalōs mal áuiſés leur
gibet báty au rehauſlement dãs
lequel eles pretendoient de ré-
contré dé diademes: Bref apres
qu'eles eurent ouuert les yeux
à la ſolidité dé raiſons & à la
Iuſtice, charmés iuſques là par
l'apparence de certains phant-
tómes & imaginationscreuſes,
eles proteſterent auec auta nt
de prudence que de couraig e
de moderé leur ambition, ma í-
triſé leur appetit dereglé de paroítre & batir en aſſeurãce vne
fortereſſe & rempart de leur
bonheur dans la mediocrité de
leur condition, au lieu d'vne
manifeſte ruine laquele l eur
étoit in éuitable dans lé grandeurs qu'eles s'étoient iuſques
adonc mal à propos vſurpées.
I'entendis ſoudain vn bruit à la
ruë le peupl' emeu, lé partis li-
gués, & enfin le tout diſpoſé à

quelque funeste tragedie point
ordinaire auquel se termine la
circomferance de la discorde,
ce qui me fit sortir promtemét
de là sans m'amuser à la conté-
plation d'vne fort vaste & a-
greabl' alée laquel' auoit deia
enuoyé par le messaige de mes
yeux vn' excelent' imaige de sé
raretés dans mon ame pour luy
laisser vne curiosité de sé merueilles : ce furieus tintamarre
me fit contenté de témoigné
que i'agreois ses offres sans pouuoir donner autre satisfaction
à sé muetes semonces. Or étant
arriué pres de la mélée asseuré
que i'étois que cé nuages enfâ-
teroient dé tonnerres qu'on ne
coniureroit pas aisément , ie
m'auançay parmy la furie des
aduersaires, léquels ie cóneus
vn peu touchés de compunctió
& restraints à l'aspét de mon

habit, & vis que c'étoient deux
hommes d'authorité, l'vn d'é-
pée & l'autre de lettres, léquels
fur la contefte de la preeminé-
ce de leur profeffion étoient
entrés en de groffes fougues &
d'autant que celuy cy abondoit
en raifons, l'autre recónoiffant
bien fon infuffifance à luy répondre dans lé termes s'áuifa
de faire parler à fon épée, s'il
étoit vn digne Capitaine dé
plus fameus efcadrons d'vn
Mars, l'autre n'étoit pas vn petit courtifan dé Mufes: Et quoy
que le courroux eút deia bien
puiffãment poffedé leurs ames,
& ligué leurs paffions à la van-
geance, la vertu laquele n'auoit
pas perdu fon empire fur leurs
nobles couraiges ne manqua
pas de les adoúcir à mon arri-
uée; de forte que lifans deia dãs
mon maintien lé remóntrances

léqueles ie difpofois à ce fuiet
pour appaifé cet'raige, ils me
firent le Paris de leur querele
pour decider auec plus de fuccés que ce muguét cete bele
quæftion, fuccinctément dans
l'indifference & immunité de
tout' affection particuliere fans
autres enfeignes, autres rem-
parts & autre liurée que cele
de la verité. Voicy vn plaidoyé
le plus brief & racourcy qui fe
puiffe faire fur vne controuerfe
dans laquele lé fceptres & lé
coronnes, lé plumes & lé bon-
néts carrés, la pourpre Royale,
& la cornette partaigent également leur intérét. Voicy donc
vn dé celebres duels de cete
terriene milice, puifque lé deux
poles du monde, lé deux maitres flãbeaus du ciel, & lé deux
ornemens de ce bas vniuers
conteftent leurs priuileges, de

façon que ie pourrois en vn affaire plus important à la verité
que difficile imploré le miel
d'vn Anacreon, la prudence,
solidité, & maturité d'vn Caton, lé tendreſſes d'vn Deme-
trius, l'inuention d'vn Sulpice,
le bel ordre d'vn Hortenſe, lé
beaus termes d'vn Marc Antoine, bref l'eloquence d'vn Ly-
ſias, d'vn Pericles, d'vn Thuci-
dide, d'vn Demoſthene, d'vn
Ciceron, ou bien pour puiſé
dans la ſource lé mignardiſes
dé Cantiques, beles ſentences
dé Prouerbes, agreables fleurs,
& energie dé Prophetes, la
naïfueté de la Geneſe, la clairté dé Iuges, bref ie croy qu'il
n'y a iamais eu eloquence ſi ac-
complie laquele ne trouuát icy
vn champ digne de ſon exercice, non pour la difficulté de la
reſolution, mais pour contenté

lé condamnés, contenir lé vainqueurs, confolé ceux là dans la
iufte perte de leur caufe , &
maintenir ceux cy dans lé termes : mais bien que toutes cé
beles conditions n'ayent feulement pas encor' eu le loifir de
me prefenté leur feruice , ie
m'enhardiray neaumoins appuyé fur lé fauorables influences des aftres, & fur ta benignité mon Lecteur de quele profeffion que tu fois, à en effleuré
quelque fuperficie , quand ce
ne feroit que pour eueillé dé
plumes mieux affilées que la
miene à entreprendre ce fuiet,
lequel pour la feule nobleffe dé
deux partis merite bien vne
plume d'or, vn efprit Angelicque, & vn' eloquence toute celefte.

Il faut auoüé que iamais Hercule ne fe trouua plns puiffam-
ment

ment agité, lorſque d'vne part
la ſolide nobleſſe de la vertu attiroit ſon genereus couraige à
deffié toutes ces épines pour
cuïllir la roſe, & franchir d'vn
pas hardy toutes lé difficultés
léqueles vouloient donner ob-
ſtael' à ſé loüables deſſeins : Et
que de l'autre part vne brillant'
apparence & exterieur éclatãt
eſſayoit a entamé ſon couraige
& renuerſé ſa premiere reſolution par ſa parade toute de miel
& ſes apparentes beautés : car
de vray ſi ie vois d'vn côté l'hõ-
norable Parnaſſe dé Muſes embely de tant de ſolides áuantai-
ges & priuileges dignes de ſon
excelence qui prouocqu' auec
vne merueilleus' efficace mon
ame à ſé chaſtes embraſſemens
à l'exemple dé plus rares & ſignalés perſonnaiges de la terre,
de l'autr' endroit la fortereſſe

Z

d'vn Mars valeureusement de-
fenduë par la force & magnanimité de tant de puissans Monarques & valeureus Capitaines
me donne de si viues attaques,
que de vray si i'y voyois quelqu'
esperance solide il n'y a præro-
gatiue si cachée laquele ie ne
tirais' au iour pour eleué cet'
honnorable profession par dessus tout autre , mais puisque ie
ne le peus sans masqué la verité
d'ombraiges & encourir iustement le bláme de ceux méme
du party, ie m'en vay succincte-
ment marqué le logis Royal à
la plus noble Dame dé deux,
non en intention de degoûté
personne de l'autre , ains à cele
fin que sé nourrissons continuent à les embrasser & vnir
ensemble à l'imitation dé plus
releués couraiges du monde, &
faire de cé deux deesses Callio-

pe& Bellone vne puiſſante Pallas inuincible, genereuſe, & incomparable.

On ne ceſſe dans l'hiſtoire &
il ſemble que ce ſoit ſpeciale-
mentle prix fait dé Poëtes, de
ſe mocqué du miſerable Tan- *Quabit a-*
tale cherchant les eaus dans les *quas in a-*
eaus , & pourchaſſant dé mets, *quis , & po-*
léquels ne s'offrent à luy que *captat Tan-*
pour accroître ſon ſupplice & *talus : hoc*
pour auoir l'honneur de ſes inu- *illi garrula*
tiles pourſuittes : mais pour *Ouid.*
moy ie treuue qu'il a bonne
raiſon de demandé de l'eau à
l'onde, puis qu'il ét bien aſſeuré
qu'il y en a là , & de vray il n'y
a rien de plus expedient & conuenabl' à celuy qui porte ſé
ſouhaits ſur quelqu' objét que
d'en faire la recherche dans ſõ
element & aſſiete naturele, &
de conſulté ſon origine & ſon
principe pour contéter à plein

Z ij

sa curiosité, puisque les autres lieus ne sont que de diuers magazins de ce premier distributeur : Voulans donc discourir de l'excelence des armes nous ne sçaurions mieus nous adressé qu'au Principe duquel toute la noblesse coule comm' vn ruisseau argentin qui va inondant par diuers bras tout ce qui ét capable de sé faueurs à mesure qu'il fluë de sa bele & riche source, laquel' independente de tout' autre dans son abondance s'attribu' auec toute liberté ce qui luy en plaît pour sçauoir si ce grand Monarqu'à agreé cé títres & qualités, & inferé de là leur noblesse, puisque l'Electeur lequel ne sçauroit se tromper en son choix lé iuge bien dignes de sa grandeur; Or ie treuue qu'il n'y a point de títre par lequel le tres-auguste ait plus souuét fait retentir son nom que par celuy de *Dieu des armées*, & si lé Prophetes auoiēt vn' ambassad' à faire de sa part à quelque Potentat ou à son peuple d'Israel, ils n'auoient presque iamais autre prologue lequel ils mettoient toujours en auantgarde comm' vn puissant bouclier contre tous leurs murmures & reparties, *c'ét le Dieu des armées qui vous mande cela, qui le veüt & qui l'ordonne*, cela git en vn ocean de preuues dans lequel ie ne fais que legerement trempé ma plume pour asteure.

Ie sçay bien qu'on pourroit répondr' à cela que ce grand Dieu n'affecte pas ce titre pour les armées & combats de la terre, ains pour lé pieuses escoüades dé saintes ames, léqueles par leurs tendres soûpirs & a-

ergo in exercitu nostro dux Deus est. 2 Paral. 3 c.
Ego autem venio ad te in nomine Domini exercituum Dei Israel 1 R. 17. c.
Dom no cædente contritisunt & exercitu illius prælia. e 1 paral 4 c
Dies Domini exercituum super omnem superbum Isa. 2. c.
Quare alterius populū meum dicis Dominus exercitū 3. c.
Abjecerunt legem Domini exercitũ. 5 c.
S. S S. Dominus Deus

moureuses prieres veulent enleuer à sa misericorde la beatitude laquele sa benignité leur a promis: Mais les efféts móntrent bien que la premier' & plus commun' explication et la meilleure & la mieus fondée, d'autant qu'il ne parloit presque sinon d'abbatre le Chananean, l'Amorrhean, détruire le Iebusean, & totalement ruiné le Philistin, Moabite & autres ennemis iurés de son saint nom.

Lorsque les enfans d'Israel eurent sous la conduite de Moyse réchappé du dur esclauaige de Pharaon, & que ce malheureux se repentant de sa contraint' obeyssanc' à tant de prodiges lácha lé renes à sa fureur pour courir apres ce paure peuple & l'asseruir derechef à sa cruauté, il luy móntra bien tôt qu'il étoit le Dieu des armées, prenant lé fléches en main & faisant de l'ocean courtois & benin à ouurir son sein fauorabl' aux premiers & le champ de bataille, & les armes, & lé camp dé vainqueurs, & le theatre dé victoires, & le sepulchre dé vaincus.

S'il faloit en apres courir à la conquéte de la terre promise, ce grand Capitaine ne mãquoit pas à donné sa parole, *Ie suis auec vous marchés couraigeusement à l'encontre de vos ennemis, & vous verrés bien tót qu'ils seront contraints de fair' hommaig' à vos armes, & à cele fin que vous sçaichés que ie suis le Dieu des armées ie ne veus pas qu'il y en aît vn qui rechappe de vos mains, par léqueles ie veus qu'ils soient tous victimés aux Autels de ma iuste vengeance:*
Et de vray Moyse sçeut fort biẽ

Exodi 14 c.
Transtulit illos per mare rubrum & transu xit illos per aquã nimium inimicos autem illorum demersit in mare.
Sap. 10. c.

Facies mea præcedet te & requiem dabo tibi Exodi 33.

1. R. 19. c.

Si nõ tu ipse

præcedas ne
educas nos
de loco isto.
Exodi. 33. c.

luy dir' vne bonne fois que s'il
ne le voyoit marché deuant il
n'iroit pas à la bataille, crainte
qu'auoit ce grand guerrier que
son maitre cessât d'honnoré cete noble profession par l'exercice d'icele, & de vray ce genereus soldat tint si bien ce souuerain Maitre dans les expeditiõs
belliqueuses, & luy laissa vne
tel' affection à cete dignité &
à tous le braues combatãs, qu'il
fit arreté long-temps apres le
flambeau du iour lequel inter-
rõpit son cours ordinaire pour
donné loisir au braue Iosué de
cõduire ses admirables prouës-
ses à vn' entiere fin, curiosité
laquele ne prît onc iamais cet
astre que de s'arreter à la contemplation d'aucun' autre merueille.

Le Prophete Royal Dauid
auroit bien été fáché de man-

quer à qualifié ſõ Maître de ce
beau titre lequel il agrée ſi fort;
c'ét pourquoy il entonne ce
beau motét *Dominus fortis & po-* Pſal 13.
tens Dominus potens in prælio, ce
Seigneur (dit-il) ét vn puiſſant
guerrier, & puis reprenant de
bonne grace ſa harpe & voyant
l'impie releué par deſſus lé ce-
dres du Liban, morguer arro-
gamment le ciel & le deffié par
imprecations .& blaſphemes,
tout émeu & ialoux de l'honneur de ſon Dieu ioüe cet air
dans ſon mal talent, *Apprehen-*
de arma & ſcutum & exurge in ad-
iutorium mihi ! he quoy mon *Capi-*
taine aués vous oublié vótre metier?
voulés vous perdre vos títres? ſouf-
frés vous que cé potirons ennemis
iurés de vótre ſaint nom brauent
inſolemment vos ſeruiteurs, hé ſus
donc mon Maître dormés vous en-
doſſés vn peu vótre cuiraſſe, ceignés

vous de vôtre carquois, empoignés
vos armes, & éparpillés moy cete
raquaille.

Bref presque tous ces anciés
fauoris de ce grand Dieu desireus de porté sé liurées & s'e-
mouler à sé volontés étoient
guerrieres : Ie vous laiss' à pen-
sé quel soldat étoit Abraham
qui ala auec honneur enleué só
frere d'entre lé mains victorieuses de quatre puissans Roys léquels il dompta valeureusemét
auec trois cens hommes, pour
Moyse c'étoit vn Gendarme
naturel. vn Iosué, vn Iudas Ma-
chabée, vn Dauid, & tels autres
mignons de ce grand General
des armées n'étoient que dans
les exercices de Bellone. Et les
Anges méme n'ont ils pas pris
les armes en main pour defendre la gloire de leur Seigneur
& luy immolé generalement

14. Gen.

Exodi.

Apocal. 12

Egressus est
autem Ange-
lus Domini

ſes ennemis, comme ſi cé cele-
ſtes courtiſans n'euſſent peu
ſoüyr du comble d'honneur
deu à l'eminence de leur gloire
s'ils n'euſſent ſeruy leur quar-
tier & fait voir au iour quelqu'
exploit genereux pour rendr'
hommaig' à cete profeſſion hô-
norable, voire méme on de-
peint leur Prince Michel auec
vn coutelas en main, retrouſſé
en Hercule, comme ſi le plus
grand Ange déuoit neceſſairement étre le plus grand ſoldat,
& en porté la liurée au nom de
tout l'eſcadron Angelicque.

Ah que ce grand Dieu a bien
voulu témoigner en nos iours
qu'il deſiroit ſe maintenir auſſi
curieuſement que iamais cet
ancié títre de Dieu des armées
aſſujetiſſât encore la mer à appaiſé ſé fougues, & dompté ſa
rebellion pour rendr' encor' vn

*& percuſsit in aſtris Aſ-
ſiriorum cen-
tum octogin-
ta quinque
millia.
Iſa. 37. c. &
4. R. 19. c.*

coup vn autre Moyſe, ie veux dire Loüys le Iuſte le Moyſe des Ægyptiens, le Ioſué dé Gabaonites, le Dauid du peuple de Dieu, & le coryphée dé Roys, aſſeuré vainqueur ſur ſé vagues inconſtantes à la confuſion & ruine dé deux Pharaons Luther & Caluin auſſi deſeſperés l'vn cóme l'autre qui oſuiét bien prouocqué ſa puiſſance: Ce n'a pas été ſeulement à ce premier Moyſe auquel il promit & donna le deſſus des impies Amorrheans, Iebuſeans & autres, puiſque ſes efféts móntrent bien qu'il en a autant díç à ce ſecond Moyſe auſſi bien heritier de la valeur du premier comme de ſa pieté.

Ego ipſe eijciam ante faciem tuam Amorrheum & Cananeũ & Ætheum Pharezeum quoque & Hæneum & Iebuſeum Exodi. 34.

Diſons en fin que cet exercice a receu de ſi generaux tributs & honneurs par la valeur & dignité d'vn grand nombre

d'illuſtres nourriſſons & genereux guerriers, qu'il a touiours
telement été chery dé grands,
s'ét ſi bien attaché aux ſceptres
acquis de ſi glorieus titres, &
conſerué de tous ſiecles de ſi
ſignalés & auguſtes partiſans,
qu'il ét impoſſible de le rendr'
inferieur à vn autre, & luy rauir
la præſceance laquele ſé conti-
nueles proüeſſes ont ſi ſoigneu-
ſement maintenuë : veuque ſé
ſectateurs ſont lé foudres des
ennemis, la forterεſſe des Empires, la terreur dé rebeles, la
ſeureté dé Roys, le nerf, le ré-
part, & le bouleuard dé Royaumes, outre qu'il ét pour vn objét
tré ſaint, ſçauoir ét pour maintenir la Iuſtice, contenir lé peuples dans leur déuoir, & rangé
lé rebelles à l'obeyſſance. Voila le diſcours lequel ie tins en
faueur du ſoldat qui croyoit

deia d'auoir gaigné sa cause,
lorsque ie me mis à tourné visaige sur le panægyre de lettres
en cete sorte.

Mais veritablement si nous
appelons d'vn autre coté lé
sciences & que nous voulions
recherché par eles & chés eles
les excelentes prærogatiues, léqueles lé portent au delà de
toutes lé prætentions possibles
à la faueur des armes, nous ver-
rons cé nobles Dames partaigé
l'Vniuers à leur Empire, & pos-
seder vne domination si general' & souueraine qu'eles sont
de droit assises & logées chés
le Toúpuissant comme le seul
qui ét capable d'etre le legitime
firmament de ces astres, & ie
crois que de definir vn Dieu le
principe & le comble de tout,
sçauoir ét vne dé plus propres
& augustes descriptions qu'on

puiſſe faire de cet' entité infinie: car comme l'ignorance ét
totalement incompatibl' & de-
ſtructiue de la tré parfaite nature d'vn Dieu, & ét vne dé noires táches léqueles ſçauroient
iamais conſpirer à la deformité
d'vn étre capable de doctrine,
auſſi la ſcience ét vne perle de
tele valeur & vne lumiere ſi
bel' & delectable qu'ele peut
ſans difficulté embelir la plus
reele laideur laquele ſçauroit
iamais l'auoir inuité' ou cóque-
tée à la pointe de l'épée: Et ſi
ce grand Dieu ne s'ét pas ſi ſouuent fait ſurnommé le Dieu dé
ſciences comme le Dieu des
armées.

La vraye raiſon ét pource
qu'il prend ſé qualités ſelon les
occaſions preſentes, lors qu'il
veút attiré tout l'encens ſur ſes
autels ſans que la moindre fu-

Ego ſum Do-
minus Deus
tuus Zelotes.
Iſa. 20. c.
Dominus, Ze-
lotes nomen
eius. 34 c.
Dominator
Domine Deus
miſericors.
Exo. 34
Pius & mi-
ſericors eſt
Deus & re-
mittit in die
tribulationis.
Eccl. 2. c.
Iſa. 58. Ioel.
2. Iacô. 5.
Dominus
Deus tuus
Deus unus
eſt. Deut 6.
3. R 18. Do-
minus nomen
eius. amoſ. 9.
Iſ. Hier. &c.

mée aille idolâtré deuant Baal il ſe qualifie du nom de *Zelotes*, c'ét à dire ialoux de l'honneur deu à la Diuinité, & dé victi-mesdeuës à ſa toutepuiſſáce, s'il git de pardon on le qualifie du titre de *Miſericordieus*: S'il commande voulât exprimé la próptitude neceſſair' à l'execution de ſé commandemens, il prend le nom de *Rôy de Seigneur & de Prince*: Bref il ſe qualifie de diuers títres ſelon la diuerſité de ſes oracles; Or ét il donc que lé Prophetes ayans affair' auec dé Potentats léquels peut étre ſe ſeroient enorguillis de leur puiſſance dâs le mépris de leurs ambaſſades & ce dans la' chaleur dé guerres, ou bien parlâs au peuple de Dieu de difficile conduite, lequel étoit toúiours en armes pour triomphé ſous ſa liurée, ſous ſa protection & ſous

fous fes aufpices, ils prenoient
fort à propos comm' vn' enfei-
gne tré propr' à ce combat le
titre de *Dieu des armées*, comme
s'ils euffent voulu dire à ce peuple groffier lequel ne fe guidoit
que par lé fentiment dé chofes
prefentes, qu'il ne faloit pas
grondé, pource que leur Capitaine duquel ils auoient toujours affaire dãs leurs combats,
s'ils ne vouloient fe donner en
proy' à la raige de leurs ennemis, le vouloit & commandoit
ainfi, & de vray cela feroit grã-
dement ridicule, fi celuy qui ne
parle que par tonnerres, & ne
foûpire que dé flammes, léqueles ne peuuent s'éteindre que
dans le fang, & lé maffacres,
aloit fe præualoir du titre de
benin & mifericordieus, & d'autant que les occafions ne fe pre-
fentoient pas fi fouuét auqueles

A a

il leur falút ſpecialement donner à cónoître que Dieu ét
tré docte pource que cete có-
noiſſance ſuit immediatement
à la penſée d'vn Dieu,de là viét
qu'il n'ét pas ſi particulieremét
recóneu de cet eloge,bien que
toutes lé ſaintes Eſcritures ne
nous préchent par leurs infali-
bles oracles autre choſe que la
ſcience de ce grand Docteur,
laquele ſe port' vniuerſelement
& embraſſe tout ce qui ét depuis la ronde machine dé cercles mobiles du ciel iuſques au
plus profond des abyſſes. Mais
voila ce diuin Muſicien lequel
épiant toujours par quel motét
il pourra plus harmonieuſemét
ſalüé ſon Prince, commanc'à
fredonné *Deus ſcientiarum Domi-*
nus, & ailleurs, *ipſe nouit abſcon-*
dita cordis, & redoublant encore ſes airs *ante ipſum mille anni ſi-*

1. R 2 Iob.
2. & 21.
& 36. co-
gnouit Do-
minus omnē
ſcientiam
Eccl. 41. ad
Rom.11.

tut dies hasterna quæ præterijt, &
en innombrables autres cantiques : Dieu (dit-il) et Seigneur
dé sciences sont dé termes sy-
nonimes, & non seulement lé
cieux roulent dans la sphære de
leur circomference, les eaus
dans le giron de la terre, la terre s'affermit dans sa pesanteur,
les airs voguent errans par le
milieu de leur distance, pour
remplir ce qui n'ét empéché ny
occupé par aucun corps solide
le Soleil comm' vn fidele mes-
saiger fait sé voyages & visites
sans y manquer, la Lune & le
reste des astres répandent leurs
influences, lé saisons s'entre-
succedent les vnes aux autres,
lé plantes naissent, les animaux
viuent & roulent chaicun dans
son element par la science &
incomprehensible doctrine de
ce souuerain maítre, qui ne fait

ouuraige auquel cete perfectió
ne reluiſe par excelence, ny ſi
petit' abeille laquele par l'architectur' admirable de ſon petit corcelét n'epuiſe toutes lé
curieuſes recherches dé plus
ſublimes eſprits, pour ne leur
en laiſſé que l'admiration: mais
encor' il n'y a ſi petite penſée
laquele des le point de ſa naiſſance ne faſſ' hommaig' à celuy
duquel ele tient ſon étre , &
d'autant que ſon entendement
infiny ét aſſés vaſte pour contenir & embraſſé la nature de
toutes ſubſtances & l'étre des
accidens vn million de ſiécles
luy ſont auſſi préſens comme le
point auquel il coexiſte , & ſon
œil diuin ne porte ſeulement
pas ſé rayons ſur ce qui ét, mais
encor' il s'etend & profonde çe
qui n'ét ny n'a été ny ne ſera iamais , de façon qu'il n'y a rien

D. Thomas
I. parte
Quæſ.14.c.9

de poſsible qui prêche plus hautement autre verité que la ſciéce de ſon facteur.

Si ie voulois icy emprunté dé Theologiens toutes lé ſublimes conceptions léqueles ils forment ſur ce ſuiét en diuerſes diſputes, i'en trouuerois chés vn Ange Docteur ſaint Thomas d'Acquin aſſés pour en faire dé volumes : mais d'autãt que mon intention n'ét pas de tenir icy Regence de Theologie, bien que ce ſoit le vray office dé perſonnes de ma robe, ains ſeulement de móntré par raiſons morales la verité dé propoſitions que i'auance.

Ie me contenteray de dire pour ſatisfaction à la derniere de cé premieres preuues que ſi la vraye guerre a pour obiét la conſeruation de la iuſtice, & que par ainſin ele ſoit pour vne

fin tres-augufte & tré fainte cela infere qu'el' ét iuftement vn
mal neceffaire fans paffer outre,
& vn exercice qui n'et fondé
que fur l'iniuftice, ou bien il ét
iniufte.

El' ét donc vn mal pource
que de quel côté qu'ele termine fes efforts, il faút touiours
qu'ele boiue du fang humain &
fe repaiffe dans les oppreffions
& violences mutueles dé deux
partis : lé pleurs, lé regrets, lé
gemiffemens, lé cliquetis des
armes, le fredon dé trompetes,
le tintamarre dé canonades, lé
foúpirs & fanglots dé vefues af-
fligées, & enfin lé cris pitoyables des orphelins delaiffés font
les airs muficaus qui chatoüil-
lent les aureilles dé foldats : le
fpectacle des yeux ét de confi-
deré le fang humain ruiffelant
à ondes écumantes aux dépens

de la vie de ceux qu'ils ont oc-
cis & victimés à leur fureur, ſans
auoir iamais receu autre déplaiſir d'eux, ſinon que le ſort les a
appelés à la ſuite d'vn diuers
chef, dé pauures veſues pámées
pour la cruel' & ſubite mort de
leurs maris, & pour lé poignans
& ſenſibles regréts léquels leur
tire du plus profond d'vn cœur
nauré à mort, la faim enragée
de leurs pauures perits enfançons, à laquele leur extreme
calamité ne ſçauroit donnér aucun lenitif, lé demolitions dé
beaus œdifices, la perte dé biens
de la terre, la ruine dé Viles &
rauage dé Prouinces entieres,
bref tout ce qui peut porté
coup mortel dans le cœur par la
fenétre dé ieux, attaque ſans
ceſſe ceux là méme qui cõbat-
tent auantaigeuſement tenans
deja lé lauoiers d'vne main &

l'épée de l'autre ponr coupé tout à fait cé rameaus panchans fur leur téte, fans qu'il leur refte plus qu'à arroufer encore fé racines pour leur faire germé dé feüilles plus verdoyantes, l'odeur puante de leurs freres dénués dans lé tranchées & douleurs exceffiues de leurs pauures ames impuiffantes de fouffrir dans leur logement naturel de fi fanglantes attaques, leur fourniffent le mufc & lé baúmes aromatiques, encor'y en aura-il qui s'écrieront auec vn miferable vitellius. *O que l'infectiõ d'vn ennemy égorgé ét vn doux parfum.* Leur goút fe repaît de la fubftance de tant de pauures malheureux léquels lãguiffent dans vne deplorable difette; leur attouchemét n'a pour objet que lé cadaures de ceux méme de leur party l'ame déquels

Quæm bene olet proftrati hoftis cadauer. *Paul. Diac.*

encore teus moribons ils font
contraints de pouffer hors à la
preffe de leurs pieds. Difons en
vn mot que la guerre ét vn dés
épouuätables, fanglants, & horribles exercices de tous ceux
qu'on fçauroit jamais profeffer,
& notés icy que ie parle d'vne
guerre iufte & bien ordonnée
auec toute la bonne difcipline
fcuhaitable pour fa profperité
& bon fuccés.

La guerre dõcques ét vn mal,
mais vn mal vrayement neceffaire fuppofée la temerité, l'injuftice, l'infolence & mutinerie
léqueles ne fe gliffent que trop
fouuét parmy lé nations lé plus
fainctes, que fi celes cy en fõt e-
xemptes il faut touiours qu'eles
portent fur la force de leurs armes la feureté & protection de
leur fortune, de peurque l'ãbi-
tiõ infoléte de leurs ennemis ne

vien' à l'attaquer & à l'abattr' en
ruine, vray'ment neceſſar' aux
fideles pour rembarré l'impudence des ennemis de la croix,
& arboré ſes étandarts malgré
leur deſeſperée raige, pour
maintenir ſé droits, & accroître
ſé titres.

Mais en fin cela bute touiours
à la deſtruction de la nature, de-
ſolation de ſes indiuidus & vniuerſel dommaige de tout le
mõde; Et de grace ſi vne pieus'
vniõ embraſſoit nos ames & les
etreignoit par le lié d'vne loüable & ſainte cõcorde, à quoy tãt
de canons, de feus d'artifice,
épées, halebardes de diuerſe
ſorte, & mil' autres inſtruméts
de carnaiges & boucheries, léquels l'hõme à auec tãt d'induſtrie ſi copieuſement inuentés
pour la deſtructiõ de l'homme
méme? Et c'ét choſe deplorable

de voir que l'homme se rend si
dénaturé , si oublieus de soy
méme , & si detestable vainqueur en cruauté dé bétes lé
plus farouches , que de trouué
certaines épées à ondes pour
donner autant de coups en vn
seul comm' il y a de ces ondes,
& tyrannise d'vne gehene plus
cruel' au pauure patient , comme si ce n'étoit pas assés de luy
mettre l'ame hors du corps,
s'ils ne l'arrachoient cruelemét
par la vehemence du supplice,
& ne luy faisoyent passaige &
ouuerture par l'horrible & san-
glante dissipation de sé membres & organes.

On a veu ancienement vn *Lustinus*
seul guerrier resister à vn' ar- *Curtius.*
mée , Alexandre le Grand au
retour de sé conquétes de Per-
se monté seul par escalade dans
vne Vile, & là dedans rangé en

vn coin delaiſſé dé ſiens léquels n'auoient peu le ſuiure, à cauſe que les Citoyens s'apperçeurét de leur ſurpriſe, faire couraigeuſement plouuoir la furieuſe grele de ſé iauelots contre la trouppe nombreuſe dé combattans de cete forte Cité, repouſſé leurs efforts, eneruè leurs forces, & à faute de fléches s'arraché ceux là méme des ennemis plantées dans ſon eſtomach pour leur enuoyé dire grammercy de leurs ſalüades & ce l'eſpace de deux heures iuſques à ce que certains dé ſiens étans par induſtrie venus au ſecours de ce lion mourant leur genereus Prince, lequel ſçauoit ſi bien conteſté ſa vie & la vendre ſi cher à ceux qui luy en vouloient, il triompha auec honneur en dépit de la force méme ; c'ét ſans doúte à

dire que son couraige étoit sãs
bornes, sa vertu sans pareille, &
son los immortel ; Mais en ce
temps icy vn meschant laquais
emportera d'vn coup de carra-
bine vne téte laquele la chaste
Minerue possedoit imperiale-
ment le Liure d'vne main &
l'épée de l'autre.

Mais si cete cy se nourrít dãs
les honneurs & dissensions, l'autre ne soúpire que la paix ne
peút compatir auec la discorde
& ne peút prosperé que dans la
tranquillité, exercice d'autant
plus noble que son assiete ét
plus honnorable , & requiert
des honneurs beaucoup plus
eminens, car non seulement
cete bele Dame la science demande d'etre éleuée dans la solitude, hors dé traquaz, affaires,
& sollicitudes, léqueles n'atta-
quent que trop souuent le re-

pos de la vie des hommes pour
étalé fé cœleftes fruits dans lé
Viles, Royaumes & Empires
entiers, & lé faire doúcement
fommeillé fous· lé fauorables
aufpices de fé confeils, mais encor' ele veút logé dans vn efprit calme, libre de tout' autr'
occupation, retiré dé vices, &
exempt autant que faire fe peut
de toutes perturbations. Cele
là regne dans les affres de la
mort, cete cy dans lé doúceurs
de la vie, & fi la premiere mé-
prife les affauts & affronte hardiment lé dangers, ce n'ét que
par lé perfuafions & par lé lumieres de la feconde ; l'vne
n'attire quant & foy finon dé
torrens d'affliction, & l'autre ne
fçauroit naigé que dans vn cri-
ftalin ruiffeau de lieffes : cele
là vife au vefuage de la nature
& defolation du genr' humain,

& cete cy et toute pour la conferuation & pour la profperité
de fes ouuraiges : la premiere
bâtit fon berceau dans les ini-
mitiés , la feconde trouue fon
aurore dans le repos & l'vnion
de cœurs, l'vne conçoit dé mô-
ftres & auorte dé furies, l'autre
forme des excelences & enfan-
te dé merueilles, cele là ruine lé
poffeffions , retranche le cours
de la vie, demolit lé beaus edi-
fices , chaffe la dilection , caufe
dé vefuages , fait des orphelins,
apporte dé defefpoirs , ligue lé
puiffances , & confond tout le
bel ordre de cet Vniuers : &
l'autre produit dé bonnes for-
tunes, fait offre de l'abondance
de tousbiens, conferue lé tétes,
multiplie lé richeffes, introduit
la charité , comble lé familles
entieres de fœcondité & bon
heur, montre dé beles efperan-

ces, vnit lé forces, & fait de ce bas monde vn vray miroüé de l'empyrée. Et ſi cele-là appaiſe lé differẽs, lors qu'ils ſõt émeus cete-cy par ſa præuoyance les empéche de naitre, enfin toutes lé ruſes, harãgues, ſtratagemes, reigles & beles ordõnances de la diſcipline militaire deriuent dé ſciences cõme de leur vray' & naturel' origine, & de vray,

Melior eſt ſapientia quã vires & vir prudens quã fortis Sap. c. 9.

la ſaigeſſe ou ſcience ét beaucoup meilleure que lé forces & l'homme prudent ét au delà du parangon d'vn robuſte (dit le ſaint Eſprit par le plus ſaige des hommes.) D'où vient que les anciens bié informés de cete neceſſaire dependence faiſoient de cé deux exercices vne ſeule diuinité, de laquel' ils rendoient principe le cerueau du premier dé Dieus, pour témoigné que cé profeſ-ſions étoient telemét releuées qu'eles

qu'eles ne pouuoient recónoi-
tr' autr' autheur ny iallir fur les
hommes d'autre fource que
d'yn Dieu méme.

Le plus vaillant Heros de
l'Italie fçauoit tré bien l'obligation qu'auoient fé conquétes
à l'etude dé bonnes lettres, *Suetonius*,
lorfqu' étant vne fois par vn
manifeſte danger de fa perfonne, & violente faillie de fes ennemis contraint de cherché dãs
l'inſtabilité des eaux la feureté
de fa vie, il n'eut garde de laifsé
fon Liure dans le naufraige,
crainte de ne perdre le bon-
henr dé fes armes auec celuy
duquel il le tenoit, ains comm'
vn ialoux nourriſſon de l'honneur dé Mufes partageoit également fon corps à la defenſe
de fon falut & dé lettres fendãt
d'vne main les eaux, le Liure
dans l'autre eleuée par deffus

Bb

les ondes, pour le mettre soy &
son intime l'æquilibre de la
vie, au delà du danger comme
s'il eût craint ce grand Heros
de ne laisser à ses ennemis la
clef de sé triomphes & de la vie
auec son Liure, & de vray sé
beles harangues, sa prudence
& son eloquence luy ont plus
mis de palmes en main que n'ōt
iamais fait lé lances & lé bou-
cliers. Lé bonnes instructions
d'Aristote ont plus subjugué de
Royaumes à vn Alexandre
malgré la multitude & puissance de ses ennemis que la valeur
& prouesse de sé soldats : car
quand bien vn Capitaine auroit
lé soldats lé mieus aguerris de
la profession, & lé plus genereus combattans de la terre si la
prudence d'vn premier moteur
ne fait ioué cé beaus ressorts à
propos, léquels ne sont que les

executeurs dé bons ou mauuais
commandemens de leur directeur, par lé bons conseils, léquels ne peuuent ètre si asseurés que de la part d'vn iugemét
éclairé par lé sciences & affer-
my par la solidité dé raisons, il
ne fait autre chose qu'amené
dé lions à la boucherie.

Bref iettons les yeux sur tous
lé plus vaillans & celebres Capitaines de toute l'antiquité
pour sçauoir s'ils n'ont pas tous
puisé dans la fontaine d'Heli-
con le bon succés de leurs guerres & la propagation de leurs
Empires, & sinon que ie ne
veux pas long-temps m'arréter
en cete matiere ie ferois voir la
verité de ma proposition si clai-
re dans la suitte de l'histoire,
qu'à peine iamais la victoire paroissoit qu'à la suite dé Muses,
non que toujours lé Capitaines

fussent sçauans, mais d'autant
qu'ils prétoient l'aureille & le
cœur & la conduitte dé grands
affaires à ceux qui l'étoient. O
que le saint Esprit dicte dans lé
Prouerbes à vn sçauant Roy vn
texte tout d'or à ce propos,
l'homme saige (dit-il) *ét bien fort,*
ét l'homme docte ét bien robuste &
bien puissant, Ie ne puis rien ad-
iouter à la naïfue interpretatiõ
de cet oracle, la meditation en
ét douce mon Lecteur.

Vir sapiens
fortis est, &
vir doctus
robustus &
validus
Pro. 24.

Quelquefois lé soldats per-
doient couraige & voila vn
Orateur lequel leur proposant
par charmes de discours le bien
promis le deshonneur ou gloire prochaine, la grandeur du
prix, l'importance du cas, la
foiblesse des ennemis, la facilité de la victoire , & autres pareilles circonstances, lé remet-
toit tous en vigueur & echau-

foit leur ame de couraige. Maintenant ils craignoient la mort
& voila vn difcours de l'immortalité de l'ame, du mépris de
cete vie, du fouhait d'vne glo-
rieufe mort, & du los æternel
qui feroit à iamais graué fur
leurs monuments lequel animoit leurs efprits, & mettoit
leur ame caché' aupres du cœur
dans le poing pour la hazarder
à tous perils & affauts. D'autre
fois ils fe vouloient mutiné cô-
tre leur Chef, & tout à l'inftant
vne puiffante & efficac' Oraifõ
lioit leurs corps & captiuoit
leurs efprits par lé chainons de
la Iuftice, de la benignité, &
dé recompenfes, honneurs &
contentemens futurs apres la
victoire. Bref la fcience a or-
donné les armées, rangé les efcadrons, muny lé camps, fait
lé bréches, enuifagé les enne-

mis , afferuy les aduerfaires,
dompté lé rebelles , rafé leurs
forterefſés, abaiſſé leur orgueil,
& glorieufement triomphé de
tous leurs efforts , puifque l'art
militaire n'ét que le Miniſtre &
l'executeur dé commandemés
de la ſcience , laquel' ét le nerf
dé Republicques, la conferua-
trice de la paix , & l'ornement
du monde. 2. N'ét ce pas le ſçauoir qui beatifie les ames & lé
comble de mile lieſſes inenar-
rables , au lieu que l'exercice
des armes bourrele , tourmen-
te , & afflige ſé ſectateurs de
mil' fupplices fans aucun vray
& folide contentemẽt: Voyõs
auffi que Iefus Chriſt ne s'ét iamais mélé dans lé guerres que
pour les appaifer , & toutefois
qui ét ce qui doûtera de fa fcié-
ce ? Lé bien-heureux dans le
ciel ne foûpirent que paix & ne

haïffét riē plusquè la guerre cō-
me la deftructrice detoute fœlicité, ne prenãs iamais les armes
que par neceffité de fulminé
les ennemis de leur Prince, &
neaumoins qui a il de plus docte que ces efprits fublimes, &
de plus ignorant que ceux léquels apres auoir beaucoup
fçeu en cete vie s'en vont me-
furé lé cercles fans fin de l'ęter-
nité là bas dans cet abyffe de
malheurs en punition de leurs
crimes?

Ie preuue donc que l'homme
de fçauoir ét auffi releué par
deffus l'ignorant comme cetuy
cy par deffus le refte des animaux, aúquels il ét prefque tout
femblable en fes efféts, car il
prend ce qui luy viēt fans auoir
méme la cónoiffance de fon
étre, & roule comm' vne béte
parmy lé merueilleufes excelé-

ces de cet Vniuers ſans contemplé ſolidement & auec raiſon la
perfection & la nobleſſe d'vne
ſeule : S'il voit vn homme il cõ-
çoit vn corps à l'exterieur mou-
lé de tele ſorte, & vne piece de
chair organiſée par le dehors
de tele forme ; enfin il ſe feint

vn homme de Platon ſans di-
ſtinguer en luy l'acte & la puiſſance, la matiere & la forme,
leur alliance cõm' vn' ét diſtin-
cte de l'autre, lé nobles puiſſãces
de cet' ame, ſé doüaires, la varie-
té dé ſé paſſiõs, cõme cete nobl'
épouſe porte le charactere d'vn
Dieu, & que par conſequent
ele doít maítriſé l'autre. S'il
voit lé Cieux tapiſſés d'vn' admirable diuerſité de lumieres
attachées ſur ſon dos, embelis
de ſignes, & voilés de nües ſe
pourmené ſans ceſſe par le cõ-
mandement de leur Seigneur,

il ne ſcait ce que c'ét ſinon qu'il
voit bien vn corps de tele couleur auec dé petits flambeaus
dans dé lãternes, léqueles s'ou-
urent & ferment quand il en ét
beſoin : mais pour ſon mouuemant, ſes influances, ſa diſpoſition , l'admirable grandeur &
beauté des aſtres , d'ou procedent lé nües, les eclypſes , gréles, tempétes, troubillons, foudres , vents & oraiges ? ce qui
meut & manie ſi ſubtilement
cé ſphæres s'ils ſoiét animés ou
bien meus par dé formes aſſi-
ſtantes , bailles luy l'air & le
vuide tel qu'il vous plairra , la
terre ronde, ou carrée, appuyée
ſur quatre colomnes ſoutenuës
par des Anges, ou bien affermir
ſur ſa méme peſanteur il pren-
dra le tout cõme vous voudrés
auec vne tel' ignorance & ſtu-
pidité que bien ſouuãt il croira

plûtôt lé fables que lé verités.
Il ne sçait ce qu'ôt fait nos deuanciers leurs beaus exploitz,
beles coutumes, loys, & expeditions. Il voit, il sent, il entend,
il goûte, & touche, autant en
vn souris, s'il conçoit, s'il desire,
s'il comprend, s'il consomme, il
ne sçait d'ou tout cela luy pro-
uiét, tant s'en faut qu'il cónoif-
fe lé diuerses inclinations des
hommes, le merite de la vertu,
l'opprobre du vice, la moralité
de nos actions, leur efficace deuant le Thróne de Dieu, en
quoy côsiste la diuinité, la beatitude dé Saínts, lé doüaires des
ames bien heureuses, la subtilité des esprits, l'vnion hypostati-
que du verbe, auec l'humanité,
les oracles dé Prophetes qui
chantoient la venuë de ce Re-
dempteur, la suite des anciens
Patriarches, le peché du pre-

mier des hommes, comme la
tache coule fur tous ceux qui
font conçeus par la voye commune, bref en voyant il ne voit
point. Au lieu que le fçauant
recónoít toutes cé merueilles,
en fçait lé caufes & efféts, &
bien qu'vn petit efpace de cir-
conference locale borne fon
etendüe il ét neaumoins la ou
iamais il n'a efté par l'admirable
cónoiffance dé rareté, léqueles
y reluifent, bref il fçait d'ou pro-
cede le cours, le mouuement,
l'étre, & lé diuerfes proprietés
dé chofes crées, & il n'y a fi petit fleuron dans lequel in ne
diftingue dix degres prædica-
mentaux auec lé trois puiffances de l'ame vegeratiue, & par
ainfin n'épuife tout à fait fon
étre, & comme fi tout ce qu'il
recónoít corruption ou dependence étoit peu pour lé lumie-

res de son esprit, il penetre iusques dans le sein méme de la Diuinité, & se coule dans ce vaste & incomprehésibl' ocean de perfections, pour récónoître ses attributs, sa saigesse, sa prouidence, bref quoy qu'il soit dans cete basse & obscure valée de miseres, il se rend habitant ordinaire du ciel à la faueur de se sublimes penses. Les afflictiós lé trauerses, & reuers de fortune, ont beau l'attaquer & l'enceindre de toutes parts, il sçait bien ou trouué de la cósolation, la sçience de l'immortalité de son ame, & la cónoissance de toutes ces auáature uses fougues luy apprenent trop à lé méprisé. Que tous lé contentemens exterieurs de cete vie le delaissent, il a vn' incomparable fælicité ches soy, laquele lé beles lumieres de son sçauoir luy pro-

duifent. Comment fera-il pauure puis qu'outre ce bas vniuers
il poffede quelque chofe d'im-
periffable dans fon entendement. Bref que toutes lé puiffances exterieures fe liguent
contre luy, & le faffent l'objét
de leur furie, eles ne luy rauirõt
iamais cete lieffe fans pareille,
laquel' il conçoit de la cónoiffance démerueilles de la nature
& de fon autheur, fi ce n'ét
qu'eles le puiffent feparer & ar-
racher de luy méme.

O que ces anciens Stoïciens
montroient bien au dehors l'e-
minence de leur fort qu'vn Socrate faifoit peu d'état de tous
les affronts & déplaifirs de fortune, qu'il enuifageoit hardiment la mort mais qu'il eút le
loifir de s'efforer vn peu à la có-
templation de l'immortalité de
fon ame. O que c'ét à bon droit

que cé Philofophes difoient a-
uoir toutes leurs richeffes auec
eux lors qu'ils auoient leur entendement anobly de beles cõ-
ceprions, leur volonté de beaus
fouhaits, & leur iugemant de
grands deffeins ; ce qui faifoit
dire à vn Platon qu'il banque-
tòit fé penfées, pourcè que le
doux plaifir de fé beles & fublimes conceptiõs luy étoit vn
million de fois plus agreable
que tous lé feftins de la terre.
Excelences à la verité léqueles
nous peuuent à bon droit faire
chãté cé beaus vers d'Horace,
lors qu'ayant parçouru le refte
dé profeffions & exercices en
general ne trouuant pas en tout
cela dequoy contéter vn efprit
noble qui n'en fait cas que pour
lé fçauoir méprifé il finit ainfy
fon enumeration.

Ode 1.   *Quod fi me liricis vatibus inferis*

sublimi ferio sidera vertice.

Tous lé triomphes d'vn vainqueur (dit ce Poëte) tous les
applaudiſſemens des armées,
tous les empires dé Potentats,
toute lé poſſeſſions dé riches,
lé feſtins dé delicieus, lé charmes de la chaſſe, les amorces
de Venus ne ſont pas capables
de côtenter vne bel'ame; mais
ſi vous voulés m'honorer &
m'exalté par deſſus le reſte des
hommes, ie ne demande pas
que vous me coronniés du los
de toutes lé ſciences ny d'vne
dé plus nobles, faites moy ſeulement la faueur de me tenir au
rãg dé Poëtes lyricques ie tou-
cheray le ciel de ma téte, la terre ne ſera démeſhuy capable ſinon d'étre mon ſcabeau, les
aſtres ma coronne, & les airs
mon paſſetemps.

O ſus donc illuſtre nobleſſe puiſque

le sort secondant lé grandeurs de
vótre naissance n'augmente sé faueurs en vótr' endroit, que pour
maintenir les honneurs des autres.
Vous dis-je Anges tutelaires léquels
comme dé Sapors étes coronnés dès le
ventre de vótre Mere, puisque la
nature vous à enfantés en sé noptes
pour vous destiné dés le berceau aux
dignites & vous en graué comm' à
dé Pyrrhes le seeau & les armoiries.
Cele làméme laquel' a comblé vótre
progeniture de noblesse, vótre corps
de beles perfections, & vótr' ame
de rares vertus, laquele vous a auparauant que vous eussiés eu le loisir
d'attirer aucune de sé faueurs à l'o-
deur de vos merites portés dé vótr'
enfance sur lé faite du Capitole cō-
me dé Cæsars sans qu'il vous en ait
coûté vne pensée, & liberalement
elargy dés le point de vótre concep-
tion, ce qu'ele fait acheté si cher à
beaucoup d'autres hors d'esperance
de

de iamais auoir ſi legitimemement ce
qu' ele vous a departy ſans difficulté : Cele là méme vous coniure par
tout ce que vous luy deués, puiſque
dans cet' occaſion ſon honneur lequel
ét vny auec celuy de ſes ainés tels
que vous ètes, ſa conſeruation ou
ſon opprobre ſont attachés à vos armes comm' à celes léqueles luy peuuent donné l' vn & permettre l' autre, que vous ayés genereuſement
recours à cete Directrice de vos armes la ſcience, comme dé legitimes
nourriſſons de la noble Pallas. Vótre
Patrie y ioint ſé ſoúpirs puiſque de
cet' vniõ flue ſõ ſalut cõme la lumiere
des aſtres. Cete noble Frãce ſe mõtre
iuſtement touté vermeille & riante
de ce que lé tendres bourgeons de
vos nobles Rameaus luy prometent
dés leur printemps vn automne
tout chargé des vtiles & ſauoureurs
fruits dé bonnes lettres, léqueles cé
petits Caſars embraſſent auec tant

C c

d'ardeur, & pourquoy ne le feroient
ils puisque c'et vôtre droit & vn dé
priuileges de vôtre Noblesse que l'é-
tude de Sciences, lequel a en tant
de diuerses nations eté defendu à
ceux qui n'auoient comme vous le
charactere d'vne race naturele-
ment noble. Bref le ciel vous y ex-
horte par toutes les obligations que
vous luy aués, puisque cete conion-
ction d'exercices doit faire mentir
ceux qui ont fait la milice la nourrisse de l'impieté, & puisque la
vraye science se met à la suite de la
vertu, brisés le portes de l'enfer
comme dé valeureux Hercules, de-
truisés sé puissançes, repoußés ses
assauts, etoufés sé conjurations, con-
fondés les heresies, domptés les ennemis de Dieu, foulés l'impieté, op-
primés le vice, introduisés la vertu,
combattés pour sé triomphes, arbo-
rés les étendarts de la Croix! O valeureux Champions, Anges etablis

pour la defenſe du Sanctuaire, puiſque cele là ne peut vous produire que
dé palmes, fracaßés, rompès, accra-
ſès la téte de ce dragon infernal lequel ne ceße de ſe berißé contre le
Toúpuiſſant en la perſonne de ſé
creatures, exaltés le culte du ſouuerain comme dé braues Zelateurs de
ſes Autels, & ſi vous faites cela, cõme vos beaus exploits nous promet-
tent, la terre ne vous germera que
dé lauriers, l'Ocean vous enfante-
ra dé riches diamans, & le ciel vous
attirera dans la poßeßion de ſé benedictions, delices, threſors & coronnes aterneles. C'ét ce que ie vous
ſouhaite.

Iuſtitiam tuam non abſcondi
   in corde meo veritatem   *Pſal. 39.*
     tuam & ſalutare
       tuum dixi.

F I N.

Extraict du Priuilege du Roy.

PAr grace & Priuilege du Roy, seellé le dixhuictiéme de May 1633. Il eſt permis à Sebaſtien de Heuqueuille Marchand Libraire & Imprimeur à Nantes, d'imprimer, ou faire imprimer, vendre & diſtribuer, vn Liure intitulé *L'Academie Morale, ou Poneropolis conuertie*, pendant le temps de ſix ans, à compter du iour qu'il ſera acheué d'imprimer pour la premiére fois, & defenſes ſont faictes à tous autres Imprimeurs & Libraires, d'imprimer ledit Liure, ny d'en védre d'autre impreſſion que de celle dudit de Heuqueuille, ſur peine de confiſcation deſdits exéplaires, & de mil liures d'amende, & de tous deſpens, dommages & intereſts, comme plus au long eſt contenu audit Priuilege.

Signé, **BORACE.**

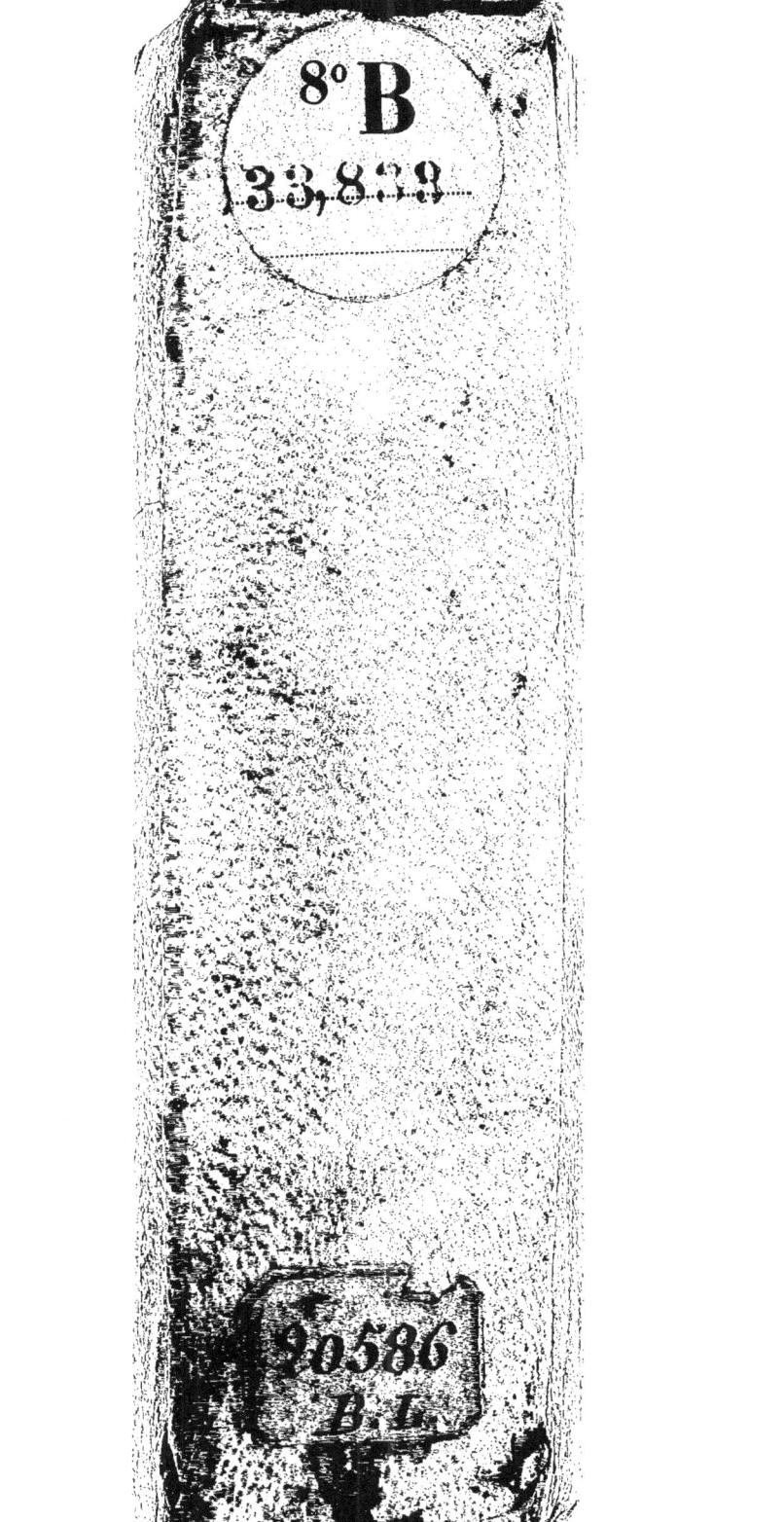

www.ingramcontent.com/pod-product-compliance
Lightning Source LLC
Chambersburg PA
CBHW070546030726
47505CB00001B/174